「即便人心险恶，我这颗心，都只会给你宠爱。」

「我不信轮回报应，但我信你。」

大鱼

有爱的青春陪伴者

世间戏

原名：
奸臣直播间

2

四藏 著

百花洲文艺出版社
BAIHUAZHOU LITERATURE AND ART PRESS

图书在版编目（CIP）数据

世间戏 2 / 四藏著. — 南昌：百花洲文艺出版社，
2018.7

ISBN 978-7-5500-2832-6

Ⅰ.①世… Ⅱ.①四… Ⅲ.①长篇小说－中国－当代
Ⅳ.①I247.5

中国版本图书馆CIP数据核字(2018)第106420号

出 版 者　百花洲文艺出版社
社　　址　江西省南昌市红谷滩世贸路898号博能中心A座20楼　邮编：330038
电　　话　0791-86895108（发行热线）　0791-86894790（编辑热线）
网　　址　http://www.bhzwy.com
E-mail　bhzwy0791@163.com
书　　名　世间戏 2
作　　者　四　藏
出 版 人　姚雪雪
责任编辑　王俊琴
特约编辑　李文诗　　廖　妍
装帧设计　Insect
封面绘制　bobo
经　　销　全国新华书店
印　　刷　长沙鸿发印务实业有限公司
开　　本　880mm×1230mm　1/32
印　　张　9.5
字　　数　279千字
版　　次　2018年7月第1版
印　　次　2018年7月第1次印刷
书　　号　ISBN 978-7-5500-2832-6
定　　价　36.80元

赣版权登字：05-2018-213

世间戏 2

SHI
JIAN
XI

目录

世间戏 2

SHI
JIAN
XI

目录

第一章
围猎之争

　　鹿场远在西边山脉下，裴迎真一早就和顾老太傅他们去了，原本打算派车回来接阮流君，端木夜灵却先来接了她。

　　两人一路上也没怎么说话，是在快到的时候端木夜灵忽然问她："你猜裴迎真此次围猎能得个第几？"

　　阮流君看着车外道："玩玩而已，他不善骑射，参与了就好。"

　　端木夜灵笑了一声："你还真是不了解裴迎真。我听说你们是很小就定的亲？怪不得呢。"

　　怪不得？怪不得什么？

　　阮流君扭过头来看她，光幕的弹幕里——

　　隔壁老王："怪不得裴迎真能看上你，原来是小时候没见识没主见没得选"，主播，我猜她是这个意思。

　　来看裴迎真：我们真真还一直觉得自己配不上主播呢，主播特别好，只是这些没眼光的人只看到主播商贾之女的身份。

　　阮流君也不生气，只是笑着问她："那端木小姐认为呢？"

　　端木夜灵今日为了骑马方便穿了一身束袖的胡服，她整了整袖口道："我猜他会拿下第一。他这样的人怎么会甘于人后，错过可以面圣这样的好机会呢？他说不善骑射你就信？若是真不善骑射怎还会来参加围猎？"

　　阮流君想起裴迎真，托腮笑了笑："我确实不了解他，他是一个总让人出乎意料的人。"有时一副无情无义的模样，有时又孤寂脆弱得像个小鬼，她又笑了笑，"但他从来不会让我失望。"

　　端木夜灵看着她那笑容皱了皱眉："那许姑娘呢？你认为你也不会让他失望吗？"他那样的人，假以时日一定会步步高升，那个时候许娇这样一个商贾之女的妻子，总会是他的耻辱。

"当然。"阮流君一掀眼帘看着她，"我也不会让端木小姐失望的。"

光幕"当啷当啷"有人打赏了四百金，让主播快点打脸。路过也打赏了一千金，祝主播旗开得胜。

到了鹿场，刚下马车阮流君就看到裴迎真站在鹿场入口等着她，阳光晒得他白得发光，眉头紧紧皱着，一副冷酷的样子。他远远地瞧见阮流君眉头便是一松，笑着走了过来。

端木夜灵上前一步拦住他："裴迎真，今日可是你扬名立万的大好机会，祝你拿个第一。"

裴迎真眉头又皱起来："玩乐而已，裴某不善骑射，并不在意名次。"说完绕过端木夜灵朝阮流君伸出了手。

阮流君自然而然地扶住他的手下了马车，听他低声道："怎么穿得这么单薄？"

阮流君看端木夜灵黑着一张脸先走了，对裴迎真低笑道："裴少爷，我和端木小姐可打了赌你今日会得什么样的名次。"

裴迎真笑道："是吗？你赌我得第几？"

阮流君道："我赌你……重在参与。"

裴迎真拉着她的手用力地捏了捏："你就这般不看好我？"

她低声道："今日来的都是贵族子弟，你若出尽风头难免枪打出头鸟，你就中规中矩地拿个第三第四就好，又可以得到圣上赏赐，又不是太张扬。"

裴迎真低头看着她，笑道："就按阮小姐说的办。"

两个人进了鹿场，裴迎真才松开她的手，说要送她去女眷那边。

鹿场两块高地，搭了两座凉棚，东边那座是圣上带着太子和那些男人，西边是皇后带着众女眷，地势高，可以将鹿场尽收眼底。

两人还没走几步，就被一人拦住，这人正是病了几日的谢绍宗。

他脸色还是苍白憔悴的，看着阮流君道："那天晚上谢某喝了些酒，所以失态了，还请许姑娘不要放在心上。"

阮流君抬眼笑道："谢相国放心，我压根不会放在心上。"懒得与他多说话，行了礼绕过他便走。

谢绍宗忽然转过身道："许姑娘知道今日围猎的彩头是什么吗？"他看阮流君没有停步继续道，"是一对翠玉鹿。"

阮流君的脚步一顿。

"是老国公府上那对翠玉鹿。"谢绍宗走到她身后俯身低声问她，"许姑娘喜欢吗？若是喜欢，我可以为你赢来。"

"不喜欢。"阮流君冷着脸道，"谢相国留着自己玩吧。"抬步就走了。

裴迎真伴在她身侧，沉默地走出一段后才轻声问她："你喜欢吗？"又补充道，"那对翠玉鹿，对你很重要吗？"

"不重要。"阮流君抬头看了一眼晴空万里的天，不过是她十五岁生辰时她父亲送她的而已。"最重要的人都已经不在了，那些身外之物有什么重要的。"国公府上一草一木对她来说都是过去，抄家之后国公府的东西一半充了国库，一半进了谢绍宗的府邸，不重要，都不重要了。

只是她没想到圣上会拿它出来当彩头，可想想他是圣上，拿国库里的东西来当彩头有什么不可以的？

两人相伴走过来，原本站在高地之下和闻人云以及几个贵族子弟说话的崔游一眼就瞧见了阮流君："她怎么会来？"

"谁？"几个贵族子弟看过去，就瞧见裴迎真带着一个肤白貌美的姑娘过来，诧异道，"谁啊？怎么没见过京中还有这样一号美人？"

崔游只觉得脸上没散完的瘀青又开始疼了起来，冷笑一声："我的老朋友，我过去打声招呼。"说完就迎了过去，在裴迎真和阮流君面前一拦，"冤家路窄啊。"

裴迎真心里忽地就火了，这一号人还敢过来，看来是上次没被打残啊。

阮流君冷笑一声："崔少爷好得挺快啊，已经能走动了。"

崔游脸上的瘀青就是一疼，他拿手捂了捂怒瞪一眼裴迎真低声道："裴迎真是吧？这件事咱们没完呢！你今日既然敢来，就别指望好好地回去了！"

003

裴迎真看着他，一勾嘴角笑道："崔少爷，你今日最好别下场。"

"哎呀，你小子竟然敢恐吓我？"崔游看到裴迎真就牙痒痒，伸手就要去抓裴迎真的衣襟，却反被裴迎真一把扣住。

崔游一扯，没扯开，便怒道："怎么？想动手？你单枪匹马也敢跟爷爷们动手？"

阮流君往崔游身后一看，不远处站着九王爷之子闻人云、崔游他表弟王宝玉和内阁大学士之子李长风，好嘛，京都四大浑球聚齐了。

再看那女眷席里，崔明岚也在，想来崔老侯爷和另外几位的父亲也都在。

阮流君对崔游笑道："崔少爷还是小心些好，我是无名无姓之人，不怕闹大了不好，可崔小姐如今待字闺中，若是被在座的诸位知道她的弟弟如此品行，怕是会累及她的名声。"她才不怕后山之事被宣扬开，崔游又不是傻子，自己干了缺德事，不但自己名声不好，连崔明岚都会受影响，所以他当日就算挨打了，也没有将此事闹大。

她声音放轻："到时候我猜崔老侯爷非打断你的腿不可。"

崔游果然脸色一白，他一恼，上前一步要去动她，却被裴迎真甩开。他退开两步瞧着阮流君反而笑了："行啊，小姑娘又美又厉害，上次没讨到便宜倒是当真可惜，不过没关系。"他眼睛直勾勾地盯着阮流君，"今日哥哥拿下第一，让圣上将你赏给我做小妾。"

裴迎真一记眼刀扫过去，却感觉阮流君暗暗抓住了他的袖子，他攥着的手指又慢慢松开。

就听阮流君丝毫不恼地对崔游冷笑："怕是你崔游无福消受。"

不远处的女眷席里有人叫了一声："许姐姐。"

阮流君就看见陆楚音欢天喜地地朝她一路小跑过来，上前一把拉住了她的手："我还以为你不来了呢？"又对裴迎真点头道，"裴迎真大哥好。"

裴迎真也冲她点了点头。

陆楚音瞪了一眼崔游："我们不要理这种人。许姐姐，我带你去见我阿姐。"

阮流君拉住她的手，转头对裴迎真道："你去老太傅那里吧，不必担心我。"想了想又道，"一切小心，祝你一马当先。"

裴迎真脸色又沉又阴，只是稍微缓和了一下，对她点点头："你也万事当心。"又轻声道，"你放心。"

阮流君点了点头，跟着陆楚音上了女眷席。

裴迎真目送她离开，才缓缓地看了一眼崔游，对他笑道："崔游，我们来打个赌如何？"

崔游自然不怕他："赌什么？"

"就赌今日围猎，我与你谁所得猎物多。"他看了一眼崔游的身后，"你可以带上你那些朋友，你们所猎的只要比我多，就算你赢。"

"够嚣张啊。"崔游乐了，"赌注是什么？"他瞄了一眼远去的许娇，"赌你那貌美如花的未过门媳妇？你输了就把她让给我。"

裴迎真眉头一蹙，冷笑道："要赌就拿自己来赌。"他伸出右手，"就赌一只右手，谁输了谁就自断右手，如何？"

崔游一呆，赌这么狠？可又一想，他们四个人呢，四个人比不过一个小子？便一口应下。

阮流君被陆楚音拉着上了女眷席，又回头看了一眼，只瞧见裴迎真和崔游击了个掌，她诧异地皱了皱眉。

陆楚音带着她先去见过皇后娘娘。

皇后娘娘复姓端木，却有一个更为有名的雅号——冷疏香。她当初也是名动京都的大才女，又创建了南山斋，是众多闺秀的典范。

皇后坐在那里端庄又随和地让阮流君平身，随意问了她两句话。

坐在她身旁的端木夜灵却笑道："许姑娘魅力不小啊，才来就引得谢相国和崔少爷凑过去了。"

在座的闺秀便都不怀好意地打量着阮流君，尤其是宁安，她心事重重地坐在那里。

阮流君只谦和地说了一句，谢相国和崔游是去找裴迎真说话的，又行了礼告退，便跟着陆楚音去见过了贵妃娘娘。

才一走，她就在光幕里听到那些好奇的闺秀和夫人开始询问，许娇就是那个在南山赢了太子的商贾之女？

听说还是谢相国的义妹？

又说什么她是当今京都最有名的那位少年解元的未过门妻子，现在就住在裴家，听说整治得裴家家宅不宁，很是厉害。

越说越离谱。

阮流君居然还听到了裴素素和陆明芝的声音。

陆明芝先道："她怎么来了？娘，你不是说她不来吗？怎么又来凑热闹了？"

裴素素便道："出风头的事她怎会不来？她说不来看来只是不想与我们一起来，人家有贵妃娘娘那边的人呢。"

"真会现眼。"

阮流君听得想乐，这些闲着无事的闺秀、夫人就爱传这些八卦。

弹幕里也纷纷吐槽——

今天裴迎真来了吗：这古代宅女圈的八卦传播得可够快的，大家是没事干就聚在一起聊八卦吧？

宅斗萌：女主名声不太好啊。

我也叫许娇：我仿佛听到了有人在说主播长得像狐狸精→_→

霸道总裁：这是一种夸奖，说明主播长得美。

卿卿我我：哎？那个就是贵妃娘娘吗？长得好柔美啊，楚楚可怜的。

阮流君抬头就瞧见陆楚楚坐在那里对她笑，她忙行了礼。

陆楚楚伸手就扶起了她，柔声笑道："许姑娘不必多礼，我听音音常提起你，说她的许姐姐好生厉害，是个仙女。"

阮流君不好意思地笑了笑："是陆姑娘过奖了。"

陆楚音却不服："许姐姐真的很厉害！阿姐你没见，她好帅气地赢了臭……太子殿下。"

陆楚楚笑着拉两个人坐下："你瞧瞧，音音现在崇拜你都胜过我这个阿姐了，在我宫里住了几日，每一日都吵着要回去找她的许姐姐呢。"

陆楚音忙向陆楚楚撒个娇，靠着阮流君道："许姐姐喜欢跟我玩，对我好，除了阿姐和皇奶奶，我最喜欢她了。"

陆楚楚看着阮流君点头笑道："多谢许姑娘照顾音音这个傻姑娘。"又握了握阮流君的手，"多谢。"

她的手指细细柔柔的，阮流君可以感受到她是真心实意的，便笑道："我很喜欢楚音，也真心希望她开心，贵妃娘娘不必谢我。"

她在光幕里听到不远的闺秀里有人低低嗤了一声："可真会巴结，可惜巴结错了，看看人家端木夜灵，那才是真正的赢家，我听说她这次回来就是和太子成亲的，可真好命。"

阮流君也不知道这话是谁说的，她也不在意，听场下有人喊了一声"要开始了"。

众人忙将注意力放在了场下的猎场中。

只见猎场上，一排英姿勃发的少年郎换了骑马服，一个个翻身上马只等一声鞭响便开赛。

人很多，连太子都下了场。

阮流君在一排人马中找裴迎真，听到李霏霏兴奋地道："宁安，你看，谢相国今年都亲自参赛了啊！他不是近日来身子不舒服吗？"

阮流君看了一眼，宁安就坐在她下面一排，也正好在看她，那眼神十分愤恨。

"许姐姐，你看！裴迎真大哥！"陆楚音拉着她的手开心地指给她看。

果然，那一排人马中，裴迎真在最末，骑在马上回头往她们这个方向看了一眼。

陆楚音比阮流君还兴奋，低声道："裴迎真大哥肯定在看你。"

端木夜灵看过来，笑着对阮流君道："许姑娘，不如我们在较量之前先来打个赌？"

有小公公从东面的棚下过来，捧着一册卷轴和一支笔，躬身向皇后和贵妃行了礼说是按照惯例要让女眷们来选哪一位会得第一，还特意说圣上今年给女眷们也加了彩头，说是猜中的可得一副进贡来的珊瑚手钏。

本就是热闹玩乐，皇后娘娘自然选了太子殿下，还特意又添了一条自己的南珠链子做彩头。

宁安她们那边都跟着宁安选了谢相国。

其余的选太子的多，还有一些七七八八的人选，到了端木夜灵，她拿起笔钩了最末端的裴迎真和闻人瑞卿："我赌裴迎真和表弟能拿第一，不分上下。"

皇后娘娘笑道："你这孩子，也不选你大哥。"

端木夜灵搂着她的胳膊笑道："我大哥久经沙场，和他们下场只是玩玩，他说不会认真的，免得大家说他欺负人。"

阮流君却是吃了一惊，端木夜明也参加了？他可是上过战场立过战功的，他下场去还有谁比得过啊？

那册子递过来，贵妃娘娘选了太子，陆楚音却选了裴迎真："我选裴迎真大哥，许姐姐你呢？"

阮流君看那册子，果然端木夜明排在第三，谢绍宗的后面。

端木夜灵侧头看她："许姑娘要不要来打赌啊？若是你赢了，等会儿我就让你一支箭；若是你输了，"她想了想，"我也不为难你，你就将你戴的项链送给我如何？"

阮流君就见弹幕里炸开了——

最爱病娇变态：这个端木夜灵怎么回事？居然相中我们的直播器了！那怎么能行！

卿卿我我：哎？她是看出来什么了？为什么看中直播器了？

马甲1号：主播，稳重稳重。

阮流君笑道："一条普通的链子，端木小姐怎会看中？"

端木夜灵道："也不是看中，只是几次都见你戴着它，像是你很喜欢，或者对你很重要。"

所以，就要赢走吗？阮流君心里冷笑了一声，这个端木夜灵并非是有多喜欢裴迎真吧，她只是爱赢，爱万众瞩目，爱抢走别人喜欢的、重要的东西。

阮流君道："赌这个不行。"不是她的东西怎能拿来赌，"但我可以和端木小姐赌其他的。"她伸手提笔钩了谢绍宗、端木夜明和裴迎真，"我猜裴迎真第一，端木少将军第二，谢相国第三。"她看端木夜灵，"我若是输了，我就让端木小姐两支箭。"

端木夜灵说了一声"好"，又对皇后娘娘道："那就劳烦姑母为我们做个证人。"

皇后娘娘拍着她的手："怎么？你们两个姑娘家家的一会儿也要下场？"

"我早就说过了要和许姑娘较量较量嘛。"端木夜灵笑吟吟地望着许娇，"她赢了表弟可是名声大噪啊，我不替表弟扳回来这一局怎么行？"

女眷席里便开始议论纷纷，有之前见过许娇射箭的窃窃私语道："许娇当时也是侥幸，她先射了，没想到中了，可端木夜灵那是从小就在边关骑马射猎的，哪家闺秀能赢过她啊？"

"当初阮流君不就赢了她吗？我还记得只射了三箭，阮流君中了三箭，端木夜灵中了两箭。"

"可世上也只有一个阮流君，死都死了，别提她了。"

弹幕里——

隔壁老王：愚蠢的人类啊，你们对女主的光环一无所知。

马甲1号：世上只有一个阮流君，你们还都撞上了→_→

路过：打赏主播一千金，主播放轻松，输了就让李四屏蔽直播间的弹幕，不让人吐槽你，放心。

"当啷"一声，一千金。

弹幕里一片吐槽路过到底是什么身份，怎么可以以权谋私！

阮流君听到场下一声鞭响，她忙看过去，只见裴迎真一马当先，绝尘而去。

他似乎……也铆足了劲要赢？

阮流君只担心裴迎真会不会赢，她见识过端木夜明和谢绍宗的骑射，端木夜明绝对数一数二，谢绍宗比他是要差一点，但比那些贵族子弟和太子要强得多。

就是裴迎真……她实在不清楚他的骑射如何，只是她若不猜裴迎真第一，反而猜了端木夜明和谢绍宗，若是被他知道了，他又会生气了。

她看着裴迎真打马穿梭在那枯木林里，禁不住紧张起来。

宁安却忽然走了过来，向皇后、贵妃娘娘行了礼，对阮流君道：

"许姑娘可否借一步说话？我有些事情想要请教许姑娘。"

阮流君抬眼看她，宁安找自己能有什么好事？

弹幕里——

奸臣爱好者：宁安……会不会猜出了主播就是阮流君啊？

霸道总裁：不可能吧，这样离奇的事情一个正常的古代人应该不会想到。

奸臣爱好者：说不定是谢绍宗告诉她的，谢绍宗不是已经猜出来了吗？刚刚还试探主播呢。

霸道总裁：谢绍宗应该不至于那么智障吧？他看样子还是对主播有点意思的，他会告诉一个害主播的情敌主播还活着？况且他自己也没确定呢。

最爱病娇变态：说不定他就是智障……

"许姑娘，可否借一步说话？"宁安做出一副谦和有礼请她起身的姿势。

陆楚音拉了拉阮流君的手，示意阮流君不想去就不要去。

阮流君对她笑了笑，起身向陆楚楚告退，便跟着宁安离开了女眷席。她倒是想看看宁安想说些什么，光天化日宁安还能把她吃了？

宁安带着她走出女眷席，下了高地，走到了围猎场的栅栏边，看着穿梭在场上林中的少年子弟，尘土飞扬。

阮流君站在她身边片刻后，她才开口问道："那天夜里是不是你将谢大哥推入湖中？"

原来是问这件事？

阮流君还没答，她已转过头来看着阮流君："你放心，我不是要找你问罪，我只是想知道发生了什么。"

阮流君扶着栅栏放眼望过去，林子里的人穿梭太快了，她已经找不到裴迎真了。

"怎么不去问你的谢大哥呢？"

"他说是吃了酒，不小心落的水。"宁安看着她的侧脸，声音冷了下来，"你以为我会信吗？"

阮流君笑了一声，转过头："宁安郡主好生奇怪，你谢大哥落了水你就要来质问是不是我推的，若是我不承认你就要彻查到底？誓不罢休？那好啊，宁安郡主去查就好了。"

"许娇，你以为谢大哥真的会喜欢你这样的女人吗？别以为你攀上陆楚音这个高枝就能飞上枝头变凤凰了，陆楚音自身都难保，还保得了你？"宁安被她激得恼了。这几日谢绍宗病重，又避而不见她，她心里又急又恐慌，是比当初阮流君还在时还要恐慌，输给阮流君她也就认了，但输给一个小小的商贾之女？她怎么也不会让这样的事发生，"我要收拾你这样的女人轻而易举。"

林子里有人放了箭，那箭穿过冷风鸣啸在林中。

阮流君道："他爱喜欢谁喜欢谁，你以为我稀罕被他喜欢？"她调回目光看宁安，"宁安，我不是陆楚音，鹿那件事她不与你计较是她仁善，但你碰碰我的东西试试看。"她盯着宁安，"我绝对不会饶了你。"

宁安被她的眼神盯得愣了愣，那眼神……像极了阮流君，盛气凌人。当初就是因为阮流君的强势，她甚至连喜欢谢绍宗的心思都不敢表露，只能装作不在意，一心一意对阮流君好。可她恨透了，凭什么阮流君什么都有，样样都比她好。

宁安控制不住情绪狞笑了一声："凭你？一个商贾之女？我就算现在教训你，也没人敢说什么！"

阮流君一点也不怕地笑了："你不敢，你装了这么多年温文尔雅、落落大方，怎会在众人面前毁了自己的形象？再说了，你在不确定你的谢大哥是不是真喜欢我之前，是不敢明目张胆地动我的，你怕极了你的谢大哥讨厌你。"

重生再来，阮流君看透了宁安，对付陆楚音也只敢偷偷摸摸杀了她的鹿。南山一事也只敢在背后搞些龌龊的小动作，她不像端木夜灵那么肆无忌惮，她虽是王爷的嫡女，可母亲去世得早，王爷没过多久就续弦再娶还纳了好几房小妾，王爷子女众多，她并不起眼受宠，所以从小就惯于乖巧，讨得大家喜欢。

宁安的脸色很难看。

阮流君却没有再看宁安，她听到一声箭啸和鹿鸣声。

不多一会儿，一个在场中计数的小兵急急忙忙地跑过来，口中报着："裴迎真一马当先拿下头鹿！"

阮流君一喜，转头对宁安说道："失陪了，宁安郡主。"转身就走了。

留下宁安盯着她的背影，几乎要将她盯穿。

弹幕里——

来看裴迎真：裴迎真个大骗子！还说自己不善骑射！

宅斗萌：就喜欢看这种不掩藏实力，上来就强势装×的！

Cp粉：主播开心不开心？

霸道总裁：哇，主播快看看你的观众人数和打赏人数！

阮流君忙在光幕里看了一眼，只见观众人数居然已经突破十万了！再看打赏的，单单是金子就已经四万金了。

当真是吓了她一跳。

弹幕里好多新来的和她打招呼，一波波的弹幕里，马甲1号发了一条。

马甲1号：主播，达到十万观众后道具栏会解锁一个新道具，你看看。

是吗？

可是之前的道具挺没用的，她也没想买。

她点开了道具栏，果然在那些加血啊、匕首啊、迷药啊没用的道具之后多了一个闪闪发光的新道具——眼睛。

她低低问道："眼睛是什么意思？"

马甲1号：是天眼道具，就是你用了这个道具后可以调控摄像头到你想看的地方或者人的旁边，你可以从光幕里看到那个人在做什么，但是有时间限制，一次五分钟。

霸道总裁：天，这不是外挂神器吗？可以开天眼看想看的任何地方任何人，那肯定很贵。

最爱病娇变态：主播买啊买啊！给我们看看裴迎真射箭！现在看不到好捉急啊！

阮流君回到了座位，陆楚音兴奋地拉着她道："许姐姐，裴迎真大哥第一个射中了！好厉害！"

阮流君笑着低声道:"是啊,好厉害。"

旁边的夫人和闺秀也在议论纷纷,讨论着这位裴迎真究竟是何人,几乎要将他的所有家世都八卦出来,又纷纷表示:可惜了,裴家家世太低了,不然倒是个合适的对象。

阮流君坐稳了去看那个道具天眼,发现要购买天眼需要三万金,好贵啊。

她如今也才四万金。

她趁着人声嘈杂低声道:"三万金,你们想看吗?"

弹幕里——

霸道总裁:果然好贵啊,主播买一次就回到原点了。

宅斗萌:想看。

最爱病娇变态:想看。

路人甲乙丙丁:想看!

阮流君也没多想就点击购买天眼,本来这些金子也是观众老爷打赏的,她也不缺钱。

她对着屏幕正中央亮起来的天眼低声道:"看裴迎真。"

天眼一闪没了,脖子上的萤石项链一震,等阮流君低头去看时发现光幕一闪,像是镜头在飘荡一搬,穿过女眷席,穿过栅栏,进入猎场,进入林子里——光幕里的画面一晃,变成了林子里策马的子弟们。

弹幕里纷纷都在感谢主播大方,视金钱如粪土。

阮流君在光幕里看到一群人马之中的裴迎真,他一身黑色骑马服,头发高束,神情冷峻地打马穿过三个人,忽然勒马,开弓放箭,只听一声箭鸣,还来不及看清一只小鹿就倒在了树干之下。

跟随在裴迎真身后的计数小兵忙跑上前,确认一眼箭正中小鹿,吆喝道:"裴迎真再得一鹿!"

声音还没落,一人就打马过来,手中是已经开了一半的弓,怒道:"裴迎真,你故意的是吧!这只和上一只都是老子先堵到的!"

阮流君定睛一看,那人居然是崔游,而先前围着鹿的是崔游的同伴,京都四大浑球其三。

裴迎真在马上收弓笑了一声："故意的又如何？崔游，我们来加个赌注如何？今日若是你一只都没猎到，就留下你的两只手，反正留着它们你也是废物一个。"

　　"裴迎真！"崔游怒不可遏地指着他，"你嚣张得太早了！"一打马带着那三个浑球往林子里去，边策马边道，"你们三个拦住他，无论如何也要堵住！"

　　裴迎真冷笑一声，扬鞭策马箭一样疾奔过去，看到前面两个人堵他，他根本连停都不停，只是猛一鞭马就撞了过去。

　　那架势吓得拦他的两个人慌忙掉转马头，就见他像风一样穿了过去，惊骂道："不要命了？"

　　光幕里一片嗷嗷叫的——

　　最爱病娇变态：我真！帅得没有我！

　　奸臣爱好者：这是铆足劲要给崔游剃个光蛋啊！崔游你说你作死不作死，怎么可以动裴迎真的女人！

　　路过粉：我爱路过君！

　　手写幸福：招收打字员，一千字十块钱，在家就可以做的兼职，欢迎各位宅女、宝妈。扣扣联系：×××××。

　　隔壁老王：广告哎！主播的直播间是要红了吗？迎来了第一条广告，李四不要踢出去，留着玩！

　　下面一群调戏广告的。

　　阮流君在光幕里看得激动，就见裴迎真故意策马挤在崔游身侧，只要是崔游看中的鹿，裴迎真一定先一步开弓射中，气得崔游气急败坏喊人堵住裴迎真。

　　第四只鹿裴迎真更是先一箭射歪了崔游的箭，又飞快地反手补了一箭夺下。

　　崔游气得几乎要开弓一箭射死裴迎真！若非是身后跟着计数和保护他们的随从小兵，他当真会先杀了裴迎真！

　　女眷席这边也议论纷纷，尤其是裴迎真一马当先一连拿下了前三只鹿，第四只的时候才有计数小兵报"谢相国猎下一只"。

　　也有些夫人低低道："今年这是怎么回事？不先让着太子拿下头鹿，反而是不知名的少年人抢尽了风头。"

"可不是，连谢相国都下场去了，抢在太子之前，今年是都铆足劲要抢第一了？"

阮流君一边看着光幕，一边留意着计数小兵来报，终于听到端木夜明的名字，却竟然是一箭双鹿。

皇后娘娘听得开心，但端木夜灵心里却犯了嘀咕，搞什么，她大哥不让着太子，自己出什么风头啊？

那计数小兵报得越来越频繁，来来去去却都是那几个名字——裴迎真、谢绍宗、端木夜明和后来居上的太子殿下。

到谢绍宗、端木夜明和裴迎真持平，各猎了四只鹿之后，光幕里崔游终于被裴迎真逼急，为了甩开裴迎真穿过林子进了深处的山谷之中。

裴迎真没有追，而是在林子里绕来绕去将崔游的同伙和那个计数小兵甩开，一策马钻进了山谷。

山谷之中阴沉沉的，崔游勒马在大树之后伏击一只窝在不远处的灌木丛里的带角雄鹿。

裴迎真轻轻地在他后方比较远的地方停住马，在那阴沉沉的山谷之中缓缓开弓，箭头瞄准了崔游胯下枣红大马的马腿，手指轻轻一松，只听"嗖"的一声轻响。

山谷中传来一声惨烈的马鸣，那箭射伤马腿插在地上，枣红大马受惊嘶鸣着人立而起，狂躁地奔腾着将崔游甩下了马。

阮流君都没看清是怎么回事，就听到崔游的惨叫声，他摔在马下的石头上，那马狂躁地踩踏，一蹄就要朝崔游踏下去——

崔游身后的小兵急喝一声上前要去救人，眼看着要来不及，那林子中忽然又有一箭射出，穿林破雾直射中那马的头部，将那马生生地射倒在地，"哐"的一声砸在崔游身侧。

小兵慌忙上前将吓傻了一般的崔游拖出来。

光幕里的裴迎真皱了皱眉，回头看到他身后不远处的那个人。

一个英气逼人的男人，骑在一匹黑马之上，收了弓对裴迎真道："玩乐而已，这位兄弟何必伤人？"

阮流君在光幕里看到这张脸时愣了一下，脑子里率先浮现出几年前见过的那个少年郎，他成熟了许多，沉稳了许多。

弹幕里纷纷在问他是谁，简直是半路杀出的黑马！

光幕里那人就一拱手道："在下端木夜明。"

然后光幕一闪，再闪回来时画面又变成了阮流君眼前的景象，热热闹闹的女眷席。

五分钟已经过了。

弹幕里——

来看裴迎真：这断得也太是时候了吧！

隔壁老王：我怀疑直播器是故意的，端木夜明刚报完名就断了，这不继续花钱怎么能够啊！

弹幕里的人都在要求继续开天眼。

阮流君小声道："金子不够了，只剩下一万金了。"

弹幕里立刻一片"当啷当啷当啷"的打赏声。

阮流君还没来得及看，就听计数小兵又报："谢相国猎得第五只，太子殿下猎得第四只！"

谢绍宗居然领先了……

然后，女眷席就骚动起来了："哎？怎么回事？谁受伤了？快看。"

阮流君放眼看过去，就瞧见几个小兵抬着一人从猎场里出来。

皇后娘娘命人去瞧瞧。不多会儿，那小宫娥便回来禀报："回娘娘，是崔世子摔下马受伤了。"

皇后娘娘便问："伤了哪里？严重吗？"

小宫娥道："伤了右臂和左腿，看样子是有些严重，圣上已命太医去瞧了。"

皇后娘娘心有余悸地叹口气："唉，每年总是担心出这样的事，弓箭无眼的，还是要注意些，玩乐而已。"

崔明岚已是坐不住，来向皇后娘娘告辞。

皇后娘娘宽慰她两句，便让她去了。

崔明岚刚走到场下，计数小兵便又报道："端木少将军猎得雄鹿一只！"

这可是到目前为止猎得的第一只大雄鹿。

女眷席就热热闹闹地赞叹开，还玩笑说要与端木少将军说媒的。

端木夜灵却皱了眉，她大哥这已经是猎得的第五只了，和谢相国并列第一，超过了太子，也超过了裴迎真。明明之前说好随便玩玩，不和太子竞争的。

他要是得了第一，自己可就猜输了！

阮流君这边的观众老爷一个劲儿催促开天眼，看看端木夜明是不是和裴迎真打起来了，抢走了那只雄鹿。

可金子还是不够，一万五千金了，还差一半。

"当啷"一声，路过打赏了两万金。

弹幕里——

路过：主播想开就开吧。

路过粉：妈妈我爱路过君！永远！

阮流君谢过之后在观众老爷们的催促中又买了一次天眼，选定裴迎真，光幕一闪——

山谷里裴迎真和端木夜明骑在马上，对峙而立，两个人不远处的马下一只大角鹿中了两箭，计数小兵站在鹿旁为难地看着两个人。

端木夜明道："若是平常我一定会让给裴解元。但此次我一定要拿第一，不能退让。"

裴迎真道："端木少将军如何判断这鹿是你先射中的？这个让字裴迎真不敢担。"

端木夜明看了一眼那只大角鹿，又道："那就当裴解元让给我的。"他也不拘什么，只是道，"实不相瞒，这次的彩头是我故友的东西，我希望能为她赢回来。"

裴迎真的眼睛顿时眯了眯，看着端木夜明，语调奇妙地重复道："故友？"他笑了笑，"据我所知，这次的彩头是前国公府上的，不知是端木少将军的哪位故友？"

端木夜明遗憾地笑了笑："那对翠玉鹿是国公小姐十五岁的生辰礼，我与阮小姐……算是故友吧。"

裴迎真盯着他笑了，可以啊，知道得很清楚啊。

弹幕里——

想吃鸡翅：怎么个状况？主播，这位端木少将是你……前暧昧男友？

我吃了鸡翅：闻到了一股带着醋味的火药味。

我也吃了鸡翅：裴迎真这是要醋上了啊，好好地打个猎都能遇上我未婚妻的暧昧故友。

霸道总裁：楼上看得我也想吃鸡翅了。

阮流君也吃了一惊。她和端木夜明拢共见过没几次，还几乎都是在这猎场上，私下里或许见过？她没留意，不能算熟啊，他怎么这么清楚这翠玉鹿的来历？

十五岁的生辰时……端木夜明好像没有回京吧？她想不起来那时候见过端木夜明啊。

光幕里，裴迎真却冷淡道："抱歉，我不能让给少将军。"

端木夜明很失望。

裴迎真又道："不如这样，我们继续围猎，最后谁猎得多，这只鹿就算是谁的。"又看计数小兵，"让他做个证。"

端木夜明想了想，满口应是，反正也不能继续这么僵持着。他一拱手道："那我们就最后见分晓。"一打马走了。

裴迎真也一勒马头，奔出了山谷，刚出山谷就撞上了在追一只白鹿的谢绍宗和闻人瑞卿一干人，还吆喝着："这只是白鹿，捉活的！"

裴迎真毫不客气猛一鞭马穿刺过去，马蹄不停，在马上开弓放箭，"噔"的一声，羽箭插着白鹿的前腿射在地上，白鹿前腿一屈惨叫一声翻滚着扑倒在地。

计数的小兵忙上前按住了白鹿。

追得正紧的闻人瑞卿和谢绍宗都是一愣，一回头就瞧见突然穿出来的裴迎真打马过来。

闻人瑞卿又火又无奈，鹿场里白鹿罕见，这只白鹿本来……他是想活捉给陆楚音玩的，却被裴迎真半路给劫走了，但……裴迎真箭术高他一节，他也不能说什么。

裴迎真却过来对闻人瑞卿一拱手："这只白鹿是太子殿下先看到

的，便送给太子殿下。"又笑吟吟地道，"想必陆姑娘会喜欢。"

闻人瑞卿的脸一红。

裴迎真看向谢绍宗，只见谢绍宗脸色苍白、气喘吁吁的，他便笑道："谢相国年纪大了要量力而行，不是你的就不要徒劳追了。"说完一扬鞭打马走了。

这边计数小兵来报："太子殿下活捉白鹿一只！"

皇后娘娘一喜，那些夫人小姐就忙着奉承，夸得太子天上有地下无。

端木夜灵也笑道："表弟这可是后来居上啊，如今他和谢相国并列第一，我看我是要猜输了。"

皇后娘娘搂着她："输了便输了，哪个还较真呢？"

端木夜灵远远地看阮流君，只见她一直在皱着眉发呆。

阮流君不是在发呆，而是在紧张，如今谢绍宗和太子领先，她怎么也不希望谢绍宗领先，那彩头落到谁手里都好，就是不要落在谢绍宗手里。

她盯着光幕，只希望裴迎真快点再猎得一只和他们打平，可是裴迎真穿梭在林子里半天也没遇上一只鹿。

眼看着一只鹿蹿出树丛，裴迎真追出去——

光幕一闪，五分钟又结束了。

阮流君气得靠在椅背上，还不如不开天眼了，越看越着急，越着急越想看。

陆楚音还以为她为自己要输了紧张，剥了一个橘子给她，安慰道："没事的许姐姐，咱们输了就输了，不和端木姑娘比就是了。"

阮流君接过橘子："倒不是怕猜输，让两箭也无妨，只是……"

这下谢绍宗、太子和端木夜明持平了。

弹幕里——

路过：主播还开天眼吗？

宅斗萌：哦哦哦！路过君又要打赏了吗？

阮流君怕路过再打赏，太浪费了，天眼就是个无底洞，便小声道："不了，不看了。"

她看一眼天色，这比赛想是还要有半个多时辰才结束。

一群人就翘首以盼地等着计数小兵来报，远远地看见便道："你们猜这次是谁？"

大家七嘴八舌地便说着自己注意的那个人。

但后来来来去去报的都是两个名字——裴迎真和端木夜明。

报得阮流君自己都记混了，看弹幕里大家也记得乱七八糟，索性不记了。

又过了一会儿，皇后娘娘请女眷们到后面的斋堂用膳。

一群人浩浩荡荡地去了，阮流君仍然坐在陆楚音身边。席间，陆楚音低低对她道："你说太子会把那只白鹿怎么样？"

她想了想，揶揄道："你想要啊？那等会儿结束了你去求他送给你。"

陆楚音闷声道："他才不会送给我，他只会说宰了吃。"

阮流君抿嘴笑了笑。

就听皇后娘娘突然叫了陆楚楚，问她："今日这样多的好子弟，可有给楚音相中的？"

陆楚音一愣，看向陆楚楚。

陆楚楚低眉顺眼道："音音还小，臣妾还想多留她几年。"

皇后娘娘道："不小了，太子与她同岁，太子的事今年也是预备定下来的。"她拉了拉端木夜灵的手，"不如让圣上给楚音相看一家好的，给指个婚？"

陆楚音忙道："还是不要了……"

"音音。"陆楚楚叫了她一声。

皇后娘娘看陆楚音，问道："怎么，楚音已有相看中的吗？是哪一位？"

陆楚音不敢看皇后娘娘，低着头小声道："没有，我不想成亲，我只想陪着阿姐和皇奶奶。"

"傻话。"皇后娘娘笑道，"哪有姑娘家不成亲的？本宫瞧九王爷跟前那位嫡子闻人云倒是不错，家世也不会委屈了楚音。"

陆楚音一惊，闻人云？那个和崔游一起偷鸡摸狗，还轻薄许姐姐的人？

"九王妃也在急着为他相看，前几日还问过本宫，那时本宫就想到了楚音，想着过几日与贵妃商量商量，再去同圣上说。"皇后娘娘道，"圣上宠爱贵妃妹妹到时下旨指婚，可是大喜事一件。"

"我不喜欢他。"陆楚音闷声说道，"皇后娘娘不要逼我嫁给他。"

"音音怎可这般同皇后娘娘说话。"陆楚楚拉住了她的手，歉意地对皇后道，"皇后娘娘一番美意，只是音音年纪还小，她的婚事臣妾也不好做主，总是要问过……"

皇后娘娘也不听她说完，摆手笑道："不喜欢便不喜欢吧，慢慢来，等办完了太子的事，本宫与贵妃再好好给楚音相看。"

贵妃娘娘只好谢了恩。

又坐了一会儿，前面的人来报：围猎结束了。

皇后娘娘惊讶道："这样快？"

那人禀报："外面天阴得厉害，谢相国又体力不支，所以圣上提前结束了。"

果然，外面传来三声收场的鼓声闷响。

皇后娘娘便带着大家出了斋堂，果然天阴得厉害，黑云压顶，仿佛随时都要落雨。

皇后娘娘便问："谁赢了？"

那人道："谢相国第三，前两名还没分出来。"

"没分出来？"皇后娘娘惊讶。

阮流君的心一提。

端木夜灵问道："太子第几？裴迎真第几？"

听那人道："太子殿下第四，裴解元和端木少将军猎得一样多，并列第一，还没有分出胜负。"

什么？并列第一？

阮流君和端木夜灵就各自看了一眼对方，居然是并列……

"那彩头如何算？"皇后娘娘问道。

那人便道："圣上如今在为他们分个胜负出来。"

弹幕里——

来看裴迎真：有机会！有机会！再加赛一场！反正端木女二肯定

021

输了!

最爱病娇变态：我真好争气！可不要被这些夫人相中了！

宅斗萌：放心，男主现在只是个解元，家世也不行，这些夫人还看不中。

皇后娘娘兴致勃勃地道："那倒是好玩，咱们快过去瞧瞧。"

天阴得实在厉害，阴云压得山雨欲来，还起了风。

阮流君随皇后贵妃一行人回到猎场，圣上正带着那些高官贵戚站在猎场上，对面是此次狩猎的前四名，太子垫后，却也并不介意，只逗着脚边那只挣扎着绳索的小白鹿。

谢绍宗倒当真是脸色惨白、虚汗淋淋。

阮流君跟着贵妃和陆楚音过去就瞧见裴迎真和端木夜明，两人面前各堆着小山似的猎物，中间还躺着一只大角雄鹿。

谢绍宗的眼神随着阮流君过来，却发现她一直看着裴迎真，根本不曾将视线放在他身上过，可他也未曾留意过视线追随着他的宁安。

皇后娘娘上前笑着夸赞了两人一句，又问皇上这该如何是好，不如算个并列。

圣上闻人安笑着道："朕方才也如此说，可是，这两个谁也不乐意。"

端木夜明向皇后娘娘行礼拱手道："微臣并非要争这个第一，第一是裴兄弟的也无妨，只要裴兄弟愿意将那一对翠玉鹿的彩头让给微臣就好。"

裴迎真看了一眼贵妃娘娘身后的阮流君，看到阮流君在看着端木夜明，他的眉头就是一皱，行礼道："既是比赛自然要按照比赛规则来，赢便是赢，输便是输，没有让或是不让，况且，那对彩头对草民也十分重要。"

阮流君其实……也并没有太想要那对翠玉鹿，国公府那样多的东西都留不住，留一对翠玉鹿也没有什么意义。

可看裴迎真的架势是一定要争到底了。

端木夜灵却嗔了一句："大哥你也真是的，一个少将军跟他们争什么争啊？一对翠玉鹿而已，你想要什么没有。"

端木夜明笑笑道："这对不同，不然我也不会下场了。"

贵妃娘娘看两人都想要，便温声道："那不是一对吗？不然一人一只？"

闻人安拍了拍她的背，低头对她笑道："朕瞧贵妃说的也行，两个人旗鼓相当，不相上下，他日都是朕的栋梁之才。"

皇后娘娘笑了一声："彩头哪有拆散了平分之理？裴解元说得有理，既然是围猎赛，不较出个高下哪还叫什么比赛？本宫看，不如再让夜明和裴解元比一局，谁再第一个猎到，就是第一。"她看圣上，"圣上觉得如何？"

闻人安笑了笑："也在理。"他看裴迎真和端木夜明，"也不必再进场了，就在这里放一只鹿出去，你二人一人一支箭，谁射中就是今年的第一。"

裴迎真和端木夜明自是同意，行了礼之后一人取出一支箭，东西两边站开，一个小兵牵出一只活鹿站在中间。

闻人安道："朕数三声，让鹿跑得远一些你们再开始放箭。"一挥手让小兵放开活鹿，他忙搂了搂陆楚楚道，"爱妃来数。"

所有人都在看她，她紧张地道："臣妾……臣妾怕数不好，还是让皇后娘娘数吧。"

皇后娘娘看着那跑远的鹿笑道："圣上让妹妹数，妹妹就不要推辞了，数三个数而已，有什么数不好的呢？"男人为何总会喜欢这般怯懦不堪、愚笨不堪的女人呢？皇上是，就连他儿子也十足十遗传了他的眼光。她在阴色沉沉之下看不远处的闻人瑞卿，他正拿白鹿挤眉弄眼地偷偷逗着陆楚音，没出息！

鹿越跑越远，快要进了林子。

闻人安搂着陆楚楚的肩道："爱妃快数。"

陆楚楚便忙紧张地开口："一，二……"她看着那鹿一跳似要蹿进林子，忙道，"三！"

阴云之下，两个人几乎是同时开弓，裴迎真上前一步，端木夜明却站在原地没动。

只听"嗖嗖"两声，众人也没看清是谁先放的箭，只见两支箭惊鸿一般破风破雾地射了出去——

远处的鹿惨叫一声瞬间倒在地上。

"谁中了？是哪个？"众人兴致勃勃地小声议论。

小兵忙跑过去搬那只鹿，等搬过来的时候众人都傻眼了。

两支箭全中了，一支在头部，一支在尾部。

"都中了？是谁先射的啊？"

"不知道，没看清，像是端木少将军。"

"我看是裴解元。"

"这可怎么办？再来一次？"

阮流君看着那只鹿，又看裴迎真，裴迎真紧皱着眉站在那里。

闻人安却拊掌而笑对两人道："精彩精彩，没料到今年不仅谢相亲自下场了，还能瞧见这样的对决，后生可畏。"他看谢绍宗，"你可是不如当年了，朕记得当年你虽输给了夜明，却也没累成这样。"

谢绍宗回过神来对闻人安道："圣上说得是。"当年他和端木夜明，还有代父下场的阮流君比赛，那时阮流君才十四五岁，英姿勃发不输男儿拿了个第一。

他看向阮流君，她大概不知当年端木夜明是有意让她，也不知其实端木夜明在她每一年生辰都寄了生辰礼给她，只是从未到过她手上而已。

"要朕看啊。"闻人安笑道，"夜明输了，你年长裴解元，也是上过战场的老手了，却和年纪轻轻第一次参加围猎的少年人打个平手，当论输。"

端木夜明也是知道的，和个年轻小子打平手本就胜之不武，可是……他又当真是十分想要那对翠玉鹿。

他也不知该如何开口。

皇后娘娘却道："圣上这样说，那臣妾可就也要偏心了，赛场上哪能就年纪和经验论输赢？"

"玩乐玩乐，皇后倒是较真了。"闻人安笑着问她，"那皇后认为当如何？再这样比下去可就要没完没了。"他看一眼天色，阴得要滴下水来，"朕瞧马上就要落雨了。"

皇后想了想，也没想出什么好办法，反倒是端木夜灵眼珠子一转道："臣女倒是有一个法子。"

"哦？"闻人安冲她点点头，"说来听听。"

端木夜灵上前行礼道："不如让臣女来代替我大哥再比一次，我的箭术是我大哥教的，他也勉强算是我的师父。"她笑吟吟地看了一眼裴迎真，"当然裴解元也不能亲自和我比，要找一位来替他与我比试。"

"裴解元可也有个徒弟？"闻人安好奇地问。

阮流君一听就知道端木夜灵要搞什么把戏，果然，端木夜灵走过来笑吟吟地拉她出去，一同对圣上道："就由与裴解元定了亲的这位许姑娘代替他出战。"

不止闻人安，连旁边的谢绍宗一干人也都愣了一下，裴迎真皱了皱眉。

女眷们倒是不怎么吃惊，本来端木夜灵就说好了要同许娇比试，只是她们没料到端木夜灵如此大胆，居然敢在圣上面前比试，不免又有些看好戏的心理。

众目睽睽之下，又当着圣上的面，端木夜灵这摆明了是要许娇好看了，这下好玩了。

夫人闺秀们抱着看热闹的心态，小声议论。

裴素素也是开心的，她实在不喜欢许娇那副嚣张不将人放在眼里的态度，让端木夜灵挫挫她锐气，羞辱她一番也是痛快的。

弹幕里就更幸灾乐祸了——

霸道总裁：已经看到了结局，这位端木姑娘何必要自己找打脸呢。

今天想吃小鸡爪：说不定女主就输了呢？然后翠玉鹿落到端木夜明手里，最后端木夜明再归还给女主，将女主感动，成功上位。

来看裴迎真：楼上的你这样拆台可还行！女主不能输！裴迎真也不能被上位！我不想站错队！

阮流君倒也没想躲，向圣上行了礼道："民女的骑射也算是裴解元指导的，算是他的半个徒弟。"她看了一眼裴迎真，"若是圣上准许，民女愿意代替这半个师父，试试看。"

裴迎真与她目光交会，眉头就是一松。

世间戏 2

025

皇后娘娘自然是支持自家人的，闻人安瞧着许娇和端木夜灵倒也觉得十分有趣，两个小姑娘比骑射，不知比当年的阮家小姑娘如何，便是准了，命人再牵一只活鹿来。

皇后娘娘却突然道："不如就用瑞卿那只白鹿吧。"

正在拿白鹿逗陆楚音的闻人瑞卿愣了一下，一抬头就对上皇后娘娘的笑容。他忙道："母后，换一只吧，这只白鹿儿臣想留下来送人……"

"留下来送人？"皇后娘娘看了一眼端木夜灵，心领神会地笑了，"原来瑞卿特意抓只活的要送人，可是送给夜灵的？"

闻人瑞卿一愣。

端木夜灵也是呆了一下，她又不喜欢这些玩意儿……但随后看到陆楚音低头站在那里便明白了姑母的意思。也是，她才是闻人瑞卿日后的妻子，他若是将白鹿送给陆楚音就太不把她当回事了，给也得先给她。

便听那些夫人笑着奉承皇后娘娘与端木夜灵，说什么太子好心意，端木小姐与太子殿下人中龙凤。

越奉承，闻人瑞卿的脸色就越难看。他偷偷看了一眼陆楚音，见她低着头也不说话，抿了抿嘴道："并非送给表姐的，表姐若是喜欢改日我再捉一只送她。"

阮流君的心沉了一下。

刚才还在奉承端木夜灵和太子的夫人们不知该如何，都闭了嘴，却又八卦心起想知道这白鹿究竟是送给谁的？竟让太子公然拒绝端木小姐，谁有这样大的魅力？

皇后娘娘脸上的笑容顿了顿。

倒是端木夜灵冷笑一声："这些玩物我一向不喜欢，表弟不必费心了，你喜欢就自个儿留着吧。"她看了一眼陆楚音，她就不信太子这样当众拒绝不送给她，陆楚音还敢收这只白鹿。

闻人安笑着命人去捉一只兔子过来，说是兔子狡猾，更有看头，这才缓和了气氛。

侍从捉了兔子来，闻人安命他捉到场中央。

端木夜灵道："既然要比单比箭术就没意思了，牵马来，我们比比骑射，三支箭为限，谁先射中算谁赢。"

闻人安倒是没见过小姑娘家家如此动真格地比较，命人牵了两匹马来，问许娇可会骑马。

阮流君摸了摸牵到跟前的这匹黑马的马头道："略会一些。"

裴迎真不放心地牵了自己骑的那匹过来给她，低声对她道："输赢不重要，你……小心些。"

阮流君翻身上马，在马上掂了掂弓箭，对他道："输赢是不重要，但输给谁……"她看了一眼对面马上志在必得的端木夜灵，"可就重要了。"

端木夜灵提弓对她道："方才我们都没有赌赢，就不必相让了。"她看了一眼马下的裴迎真，笑了一声，"裴解元的徒弟，可不要给今日力拔头筹的裴解元丢脸。"

阮流君对她笑道："端木小姐放心，你若是输了我也不会认为是端木少将军教徒无方，名师也未必出高徒。"

端木夜明一呆，看着马上的许娇乐了，两个小姑娘倒是一个比一个会挑衅啊，这狠话撂的，一个比一个目中无人。

侍从将兔子在场中央放开，那兔子一下子就窜逃出去。

闻人安一声令下，只听两声娇叱，两匹马几乎同时狂奔而去。阴云压着，带着湿意的冷风将两人的黑发彩衣吹得猎猎飘扬，如同展翼的彩凤。

他不由得赞叹地对谢绍宗道："谁说女子无才便是德？朕倒觉得这般女儿家，巾帼不让须眉。"

谢绍宗望着那阴天暮色之下扬鞭策马的阮流君轻轻叹了口气，不论她变成何等模样，她终归是她，一点没变。

阮流君打马追上那只逃窜的兔子就见端木夜灵开弓瞄准了，她在马上一提弓箭，开弓上弦，一箭射了出去——

只听"咔"的一声，那一箭没有射兔子，而是顶着端木夜灵的那一箭，将那支箭一箭射断了。

端木夜灵一愣，这样的准头……

却见阮流君马蹄未停，飞快地又是开弓一箭，"嗖"的一声射在端木夜灵的马蹄之前，那马一惊就嘶鸣一声拐了弯。

端木夜灵只来得及慌忙按住马，就听一声箭啸和一声惨叫，匆忙回过头就见阮流君已勒马停蹄，遥遥地冲她一挑眉道："你输了。"

那只兔子已是死在一箭之下。

太快了，众人都没来得及看清就已经结束了！只是看到两人冲出去，就结束了！

端木夜明却是惊叹地拊掌道："好骑射！好准头！好智谋！"转头问皇后娘娘，"姑母，这位姑娘是哪位千金？我竟不知京中除了阮小姐还有如此厉害的。"

闻人安也赞叹不已。

皇后娘娘轻飘飘地瞪了他一眼，笑骂道："你自己的妹妹输了，你倒是高兴。"

端木夜明笑道："她该输得心服口服，人外有人，她就是给父亲惯得不知天高地厚了。"又笑着问裴迎真，"裴解元，这位姑娘的骑射当真是你教的？"

裴迎真看着打马归来的阮流君吐出了一口气，她的父亲将她教得真好……若非她蒙此大难沦落到他眼前，他这辈子怕是都难以配上她、得到她。

阮流君翻身下马，在圣前行礼道："献丑了，圣上。"

闻人安连连赞叹，只说她这样可惜了是个女儿身，若是男儿定是个人才，说不定连裴解元都比下去了。

他这般的盛赞让皇后心中十分不快，一个小小的民间女子，会骑射而已，竟也当得起如此盛赞？又看着端木夜灵一脸灰败地慢慢打马归来更是不高兴，命人将端木夜灵扶下马，拉到怀里道："可吓死本宫了，那一箭要是偏一点可就射中你了。"不免看了一眼阮流君，"许姑娘怎可朝人射？惊了马伤了人可如何了得？"

闻人安笑着摆手："嗳，许姑娘箭术精妙，那一箭是朝地上射的，只为了阻拦马蹄。"

端木夜明也道："是的。姑母可能不知，那一箭断然伤不到夜灵的，况且夜灵从小骑马，怎会降不住马？许姑娘赢了就是赢了。"

皇后娘娘脸色阴沉得滴下水来，狠狠瞪了端木夜明一眼。

身后的夫人和闺秀皆噤若寒蝉，让一个不知道哪里冒出来的小姑娘赢了……还得到如此盛赞，一时之间又都觉得这个许娇太会装了，装得不显山不露水，却是如此善骑射，完全是拿端木小姐当垫脚石啊。

端木夜灵一言不发，只觉得所有人都在看她，看她的笑话，她那般信心满满地以为一定会赢……可竟然输了！

闻人安却笑着问端木夜明："那这样可就算裴解元赢了？"

端木夜明叹了口气："我心服口服。"

闻人安命人将那对翠玉鹿捧出来，亲手交到裴迎真手上。

裴迎真谢恩之后，闻人安又转头对阮流君道："朕觉得当另外再赏许娇一份。"问阮流君，"你想要什么赏赐？"

众人纷纷看向她，今日可真叫她占尽了便宜。

阮流君自然是什么赏赐也没有要，可耐不住圣上高兴，赏了一些宝石玉器给她，还将裴迎真猎的头鹿也赏给了她。

刚刚赏完，天际就响起一道闷雷，吓得众人一跳，紧跟着雷阵雨就毫无防备地砸了下来。

第二章
危机四伏

闻人安便下令暂且先到山后的斋堂避雨，等雨小些再行下山。

可这雨竟是越下越大，好在斋堂地方大，将女眷都安置在了后堂的各个厢房之中。

阮流君没有跟着女眷来，裴素素便主动请她与自己同住。

她却是拒绝了，背地里爱说她小话的人还指望她给面子？

正好陆楚音拉她同住，她便和陆楚音一间房了。

圣上赏她的那些东西被送到屋子里，还有一些贵妃赏的，她去向圣上贵妃谢恩，等回来时发现陆楚音不在房中，不知去了哪里。

出去了？

阮流君细问服侍的下人才知道有个小宫娥将陆楚音叫出去了，她心里隐隐不安。

阮流君越想越不安，正琢磨着要不要出门去找她，就听见门外有匆匆忙忙的脚步声，两个女人小声又兴奋地道："这下有好戏看了！太子那只鹿原来是要送给姓陆的那个结巴的，还正好给端木夜灵撞上了！"

"陆楚音？贵妃娘娘的妹妹？太子喜欢她？怎么可能……"

"千真万确，端木夜灵正在收拾她呢！快走快走。"

阮流君猛地站起了身，闻人瑞卿居然真干出了这种蠢事……她忙开门跟了过去。

一路跟着到了斋堂的后院，隐隐听见闻人瑞卿的声音："你到底想干什么？你又不喜欢这些小东西，我送给谁碍你什么事了？"

那两个闺秀忙躲进了回廊旁的一间厢房里，厢房里有着嗡嗡嗡的窃窃私语声，窗户开了一条缝，人影幢幢。

回廊底下还躲着几个下人，都在等着看这场好戏。

阮流君在回廊下停住脚，就听见大雨声中端木夜灵的声音冷得像利器："我是不喜欢，我也不稀罕你送，但是闻人瑞卿你有没有考虑过你如今将这只鹿送给陆楚音会有多少人看我端木夜灵的笑话，看姑母的笑话？"她隐隐动怒道，"姑母明里暗里都表明了你我的亲事，你如今是要告诉大家你有多看不上我，多不满意这桩亲事吗？还是想让所有人都知道你喜欢这个结巴姑娘？"

"端木夜灵！"闻人瑞卿喝断她的话，也动了怒地冷笑，"这门亲事本就是你与母后一厢情愿，我从未答应过。"他站在回廊下牵着那只白鹿，笑得满是恶意，"本王爱喜欢谁喜欢谁，想送谁什么就送谁什么，用得着你来多嘴？哦，本王知道了，你是白日里被许娇比下去颜面无存所以故意来找麻烦的。"

弹幕里——

吃瓜群众：天啊，这个太子才八岁吧？根本没有考虑过任何人的感受啊。

卿卿我我：我太烦这种男人了，这么吵简直是让所有人下不来台，包括陆楚音。

阮流君探头瞧了瞧，端木夜灵似乎刚去练箭回来，一身利落的胡服，还挎着弓箭，脸色已经沉得没有一丝表情，盯着闻人瑞卿，又转而看向一直站在闻人瑞卿旁边的陆楚音。

"陆楚音，这只鹿你敢收吗？"

陆楚音十分无措，小声又紧张地结巴道："我……我……我不要，我……我本来……本来就没要……"

"你敢拒绝！"闻人瑞卿忽然伸手拉住她的手，看她想挣扎就更生气了，"你怕她做什么？有我在，她还能吃了你不成？我喜欢你，我愿意送你东西怎么了？我都不怕，你怕什么！"

他最恨她这副拒绝的样子，所有人非议怎么了？他愿意不顾非议和她在一起，她就不能吗？

陆楚音急得要抽出手，却被他拉得死紧，将拴着小鹿的绳索一个劲地往她手腕上绑。她急得结巴："你……你……你放开……放开我！我不要……不要你的东西！"

"我偏要给你！"闻人瑞卿索性将绳子绑在她的腕上，"你不许

世间戏 2

拒绝！"

　　陆楚音挣扎着退到回廊的石阶边，急得结结巴巴。

　　端木夜灵冷冷笑了一声，讥讽道："陆楚音你现在心里很得意吧？看看别人求之不得的，你不要还偏要给你。"

　　"我没有……"

　　"少装了！"端木夜灵打断她，"你若当真不想要你出来做什么？你那贤良淑德的贵妃阿姐没有教过你半夜与男人幽会是下贱的事情吗？还是……"她压低了声音道，"你们都一样，惯会扮楚楚可怜抢别人的男人。"

　　陆楚音僵在那里，脸涨红一片。

　　"端木夜灵，你再出言不逊别怪我对你动手！"闻人瑞卿怒喝一声，"你这句话若是被父皇听到……"

　　"你去啊。"端木夜灵道，"难道你不是这样认为的？你不认为她的贵妃阿姐抢了你母后的宠爱吗？"

　　闻人瑞卿咬牙切齿地站在那里，却是哑口无言。他确实如此认为，他不讨厌陆楚楚和陆楚音，可他也不喜欢父皇如此宠爱陆楚楚冷落了母后。

　　陆楚音看着闻人瑞卿，看他哑口无言，看他沉默，心像是坠了一块石头般，沉到了底，原来……他也是这样看阿姐的。

　　"你……放开我。"陆楚音用力地去掰开他的手指，掰急了张口就咬了上去。

　　闻人瑞卿吃痛地松开了她，陆楚音就从他的手掌里逃脱了出去。

　　陆楚音低着头费力地去解被捆在腕上的绳子，眼泪就吧嗒吧嗒砸了下来，闷闷道："还给……还给端木小姐……"

　　端木夜灵看着闻人瑞卿心疼得一塌糊涂的表情就笑了："既然陆姑娘不要，表弟也不送给我，那就谁也不要想得到了。"她忽然抽出一支箭开弓上弦，轻轻一松手，"我不要的，谁也别想要。"

　　那一箭射过去，阮流君只听到一声惨叫和陆楚音的尖叫。

　　闻人瑞卿惊呼了一声："楚音！"

　　阮流君还没看清就瞥见陆楚音踩脱了石阶一裙子鲜血地摔进了雨地里。

"楚音！"她也顾不上别的，忙快步过去，就见那只白鹿被一箭毙命，浑身是血地抽搐在陆楚音脚边。

陆楚音吓坏了，跌坐在雨地里，脸色苍白、嘴唇青紫地盯着那只白鹿。

"楚音！"闻人瑞卿慌忙要上前去扶她。

"别碰我！"陆楚音在大雨里浑身抖得厉害，抬头看着闻人瑞卿也不知是哭了没哭，"求求你……饶了我吧……"

闻人瑞卿僵在原地，只觉得胸口闷得要裂开。

阮流君跑过去，忙要扶起陆楚音："楚音别怕，快起来……"她一只手手忙脚乱地去解开陆楚音腕上的绳索，一只手去捂陆楚音的眼睛，"别看别看，没事的，楚音。"

陆楚音愣愣地抓住阮流君的手，看见阮流君，眼眶一红才哭了："许姐姐……"她抖得厉害，抓得阮流君手指生疼，哑声道，"我……我不想这样……"

"我知道。"阮流君抱着她，"我知道的，先起来。"

端木夜灵站在回廊下看着她们，痛快极了。她就是输不起，更不愿意输给一个商贾之女。

"人要有自知之明，不是你的东西，不要拿。"她看着阮流君冷冷笑道，"你配不上。"

阮流君扶着颤抖哭泣的陆楚音起身，就听到"啪"的一声，一转头就看见闻人瑞卿一巴掌扇在端木夜灵的脸上。

端木夜灵竟是没有恼，而是抬头冷冷地盯着他："闻人瑞卿，你猜猜这一巴掌的后果是什么？是我永远不会放过陆楚音。本来我还想着你若是真喜欢，等与我成亲之后，我也可以让你留她在身边做个侧室，如今，她死定了。"她扭头就走。

阮流君扶着浑身湿透的陆楚音上了回廊离开。

闻人瑞卿一直跟在她们身后，也不吭声，也不离开。

陆楚音浑身湿透，裙子上全是血，也不知是冷的还是吓的，抖得控制不住。

阮流君扶她到温泉室里，想让她清洗清洗，泡泡澡好舒服一些，也想让她放松下来。

闻人瑞卿就站在门口不远处，也没有离开。

是阮流君扶陆楚音坐下后才听到外面有小宫娥道："太子殿下，皇后娘娘请您过去。"

半天听到闻人瑞卿说了一句"知道了"，便走开了。

阮流君看着哭得发愣的陆楚音，也不知该如何安慰她，只是帮她脱掉了湿衣服，清洗了一下，扶她泡进了温泉里。

陆楚音打了个寒战："许姐姐……我想回静云庵，我从来没有想过要和谁抢。"她抬头看着阮流君，眼泪落下，"我阿姐也没有……她不是坏心眼的人，是皇上要她进宫的……"

阮流君伸手捧了捧她的脸，轻声道："我知道。"

"可是大家都在骂阿姐，皇后娘娘骂阿姐，连闻人……"她颤颤巍巍地闭上了眼睛，眼泪颤在睫毛上。她知道自己笨，自己连话都说不好，她想这次又要给阿姐惹麻烦了……

阮流君陪了她一会儿，看她脸色缓过来了，便对她道："我去给你拿件衣服过来，你先泡着。"

陆楚音点点头，等阮流君出去以后，她才捂着脸又轻轻哭起来。

门外似乎有人进来，她惊得忙擦掉眼泪，就看见两个闺秀走进来，装作来找东西一般偷偷看她，窃窃地笑着。

片刻后离开，陆楚音听到她们在外面兴致勃勃地讨论：

"就是她，就是她，贵妃娘娘的妹妹，太子喜欢的就是她，还为她打了端木小姐呢！"

"长得也就那样啊，听说还是个结巴，不明白太子喜欢她什么啊。"

"谁知道呢？也许像她姐姐一样会招男人喜欢，男人就喜欢这种装傻扮可怜的女人了。"

"她闹成这样，明天有的好看了！"

陆楚音捂着耳朵将头埋进了水中。

陆楚音不见了。

阮流君拿衣服回来就找不到陆楚音了，连同旧衣服一起不见了，温泉室没有，外面没有，自己的厢房里也没有。她问在回廊下收拾的丫鬟，那丫鬟只说好像看到一位小姐往斋堂外去了。

弹幕里——

最爱病娇变态：斋堂外不就是大山和猎场吗？这么黑又下着大雨小陆姑娘出去做什么了？

宅斗萌：别是想不开去自尽了吧？

奸臣爱好者：不至于吧，虽然伤心难过，但不会想不开吧？

外面大风大雨，阮流君心慌意乱，当即决定去告诉贵妃娘娘，让她派人去找。

却在进入皇上、皇后、贵妃休息的回廊下就被侍卫拦住，说皇上已经和贵妃娘娘休息了，闲杂人等不能进入。

阮流君心急如焚，让那侍卫进去通传一声。

正好一个宫娥路过，问阮流君怎么了，她去通传。

阮流君感恩戴德地同她说了，就在外面等着。

那宫娥进去没多大一会儿就出来了，对阮流君说，圣上已经歇下了，有事明日再说。

阮流君愣在原地，再想找人通传却没人理她了。侍卫还劝她回去，惊扰了圣驾可吃罪不起。

阮流君看着阴森森的回廊，转身就走。

那宫娥看她走了，又回到寝室之中。

皇后娘娘斜靠在软榻上，闭眼问她："走了吗？"

"回娘娘，已经走了。"宫娥道。

皇后娘娘"嗯"了一声："不要惊动圣上和贵妃，小姑娘兴许是出去散散心。"

宫娥便应是退下。

端木夜灵低头为她捶着腿，闷不吭声。

皇后娘娘拉住她的手，哄她："还气呢？你表弟比你小，你让着他些。姑母不是骂了他，还罚他在那边跪着了吗？不气了，等会儿让他给你赔罪。"

端木夜灵趴在她怀里轻声道："还是姑母对我最好。"

皇后娘娘抚着端木夜灵的发，慢慢地道："姑母会为你出了这口气的。"

外面的雨越下越大，大雨冲刷着重重山脉，像是要将山冲塌了一般。

阮流君快步走过回廊，弹幕里一直在分析怎么办才好。

这样黑的夜，这样大的雨，陆楚音一个小姑娘跑出去……就算不是想不开，那也太危险了。

可皇上那里又报不进去。

弹幕里分成了两派争论不休，一派说找身为相国的谢绍宗，一派说找裴迎真，不然真真知道主播找别的男人帮忙又要生气了。

阮流君快步走到东厢房那一片区域的回廊下，叫住了值夜的嬷嬷，再三思虑道："麻烦嬷嬷帮我去传个话给裴解元，说我有急事找他，我就在这里等着。"

嬷嬷狐疑地看她一眼，点头去了。

阮流君等在回廊下，夜风吹得她浑身透凉，楚音可一定不要想不开啊……

过了一会儿，她听见回廊下有脚步声传来。她忙回头，就见裴迎真快步走过来。

"怎么了？这么晚出什么事了？"

阮流君忙上前一把抓住他的胳膊："裴迎真，楚音不见了。"

她脸色苍白，抓着他胳膊的手指都冰冰凉的。

裴迎真伸手握住她的手指："怎么回事？你别急，慢慢说。"

阮流君便将来龙去脉简略地讲了一遍，又说圣上那里通传不进去。

裴迎真想了想，道："你在这里等我一会儿。"

阮流君看见他在远远的一间厢房外停下，敲了敲门，没一会儿，里面有人开门，裴迎真似乎对他说了些什么，她听不清。

只见片刻后，那厢房里的人出来，居然是端木夜明。

端木夜明看见她愣了一下。

裴迎真便快步过来伸手握住阮流君的手，低声道："他可以帮忙。"他将阮流君的手指包在掌心里，贴着她的耳朵道，"不许再看他。"

阮流君忙将视线收回来。

端木夜明也是利落的，没说什么废话带着他们去了皇上那里，直接让侍卫放行，他先进去禀报后，贵妃传阮流君进去。

阮流君进去将事情简短地说了一遍，陆楚楚急得亲自给圣上跪了下来。

闻人安立即命人出去找，两队侍卫顶着夜雨兵分两路去找。

可找了一炷香的时间都没有找到，眼看着雨越下越大，陆楚楚再也等不了了，哭着求圣上让她亲自去找，若是楚音出事了，她也不会活的。

闻人安看不得她哭，要陪她一起去却是被赶过来的皇后拦了下来，晓之以理动之以情。

他身为一国之君，确实有许多身不由己。

阮流君便行礼道："民女愿意陪同贵妃娘娘出去找陆姑娘，圣上派几个人手给随同便是。"

闻人安想了想，裴迎真便和端木夜明都站了出来，说可以随同找人。

皇后娘娘只恨不能将这个侄子拖过来，开口道："夜明不可去，人若是都派出去，圣上的安危谁来负责？裴解元带人随同，夜明留下来护驾。"

端木夜明也不好说什么。

闻人安想了想，准了。

阮流君便扶着陆楚楚上了马车，裴迎真带着六名侍卫随行，滑入夜雨去找陆楚音。

陆楚楚在马车里哭得心焦，又自责又害怕，说这京都楚音也无处可以去，她会去哪里。

阮流君忽然想到陆楚音跟她说过想回静云庵，便问："娘娘，静云庵在哪个方向？我们顺着那个方向去找。"

一行人便顺着去静云庵的方向去找。

是在半路上找到了陆楚音，却不是她一人，而是被几个山贼模样的人绑着。

裴迎真不敢轻举妄动，和那山贼谈判。

　　那几名山贼押着抽泣不止的陆楚音道："我听说今日来的都是宫里的贵妃啊娘娘啊，你这马车里坐的可是贵妃娘娘？"

　　阮流君在马车里蹙了蹙眉，他们怎么知道马车里坐的是贵妃？

　　那山贼又道："拿贵妃娘娘来换这个小丫头，不然爷们可不客气了。"说完就一挪刀子割开了陆楚音的手臂。

　　陆楚音闷声惨叫，在这雨夜里格外瘆人。

　　车里的陆楚楚已是忍不住地推开阮流君拉着她的手要出去："救音音，我愿意做交换！裴解元保音音，一定不要让他们伤害音音！我愿意换！"

　　裴迎真皱了皱眉，他既然随贵妃娘娘出来，就不能让她有闪失，不然他难辞其咎。

　　他将那几个山贼打量一番，总共四个山贼，但他们挟持着陆楚音……

　　马车里忽然伸出一只手拉了拉他的衣角，他一回头就看到阮流君的眼睛，忙俯下身去，听阮流君低声道："我假冒贵妃娘娘去，他们不一定认得贵妃。"

　　裴迎真的眉头一下子皱紧了："不行。"

　　阮流君又忙道："贵妃娘娘出事你定会获罪，陆楚音出事也难免会殃及你。"他的仕途绝对不能被影响，况且她也有把握。

　　她看着光幕道具栏里那几个十分不起眼的道具——加血的药剂、匕首、迷魂药、软甲和瞬移的鞋子。

　　"我不会有事的，裴迎真你要相信我。"她看着裴迎真，"我不会做没有把握的事情。"

　　"不行。"裴迎真毫不犹豫地拒绝她。

　　阮流君在马车里打开光幕里的道具栏，也顾不得陆楚楚会不会觉得她怪异，低声喃喃道："李四，我要买匕首、迷魂药、软甲和那个瞬移的鞋子，都穿在我身上。"又问，"穿身上会被看到吗？"

　　李四：不会，都是隐形的，不过主播我务必要提醒你一下，你的金子只剩下五千金了，我算了一下可以买匕首、迷魂药和软甲，买完之后就剩下两金，那个瞬移的鞋子是五千金。

世间戏2

038

这么贵？阮流君有些后悔之前开天眼用了那么多钱，不然这会儿绝对够了。

　　她听见外面的哭声，陆楚楚急着求裴迎真让她出去做交换。

　　阮流君一咬牙道："不要瞬移的鞋子了，就要那些。"

　　李四：你可以求一下观众老爷或者路过君，他一定乐意。

　　来不及了，反正瞬移的鞋子也不一定用得上，阮流君飞快地点击购买，只听到耳朵里"当啷当啷当啷"三声响，身上一沉，她伸手摸了摸，果然里面的衣服里多了一层坚硬的软甲，袖子里多了一把匕首和一小包药。

　　她拿好了后掀开帘子对裴迎真低声道："信我。"

　　陆楚楚在车里低声哭着，说不想要让许姑娘犯险，她就算死了能救下楚音也好。

　　阮流君低喝她："我若是想置身事外就不会来了，如今您不要再说话，不要暴露身份就是最大的帮忙了。"

　　陆楚楚真的是一个没有一点主意的女人，被喝得啜泣着不敢开口，阮流君压低声音道："您若是出事了，我和裴解元如何回去？圣上会饶了我们吗？就算不与我计较，裴解元也必定会受责罚。"那他之前的努力就白费了。

　　阮流君伸手抓过陆楚楚身上的披风裹在自己身上，将头发利落地束起来，拔了陆楚楚的金凤步摇插上。

　　陆楚楚哭着不知该如何感谢阮流君。

　　就听外面的山贼已经不耐烦地喝道："不要磨叽了！不换爷们可就动手了！"他抬手割开了陆楚音的衣襟，啧啧道，"小姑娘生得够白净啊。"他抬手去摸。

　　雨夜里，陆楚音声音颤得让人的心揪起来。

　　阮流君一把抓住裴迎真的手就跳下了马车："换！你们住手！"

　　裴迎真眉头一皱，阮流君已站在马车外的大雨里，伸手抓住他的手指，对他低声道："等我回来。"她的眼睛被雨水打得睁不开，却仍看着裴迎真，想让他相信自己。

　　裴迎真一把抓紧她的手指，一颗心都像是攥在她的手掌里。

　　"你便是贵妃？"山贼打量着她。她的头发被雨水冲得散乱，容貌倒是十分出色，在看到她鬓边的金凤步摇时似确定了，"原来贵妃陆楚楚长这样啊。"

阮流君提着一口气，他们果然不认识陆楚楚，却是认识步摇。

"放了楚音，我过去和她交换。"

山贼押着身上好几处伤口流血的陆楚音道："你先过来。"

裴迎真一把拉住阮流君，对山贼冷声道："一起走到中间，我带着贵妃娘娘和你换人。"

山贼想了想："你最好别耍花样，不然爷们的刀可不是闹着玩的。"押着陆楚音往前走了几步。

她的手指真凉，凉得裴迎真又握得紧了紧，看着她道："贵妃娘娘不要怕，裴迎真拼死也会护你周全。"

大雨冲刷得阮流君浑身发抖，看不清裴迎真，只觉得他的手抓得她特别特别紧，那颗提起的心莫名其妙就安稳下来。她对裴迎真道："我相信你。"

她相信。

裴迎真握着她一步一步往前走，每一步他都在拷问自己这么做对不对，会不会真的害了流君……

他们走到山贼的面前，停住脚步。

陆楚音慌乱又虚弱，阮流君看了她一眼，对山贼道："你放人，我走过去。"

阮流君抽出裴迎真手掌里自己的手。裴迎真暗自抓了一下没抓住，阮流君已向前又走了一步。

"放人。"阮流君抓紧袖子里的匕首和迷魂药。

那山贼盯着阮流君狞笑一声："听说贵妃娘娘怀了龙种？可惜到头了。"说完，将陆楚音往前一推，猛地伸手就抓住阮流君的手腕将她一扯。

裴迎真在一瞬间出手，抓住陆楚音往后面的侍卫身旁一丢："保护陆姑娘！"同一时间，伸手一把抓住了阮流君的手，想要将她拉回来。

山贼却在瞬间挥刀朝他的手臂斩下。

阮流君一惊，急喝道："裴迎真松手！"

大雨之中裴迎真的眼神冷得像刀子，牢牢抓着她的手，在那大刀斩在手臂上的刹那，他抬手一把抓住了那大刀。

阮流君只看到刀刃砍在他掌心里，她吓蒙了："裴迎真！"

裴迎真却抓住大刀猛地一拽，一脚踹在那山贼的胸口。

阮流君听到山贼一声惨叫，抓在她肩膀上的手就是一松，下一秒她就被裴迎真一把拽进了怀里。

她听到裴迎真冷喝："拿下他们！留活口！"

她还来不及喘出一口气就看弹幕里——

饿死了：主播右边！右边！裴迎真的右边！

她猛地扭头就看见另一个山贼冲过来斜刺里一刀朝她斩下，还来不及做出反应，裴迎真已察觉，一扭身将她抱在怀里，那一刀就结结实实地斩在他的后背。

他闷哼一声撞在她身上摔进雨地里，手还托在她的脑后。

阮流君越过他的肩膀看到那山贼凶神恶煞地挥刀又要斩下，她慌忙将袖子里的迷魂药撕开猛地就朝那山贼砸过去，雨太大，迷魂药湿在她的手心里，她慌乱之中就将手掌推在了那山贼扑下来的脸上。

山贼几乎是猝不及防地倒下。

她听到四周忽然涌出埋伏的山贼，听到兵刃交接声、惨叫声，裴迎真倒在她身上，血流了她一手一脖子，她怕极了："裴……"

还没叫出口，裴迎真撑着地面忽然将她搂起来，在大雨里几个跟跄硬是撑着将她塞进了马车里。

陆楚音已被陆楚楚救回马车，陆楚楚抱着浑身是血的陆楚音又慌又怕。

裴迎真将马的缰绳塞进阮流君的手掌里，低声道："先走，回斋堂。"也不管阮流君的反应，一鞭抽在马上。

马嘶鸣一声就向前窜逃出去。

"裴迎真！"

"走！"

阮流君在黑漆漆的雨夜里又冷又怕，攥紧了缰绳一咬牙策马而去。

要快一点，快一点找人过来！

马车里，陆楚楚怕极了，陆楚音一直在抖，身上全是血，吓傻了一般一直在跟她重复："阿姐……阿姐有人要害你……你不要来……不要来！"

陆楚楚用披风裹紧了陆楚音，哭道："音音，你忍一忍，马上就回去了，回去就有太医了……音音，你不要吓阿姐。"

阮流君在大雨里心乱如麻，这次绝对不是简单的山贼，陆楚音也未必是真的自己出走的……从那山贼与他们一碰面就是冲着陆楚楚来的，而且那山贼说了一句——贵妃怀了龙种，可惜到头了。

她从未听到过贵妃娘娘身怀有孕的消息，也未曾听人提起过，若是普通的山贼怎么可能知晓宫里的娘娘有孕的消息？

她脑子里乱成一团，什么也想不清，只是怕，怕裴迎真出事，怕自己来不及叫人去救他……

他一定一定不能出事。

阮流君失魂落魄地冲进斋堂时吓了众人一跳，她浑身湿淋淋的，衣服和脖子上全是血，脸色苍白如纸，扑通跪在圣上面前急促道："裴解元在山下西路路口为保护贵妃娘娘受到山贼埋伏，求圣上速速派人去救他！"

众人吃了一惊，山贼？这里怎么会有山贼？还有担心山贼会不会冲上山来的。

这会儿陆楚楚和陆楚音被侍卫和宫娥簇拥着进来，大家看到衣衫褴褛、头发散乱，还浑身是血的陆楚音更是惊得哗然。

闻人安当即命端木夜明亲自带兵去救裴迎真，又命侍卫长带兵守着斋堂，又忙传太医过来，不放心地带着谢绍宗亲自去斋堂外布守。

阮流君本想带路过去，但若是带上她一定会碍手碍脚，她便没有跟过去，只跪在那里心神不宁。

就听见皇后娘娘幽幽叹了一口气："陆姑娘太任性了，怎能这么就独自跑出去？若是裴解元出了事……唉，你也受惊不小，只是日后这任性的脾气要改一改。"

四周的人便窃窃私语起来。

阮流君这会儿才发现所有人都醒了，都聚在这大堂里，夫人、闺秀和各个贵族子弟。

她听见有人说："是啊，出了这等事虽说不能怪罪陆姑娘，但是总归是为了去找陆姑娘，只希望裴解元别出什么事。"

又听见有人小声地议论："真有山贼？山贼抓了陆姑娘？"

"瞧陆姑娘的样子……是被山贼侮辱了？"

"小声点！"

陆楚音浑身疼得厉害："我不是自己跑出去的……"

"不是自己跑出去的？"皇后娘娘惊奇道，"本宫听下人说，是陆姑娘自己出了斋堂的。"

"是有人叫我，是有人说……"陆楚音僵在那里浑身冷得厉害。

"是谁？"皇后娘娘问她，"是谁叫你出去的？"

陆楚音站在那里颤抖得难以控制，她看着众人，看着哭泣的阿姐，看着皇后娘娘，又看着阮流君，脸色灰白一个字都讲不出口。

皇后娘娘冷笑一声："贵妃也当好好管教管教陆姑娘，便是有人叫，这般夜深一个姑娘家家怎能独自出门？她如今也不小了，出了这等事，害了裴解元不说，也害了自己。"

陆楚楚想辩解却不知该如何辩解，她只想着太医快些来，快些来。

"我没有……"陆楚音站在那里浑身打摆子，忽然一栽昏了过去。

这时，闻人安带着太医匆匆而来，命宫娥将陆楚音扶到内堂为她诊治。陆楚楚一直在哭，闻人安也在内堂陪着她，安慰着她。

阮流君坐在外堂只觉得浑身冰寒，这四周议论纷纷、窃窃私语，像刀子一般伤人。

他们肆无忌惮地猜测，满怀着恶意。

说什么陆楚音争宠太子不得，想引起大家的注意力才跑出去，这下好了，遇到了山贼。

还有说陆楚音也怪可怜的，你看她那副样子，说不定山贼对她做了什么，我听说山贼穷凶极恶，被抓走还能留得清白之身？

越说越可怕，仿佛要将陆楚音剥光了审判一般，明明他们什么都不清楚……什么都不知道，怎么会对一个小姑娘有这样大的恶意？

世间戏2

一直没说话的端木夜灵忽然走到阮流君眼前，低头对她道："你为什么要带裴迎真去？若是他有事，你就是罪魁祸首，你根本从来就没有为他考虑过，你只考虑你自己。"

阮流君坐在那里浑身冷透了，端木夜灵说得对，她自私自利，她从来没有为裴迎真考虑过，她是个彻头彻尾的小人。

她看着自己掌心里的血，那是裴迎真的，他舍命救她，无论多危险他也没有松开她的手。

弹幕里——

卿卿我我：太可怕了，这些人的恶意太可怕了，他们没想过说这些不负责任没有根据的话会对一个小姑娘的名声造成多大影响吗？

隔壁老王：这和网络暴民，键盘侠一个性质，造谣不用负责，怀着最大的恶意去攻击一个人。

路人粉：主播也是的，你不陪着去就惹不出这种麻烦了，裴迎真也不会这样了。端木女二说得也不是没有道理，陆楚音跟你非亲非故，你为啥一定要去救她？有点圣母。

今天来看裴迎真：说实话，裴迎真这会儿死不了吧，不然历史就改变了……

奸臣爱好者：楼上的破坏气氛！

四周的议论声越来越大，阮流君坐在那里感觉衣服上的雨水要滴干了，忽然听到外面传来马蹄声，她猛地就站了起来，快步走了出去，刚走出大堂便见端木夜明扶着裴迎真走了进来。

他浑身湿透，衣服染上了一片一片的血迹，脸色白得吓人……

"裴迎真……"阮流君一张口发现自己的声音是颤的，她快步走过去，却不敢伸手碰他，"你……"

"你受伤了？"裴迎真也看着她，看到她脖子上的血，忙问。

阮流君眼睛一热，扑过去抱住了他，嗓子一哑就哭了："我没有……我很好，那是你的血……裴迎真，对不起。"

裴迎真被她抱得一愣一颤，只感觉她哭了。他吐出一口气道："怎么了？为什么对不起我？"

她忙起身摇摇头，将眼泪擦了："你哪里受伤了？太医在里面。"忙迎着端木夜明就将裴迎真扛了进去。

端木夜灵要上前，却一咬牙站住了，活该，他死在许娇手里也活该！

阮流君故意落在后面，对光幕里的观众老爷们低声道："能不能麻烦观众老爷们打赏我一些金子？我想买些补血的，过后我会按照你们的要求做你们想看……"

还没说完就听到"当啷"一声。

路过打赏一万金。

弹幕里——

路过：主播不要在意别人说什么，你没有做错什么。因为你是这种性格，所以裴迎真才会喜欢你。

奸臣爱好者：是的，主播很好。

阮流君眼眶发热，她说不出这是什么感觉，未来世界的陌生人鼓励着她，陪伴着她，代替了朋友的位置。

她谢过大家，买了十瓶补血药，拿着追上裴迎真。

太医还在里面忙，她要了一杯茶来，将茶倒掉，将补血的药水倒了五瓶给裴迎真端过去："你先喝了这个。"

裴迎真低头看了一眼："什么？"

"是好东西，补血的。"阮流君不知该如何跟他解释，"真的。"她怕裴迎真不信要喝一口向他证明。

裴迎真"哎"了一声道："我没说不信，之前你不是给我喝过吗？"

阮流君一愣，原来……第一次喝的时候他就察觉到了？

裴迎真摊开血淋淋的手掌道："我没法拿，你喂我。"

扶着他的端木夜明看不下去，伸手道："我替许姑娘喂你。"

阮流君忙道："不用不用，我来。"她看裴迎真眉头松开，端着茶盏小心翼翼地喂他喝下。

裴迎真一直看着她，看她紧皱的眉和紧张的表情，觉得被那莫名其妙的东西治愈得身心舒畅，伤口也不疼了。

"怎么样？"她问裴迎真。

裴迎真对她笑着低声道："全好了，一点都不疼了。"

阮流君被他逗得想哭。

好不容易太医处理好陆楚音，出来给他处理，好在他只伤了后背和左手，伤口并不深，如今竟也不流血了。

太医连连夸他年轻底子好。

阮流君又忙问他的手会不会留疤，会不会行动不便。

太医说，好好照料应该不会的。

阮流君这才松了一口气。

等处理完了，皇后娘娘道："所幸裴解元无事，这次也算是陆姑娘福大命大，等回了宫圣上可要好好嘉赏裴解元。"

闻人安点头，他对裴迎真也是赞叹有加，却是问道："那伙山贼可有留下活口？"

裴迎真和端木夜明跪下道："生擒了一个。"

闻人安冷声道："带上来。"

皇后娘娘却道："圣上，此事若是公开了查下去，怕是不好吧。"她用眼神示意内室，"对陆姑娘的名声不好，怕对贵妃的名声也有损。"

闻人安皱了皱眉。

内室里传出陆楚楚的声音，紧接着陆楚音忽然挣着一口气推开宫娥出来，苍白着脸站在那里道："我没有，我没有做出任何损害阿姐名声的事情……"

陆楚楚忙扶住她，轻声哄道："阿姐知道，音音不要再想这件事了，好好休息……"

皇后娘娘笑了一声："是啊，陆姑娘还是听话一些好好养身子，今夜一事本宫会下令任何人都不要再提起的。"

陆楚音忽然跪了下来，对闻人安道："请圣上彻查，还我清白。"

闻人安皱了皱眉，还没开口皇后便道："陆姑娘可知道越描越黑这个理？你以为还查得清？"

皇后语气带着笑，却像冰锥一样让陆楚音发寒，她跪在那里听着阿姐的哭声只觉得百口莫辩。

阮流君站在裴迎真身边攥紧了手指忍着，她想站出来，可是那弹幕里说的话一遍遍响在耳边……非亲非故……惹麻烦……

这些她的父亲从来没有教过她，她父亲教她的是仁善。

她刚要上前跪下，就听外面有太监急报一声："皇太后驾到！"

所有人都是一惊，连闻人安和皇后都惊了。

皇太后？皇太后不是在静云庵吃斋念佛怎么请都请不回来吗？怎么会突然回来了？

闻人安忙起身迎出来。

一群人匆匆过去，闻人安说了一声："母后怎么突然回京了？"

阮流君低着头行礼，就看见一名穿着法衣的老太太越过闻人安直接走到了陆楚音的跟前。

陆楚音再也忍不住，放声哭着叫了一声："皇奶奶……"她扑在那人的怀里放声痛哭。

那人怒声对闻人安道："哀家怎么突然回来了？哀家若是再不回来只怕楚音就要被你们生生欺负死了！"

弹幕里——

今天很困：陆楚音嘴里的皇奶奶就是皇太后？她从小跟着皇太后长大的？

吃瓜群众：可是为啥大家知道陆楚音是跟着皇太后长大的还敢欺负她？不是作死吗？

围观群众：我也不懂。

阮流君十分想跟观众老爷解释，因为大家压根没想过皇太后有生之年还会回京。

这位皇太后在皇上登基没多久就带着当时年幼的陆家的两个女儿离京去了静云庵吃斋念佛，后来圣上去请了好几次都没有请回来，连陆楚楚入宫被封贵妃她也没有回来，只让陆楚音回来了。皇太后甚至还对三番五次去请她回宫的皇上说过，她死之前不会再回京，让他不必再来了。

所以大家这么吃惊，皇太后居然回来了！还这么突然！没有一点预兆和通知。

皇后娘娘也是吃了一惊，这定然是有人通风报信的，不然就算皇太后回来也会回宫啊，怎会直接来这里？

她没留意，闻人瑞卿悄悄地溜进来，站在了一旁。

一大堂的人跪着，也不敢起身。

皇太后抱着痛哭不止的陆楚音又心疼又恼怒，她好好的姑娘送回京，再见竟成了这般样子。皇太后抚着陆楚音颤颤巍巍的背，让她哭了好一会儿才细细问她，伤到了哪里，可有大碍。

闻人安站在一旁劝慰："已请太医看过了，只是几处皮外伤，没有大碍的，母后不要担心。"

这句话却是让皇太后更怒了，她回头怒道："什么叫皮外伤没有大碍？好好的姑娘被伤成这样，日后若留了疤那便是一辈子的悔恨！"她冷眼将他和皇后扫过，"不是自家的女儿不知心疼，皇帝你可有想过若是陆老将军还活着，看到自己的女儿被欺负成这样会是怎样心疼？"

闻人安站在她身旁轻声道："是儿臣没有照看好，母后别气坏了身子。"

众人大气都不敢出，只听说当今圣上至孝至仁，如今看来当真是极为尊敬皇太后。

皇太后扶陆楚音起来，为她擦了眼泪："不哭了，今日哀家回来了，必定会为你做主。"她也不管刚才进展到了何种地步，拉着陆楚音坐在榻上，直截了当地道，"这究竟是怎么回事，有哪个明白人给哀家讲清楚了？"

闻人安便坐在她的一侧将今晚之事讲了一遍，说是陆楚音夜里出了斋堂遇到了山贼。

"怎么回事？"皇太后攥了攥陆楚音的手指问她，"你跟哀家说，你怎会大半夜的一人跑出去？"

陆楚音眼泪挂在睫毛上，轻轻摇了摇头："是有人叫我出去的，说是在斋堂外等我有急事，我就去了，一出去就被人捂住了嘴……绑了起来。"她浑身颤了颤，忙抬头看着皇太后道，"可是皇奶奶，他们只是抓了我，并没有做别的，我没有败坏名节。他们抓了我，很快，裴迎真大哥和许姐姐就来救我了……而且那些山贼说只要阿姐来了，他们抓了阿姐就会放了我。"

闻人安眉头细细一皱，这摆明了就是冲着楚楚去的，但他什么也没说。

"哀家知道。"皇太后擦掉她脸上的眼泪，"无凭无据谁再敢造谣坏你名声，哀家定不饶她！"

堂下跪着的人便都噤若寒蝉。

皇太后扫了众人一眼，冷声道："今日之事没调查清楚之前，哀家不希望听到有人嚼舌根造谣。"看众人都应是，便让众人起身。

原本不打算公开调查的山贼，在皇太后回来之后被要求即刻彻查到底，她直截了当地说，能对斋堂了如指掌，还能引陆楚音出去，又说要抓贵妃，这是冲着贵妃来的。

众人不敢插嘴，听皇太后提高嗓音问了一句一直站着的皇后："皇后以为呢？"

皇后低下眉："母后说得是，想来是山贼探明了斋堂的情况，想劫持了贵妃妹妹要挟圣上，如今想想当真是后怕，一定要彻查到底。"

皇太后冷笑一声，又扫到皇后和端木夜灵的身上："哀家听说楚音在出斋堂之前与人发生了争吵？"

端木夜灵站在那里没开口。

皇太后却道："皇后可知道是谁？又是为何？说不定是那人蓄意报复也未可知。"

端木夜灵怎么也没想到太后会这样扯到她身上，刚要说话，皇后先道："不过是瑞卿、夜灵和陆姑娘因为一只小鹿拌了几句嘴而已，怎有太后说的那般严重，瑞卿和夜灵怎会蓄意报复陆姑娘？"

皇太后看向端木夜灵："你便是那个叫端木夜灵的小姑娘？"

端木夜灵上前行礼应是。

皇太后低头看着她："你可否告诉哀家，你是因何一箭射杀了音音的小鹿？"

端木夜灵惊讶无比，怎么太后开了天眼吗？知道得这么清楚……

她却也并不胆怯，抬头道："回太后，那只小鹿并非陆姑娘的，是表弟的，我射杀表弟一只小鹿也并没有什么妨碍吧？"

"哦。"皇太后挥手让闻人瑞卿过来，"小鹿是你的？"

闻人瑞卿看了一眼端木夜灵，又看了一眼皇后，最后低下头道："回皇祖母，小鹿是孙儿送给陆姑娘的。"

皇后眉头紧紧一皱。

端木夜灵也一眼瞪向闻人瑞卿："可陆姑娘并不稀罕……"

"那也轮不到你射杀！"皇太后"啪"地一拍桌子，吓得众人呼啦啦又跪了一地。

闻人安忙道："母后别生气，不过是小孩子玩闹，一只小鹿而已，改日儿臣命人再给楚音送一只。"

"小小年纪射杀别人的小鹿竟还讲得如此云淡风轻，不知向善，反以作恶为荣，你父母是如何教导你的？"皇太后言语又冷又重，指了指闻人瑞卿道，"他乃一朝太子，他的东西要赏给谁，不乐意赏给谁，岂轮得到你来指手画脚？你小小女子胆大妄为，射杀太子的鹿，还张口闭口表弟，在你眼里可还有皇家尊卑？你们端木家平时便是如此教你的吗？"

这一番话说得太重，简直是在说端木家大逆不道，连皇后都跪了下来请罪，说是两个孩子从小玩闹惯了，私底下并没有注意这些，是她管教不当，请太后恕罪。

大堂里噤若寒蝉，只听得到端木夜灵压抑着的抽泣声，她平日里高高在上，连太子都不放在眼里，哪里受过这样严厉的指责，还在众目睽睽之下。

闻人安便忙说都是表姐表弟，平日里在一处玩闹，并没有这般严重。

皇太后冷声道："哀家还听到一些有关太子妃的传闻，不知皇后知不知道？"

皇后自是答不知。

皇太后便道："不知道最好，不然哀家还以为是你授意的。瑞卿是太子，他的婚事可不是皇后一人就说了算的。"

皇后答是。

闻人安又说和了几句，缓和了气氛，让皇后和众人起了身。

皇太后这才开始处理山贼一事，她亲自问裴迎真和阮流君："就是你二人救了音音？"

裴迎真和阮流君跪下答话。

皇太后让他们起来讲清楚。

裴迎真便道："是许姑娘先发现陆姑娘不见了，本要回禀贵妃，却被侍从拦着报不进去，这才冒险找了小民与端木少将军。"

他有意让阮流君来答话。

阮流君抬头看裴迎真，见他对自己点了点头，他……是知道自己有话要说才留机会给自己的吗？

"哦？"皇太后看向阮流君。

陆楚楚也道："就是这位许姑娘救了音音和我。"她站在一侧感激地道，"那伙山贼抓了音音，本要让臣妾来换音音，许姑娘便以身犯险伪装成臣妾去与那伙山贼做交换。"

皇太后惊奇地看阮流君，看起来不过个十四五岁的小姑娘，竟有如此胆色："你可有受伤？这是怎么一回事，你过来与哀家好好说明。"

阮流君谢过太后之后便将来龙去脉讲了一遍，隐去了太子、端木夜灵和陆楚音不愉快之事，怕给陆楚音惹来不必要的麻烦。也没有将那山贼说过的那句话和自己的猜测说出来，如今无凭无据还不能讲。

弹幕里——

宅斗萌：主播为什么不讲清楚？证明那些山贼是冲着陆楚楚去的啊，这局一看就是最大的受益者皇后搞的吧！想趁机除掉怀孕的陆楚楚，宫斗里这种情节都写烂了啊，还能猜不出来？

我爱主播：也许主播有自己的打算，我们不要将自己的意愿强加到主播的身上。

吃瓜群众：不懂主播了，之前不是要站出来吗？那么正义，现在倒是不说了……

阮流君何尝不想说清楚，但无论是刚才还是现在都不能说，至少不能这样无凭无据地说，好歹等审了……

皇太后听完当即让裴迎真将那活捉的山贼带上来，皇后娘娘这次却是没有阻止。

可裴迎真去了又回，跪下道："那名山贼服毒自尽了。"

世间戏2

051

众人皆是震惊。

阮流君心一沉。

皇太后和皇上的脸色却是沉了沉，寻常的山贼若是图财劫持贵妃也说得过去，但服毒自尽就说不过去了，这更像是受人指使，行迹败露后灭口。

但唯一的活口一死，这件事就无法再彻查下去。

屋外雷声闷闷，大雨瓢泼。

闹到这种地步，却断在这里，气氛僵到极点。

皇后娘娘却忽然开口："方才陆姑娘不是说有人故意找你出的斋堂吗？不知是何人？也许这是个突破口。"

皇太后也看陆楚音："那通传的下人呢？她说是谁找你？"又命人将那下人带过来。

陆楚音却支支吾吾地说自己不记得那下人长什么样了，也忘了是谁叫她出去了。

"怎会不记得呢？"皇后娘娘温声问她。

陆楚音低着头："发生了太多事情，想不起来了。"是如何也不愿意张口了。

皇太后看她这个样子就知道定有隐情，于是打断皇后，道："发生了这么多事音音定是吓坏了，这件事等回宫之后再继续调查。"

又说了几句，便让众人散了。

皇太后说要陪着陆楚音和陆楚楚，便让皇上和皇后走了。

阮流君却是借着要陪陆楚音说说话留了下来。

等人都散尽，大堂里只剩下皇太后和她们三人，阮流君才重新又跪下道："民女隐瞒了一件事，不知当讲不当讲。"

皇太后一副了然的表情，让她讲。

阮流君便道那伙山贼并不认识贵妃，却认得贵妃的金凤步摇，并且一开始就是冲着贵妃来的，抓陆楚音只是为了引贵妃来做交换。而且山贼不但清楚斋堂的情况，连陆楚音那个时候在温泉都知道，这必定是当晚在斋堂中的人与山贼通了气。又将山贼那句"听说贵妃娘娘怀了龙种？可惜到头了"，告知了太后。

这次不但是太后，连陆楚楚都吃了一惊。

陆楚楚惊道："怎么会？我有身孕一事除了太医只有我身边的近身宫娥知道，我本想着等回了京再告知圣上的……"

阮流君没有说话。皇太后也没有说话，看着陆楚楚叹了口气："有时候哀家觉得这辈子做得最错误的决定便是同意你入宫。"陆楚楚这样单纯柔善的性格，如何在宫中自处，怕是如今她身边插满了皇后的眼线，她也不知……

皇太后又看着阮流君让她起来，道："这件事在没有证据，哀家没有让你说之前，你不可再对任何人提起，知道吗？"

"太后放心，民女知道的。"阮流君点了点头。她当然知道，现在无凭无据她突然说出这样的话非但不会帮到陆楚音查明真相，反而会给自己引来杀身之祸。

她只能装作什么都不知道，不清楚，不明白。

皇太后让她过去，细细打量着她，看她衣服半干半湿的，神容也憔悴，拉住她的手道："哀家要多谢你救下楚音和楚楚。"

阮流君忙要说是她应当的。

皇太后握住她的手，叹气："你该当的，你也是豁出了命救她们，这个恩情哀家替她们记下了。"又道，"你是个聪明有胆识的，知道什么当讲什么不当讲，此事今日不查，不代表日后不查，哀家希望日后你能再站出来做个证。"

阮流君点头："只要能查清此案，还陆姑娘一个清白，民女绝不推诿。"

皇太后看着她，极满意地点了点头："音音能有你这样一个姐姐真好，哀家听说了你和音音的事，她如今是住在你那里对吧？"

阮流君惊讶，皇太后远在静云庵怎会知道这么多？

陆楚音便问出了口："皇奶奶你怎么知道的？"

皇太后摸着她的发："还不是你阿姐担心你，将你近日来发生的事情写信告知了哀家，所以哀家才回来的，不然哀家怎会回来？"

皇太后让宫娥服侍阮流君先进去换身衣服："不过倒是瑞卿接哀家过来的，否则哀家怎知出了这种事。"

陆楚楚叹气："是我太没用了，我在宫中也护不了音音，只能求太后回来。"

"怪哀家。"皇太后看着这两个孩子叹息，"哀家原以为带你们远离伤心地能让你们快活些，没想到是害了你们。"太柔善了，在这京都里只会步步维艰。

陆楚音靠在皇太后怀里，轻声道："皇奶奶什么时候回去？我跟皇奶奶回静云庵去，我一辈子侍奉您，再也不回来了。"

"傻话。"皇太后拍着她的背，"你不嫁人了？便是不嫁人，如今也不能走了。"她看着陆楚楚，觉得她又瘦了，眉头藏着阴郁不开心的样子，"如今你阿姐有了身孕，又出了这等事，哀家如何能放心走得了？"

陆楚楚一喜："太后不走了吗？"

皇太后拍拍她的手背："暂时不走了，等哀家瞧见你给哀家平安生下小孙孙再走。"

陆楚楚松了一口气，她一直不敢说有了身孕，就是怕自己能力有限保不住这个孩子，如今太后回来了，她也就放心了。

皇太后搂着陆楚音温声问道："如今你可以跟哀家说，是谁叫你去斋堂外的吧？"

陆楚音抿了抿嘴，半天才道："小丫鬟来说，是……许姐姐叫我，说她在斋堂外有急事找我。"

正巧阮流君换好衣服出来僵在了那里，怪不得陆楚音吞吞吐吐一直不愿意说……

陆楚音看到阮流君，忙起身道："许姐姐，我知道不是你，你怎么会害我？肯定不是你，是有人借你的名义来害我，我都知道的！我……我……"她一紧张又开始结巴，急得拉着皇太后的手，"皇奶奶我……我知道不是许……许姐姐……我不说，就是怕……怕大家误会！给给给……"

"哀家知道。"皇太后拍了拍她的背，笑道，"哀家知道你不想给你许姐姐惹麻烦，我们音音也不是太笨。"

陆楚音脸色苍白，还是着急："许姐姐……我……我……我相信你的，我告诉皇奶奶没有别的……意思，皇奶奶也知道……你不要误会生我的气……"她伸手想拉住阮流君，却又是怕她生气。

"我怎会生气。"阮流君拉住她的手，"多谢你为我考虑。"

她只是心惊和后怕，怪不得皇后一直在问陆楚音是谁喊她出去的，若是陆楚音当众说了，皇后会一口咬定是她串通的山贼，那她可真是百口莫辩了。陆楚音有她皇奶奶撑腰，可如今怕是只有裴迎真会站出来为她说句话，可那有什么用呢？只会牵连裴迎真。

　　她也庆幸自己没有当场说出那些话，惹恼了皇后……

　　弹幕里——

　　奸臣爱好者：天啊……皇后也太可怕了吧，一下子要将主播、陆楚音和陆楚楚同时除掉啊！

　　来看裴迎真：的确可怕啊，要真的是皇后做的，她是早就预谋好的？不可能吧，之前她也不认识主播，怎么会要害死主播呢？

　　霸道总裁：可能就是今天晚上突发奇想要铲除主播她们，想想白天主播赢了端木夜灵……

　　路过：可能之前布置好了要除掉陆楚楚，但发生了今晚的事她就想也一块除掉陆楚音，而主播完全就是她布局需要一个棋子，顺手除掉一个讨厌的人也没有什么。

　　路人乙：感觉楼上说的是真相……

　　陆楚音看着阮流君，一口气松了下来，一把抱住阮流君："太好了许姐姐……你太好了。"想了想又补充道，"裴迎真大哥也好，你们都是好人。"

　　阮流君被她抱得差点摔倒，又气又想笑："你这次可要长个记性，不能随便相信别人的话，说出去就出去。"

　　陆楚音点点头闷声道："那个丫鬟跟我说你被端木夜灵拦住抓出了斋堂，我一时着急就没有想那么多……"

　　"那也该注意。"阮流君想说让她多当心多长个心眼，可话到嘴边又被她咽了下去。陆楚音跟着太后在静云庵长大，想来事事被太后呵护着才养成了这种性子，她本性如此。

　　太后看着她们两个小姑娘抱在一起又好笑又怜惜，拉着阮流君细细打量她："生得好，你父母教得也很好，小姑娘胆色、智谋和处事一点也不输男儿，最要紧的是良善，你父母定也是温良之人。"

　　阮流君神色黯了黯，轻声道："我父亲……是个很好很好的人，他为人良善，处事宽厚。"她的父亲一辈子未曾亏待过任何人。

"你姓许，是哪个许家？"太后以为今日来的都是京都里数得上名号的，便问，"哀家记得咱们京都姓许的不多，可是许老侯爷家的？"

许老侯爷那可是贵族世家，和崔老侯爷、太后这边的李家，以及皇后那边的端木家是大巽朝四大家族，虽说如今两个侯爷家人丁稀少，从官的也不多，渐渐没落了，但也是一般高官大户攀不上的大世家。

阮流君摇头笑了笑："民女并非京都中人，只是寻常商贾的女儿。"

"哦？"太后有些惊讶，她这一番气度真看不出是商贾之家出身，"你父亲是从商的？"

阮流君点头答道："我父亲在苏州从商，去年过世了。"

太后又细细问了她的身世来历，动了恻隐之心："也是个可怜的孩子，背井离乡地来京都，想必是吃了许多苦吧。"

阮流君笑着摇了摇头。

皇太后忽然侧头问陆楚楚："哀家听说今年的皇商挑选还没有结束是吧？倒是可以问问皇帝那些名单里可有许家。"

阮流君一喜，若是许家能成为皇商，那对许家对她都是再好不过了，只是她又担心她那个不着调的哥哥不知有没有竞选这次的皇商。

太后又留着她和陆楚音说了好些楚音在她那里住时发生的事情，实在看时候不早了才被陆楚楚催促着歇下了。

第三章
金屋藏娇

阮流君从内堂里退出来，匆匆忙忙要去裴迎真那里看一看，刚走出大厅，就看到靠在窗下的裴迎真。

他披了一件宽大的外袍斜靠在那里，低头也不知在想些什么，眉头皱得紧紧的。阮流君放轻了脚步走过去，想偷偷吓他一跳，却在到跟前时他一抬头就看到了她。

那眉头便是一松，裴迎真站直了身子对她笑了起来："我还以为今夜太后不放你回来了。"

阮流君看着他，也跟着笑起来："你在等我？"

裴迎真就在那西窗冷雨下抿着嘴对她笑，笑得人心驰神往。

大半夜的弹幕里沸腾了起来——

来看裴迎真：果然晚睡有好处！终于等到你还好我没放弃！

最爱病娇变态：天啊！裴迎真在对我笑！他要是真这么对我笑，我绝对把持不住！

今天裴迎真来了吗：真的好不容易，来裴迎真的直播间守着等着，好不容易等到裴迎真来发狗粮了。

"当啷"一声，霸道总裁打赏了一千金。

阮流君在那热热闹闹的光幕里上前一步轻轻抱住了裴迎真，感觉裴迎真的身子一僵，她隔着宽大的袍子小心翼翼地抚摸他背后包扎好的伤口，轻声问："还疼吗？"

裴迎真单手抱住她，重重地吐出一口气道："下次再也不要这样冒险了，你不怕，我怕。"

"裴迎真。"阮流君抱着他诚心诚意地道，"多谢你，相信我又护着我，陪我做了这么冒险的事。"

裴迎真搂紧她："我很乐意。"早知道这样能打动她，早挨这一刀就好了。

他的手臂箍得又紧又牢，她想起裴迎真替她挡下那一刀，又担心地问："当真不疼了吗？"

"还有点。"他低下头轻声道，"要是你能亲一下我，可能就一点也不疼了。"

阮流君在他怀里闷笑，看弹幕里一群打赏起哄的，抬头看他，正对上他的笑眼。他笑得可真好看，弯弯的，像月亮，只是平日里不常笑。

"裴迎真。"她叫他。

"嗯？"

阮流君抓着他的衣襟踮起脚，轻轻在他的唇上亲了一下。

又快又短，惊得裴迎真一呆，她已将头埋在他的怀里闷闷地笑了起来。

裴迎真呆呆地摸了摸自己的嘴唇，又揽住她道："这一下不能算，我还没有准备好。"

阮流君笑着从他怀里溜出去："不要闹了，被人看到就麻烦了。"

裴迎真将她往怀里一扯："有什么麻烦的，你迟早是我的人。"低头就要去亲她。

阮流君一侧头躲开了，裴迎真就亲在了她的脖子上，隔着衣襟在她的脖子上咬了一口。

听阮流君低叫了一声他的名字，他闷声道："还有十五个月……十五个月要等死我了。"

阮流君反应过来脸就是一红，伸手推他："不许再闹了，快点松开我回去了。"

弹幕里急死了——

今天没有太饿：什么意思？十五个月干啥？我咋没听明白！求解释啊！

宅斗萌：孝期吧？古代守孝三年还二十七个月才可以结婚。

霸道总裁：大概是还有十五个月就能开车了。

裴迎真硬是拉着她的手不撒开，将她送到了厢房回廊口又要抱她。阮流君拉开他的手，看着他那只包扎着不能动的左手叮嘱他要小心一些，不要伤了筋骨，留了疤。

　　裴迎真却道："哪有那么娇气，手上而已，就算我左手废了还有右手，也不碍事。"

　　阮流君捧着他的手："那样我会内疚一辈子。"

　　她的语气太认真了，让裴迎真愣了一下，随后忙伸手抱住她："我会注意的，你不要内疚。"

　　阮流君抱了抱他，这才回了厢房。

　　裴迎真一直看她进了厢房才离开，可一转身就看到站在身后的谢绍宗。

　　他不知何时站在那里，远远地看了裴迎真一眼，转身走了。

　　第二天一早闻人安就带着皇后去给太后请安，等着用过早膳摆驾回宫。

　　太后却不想见皇后，让她先退了下去。

　　皇后不恼不怒，行礼退下。

　　太后看着她离开，冷哼一声，对闻人安道："皇帝可知楚楚有了身孕？"

　　大堂里只有他们二人。

　　闻人安坐在那里也并没有太大的惊讶。

　　"你知道？"太后倒是惊讶了，"你既然知道，就该明白昨夜的事是冲着她去的，这背后是谁搞的鬼，你不清楚吗？"

　　闻人安喝了一口茶："可是母后并没有证据不是吗？"他品了品那茶，"随随便便几句话就推测怀疑皇后，母后指望朕如何？她是皇后，太子的母亲，端木家的女儿。"

　　太后靠在榻上瞧着自己这个儿子，半天没有开口。

　　闻人安对她笑了笑："母后既然回来了，就安心在宫中养着身子，不必操心这等事，若是无聊就叫楚音多进宫陪陪您。"

　　太后终究是叹出一口气，倦倦地道："也罢，皇帝心里自有皇帝的主张。"

闻人安传了膳，叫陆楚楚和陆楚音一块过来用膳，独独冷落了皇后，算是给太后顺顺气。

太后果然也不再提这件事，只是问他打算如何赏裴迎真和阮流君。

闻人安道："裴迎真是个难得的人才，朕如今不打算格外奖赏他，等他日金殿题名，朕自有重用。只是这许娇……"他想了想，"母后做主吧，您开心想如何赏她就如何赏她。"

太后道："寻常的赏赐也就罢了，哀家听说她家是苏州大商，今年的皇商竞选可有一个苏州许家？"

闻人安心领神会地道："朕回宫之后瞧一瞧。"又为陆楚楚亲自添了菜，"你有孕一事怎不告诉朕？朕还是从母后口中得知，惊喜了半天。"

陆楚楚脸一红，低下了头。

用过早膳，一行人打道回京。

太后特意将阮流君叫来一同坐马车回去，惹得那些夫人闺秀又多了一通小话。

太后是有意的，先前她不回京没料到楚音被排挤成这样，如今她回京了就要让众人知道她宠着楚音，对楚音好是有好处的。

等回了京都，裴迎真来接阮流君回裴府。

阮流君行礼下了马车，陆楚音依依不舍的，太后回来她就要进宫陪着太后住了，不能住在许姐姐那里了。

太后看楚音那副不舍的样子，对阮流君道："许丫头不如也来宫里玩几日，陪陪楚音，也陪陪哀家。"

众人惊讶，尤其是裴素素，进宫这样大好的机会，便是接近不了太子，那日后传出去也是高人一等啊，只恨明芝没有这样的机会。

阮流君看了一眼马车下的裴迎真却是婉拒了。

弹幕里"当啷当啷"地打赏，感谢她不进宫，让观众老爷们可以常常看到裴迎真。不然一入宫门深似海，再见裴迎真就难了！

裴素素亲亲热热地招呼阮流君坐她们的马车回府，众目睽睽之下阮流君想了想没有太让她下不来台，便让裴迎真先送顾老太傅回府，她和裴素素一块回府。

上了马车之后，裴素素就开始夸她，夸得好像从前那个瞧不上她的出身塞通房给裴迎真的不是自己一样。

裴素素又说让明芝多和她在一起玩，让她教明芝骑射。

陆明芝坐在一旁闷声道："可我又不爱那些舞刀弄枪的……"她也不喜欢许娇。

阮流君也没接话，只看着弹幕在玩。好不容易到了家，她行了礼就回了自己的院子。

香铃她们老早就等着了，看她一回来喜得忙东忙西要给她做好吃的补一补。

她看着热热闹闹的院子，笑着吐出一口气，不知从什么时候开始这些人成了家人一样的存在。

她换了身衣服还没坐一会儿，宫里就赏了东西过来，就是一些首饰摆件，有太后的，有贵妃的，居然还有皇后的。

她谢恩收下，让李妈妈记录在册收到小库房里。

正收着裴迎真来了，他带着阿守进来，看阮流君坐在椅子上听李妈妈念着都有什么，笑道："许姑娘发了一笔不小的财啊。"

她一扭头看到裴迎真，又看到阿守抱着一对翠玉鹿。

"这样多的赏赐，不知道许姑娘还稀罕不稀罕我的礼物。"他让阿守将翠玉鹿放在桌子上，"物归原主。"

物归原主。

阮流君摸了摸那凉凉的鹿角，对裴迎真道："裴解元好小气，圣上一定也赏了你好东西，你就只给我这对鹿啊？"

裴迎真无奈道："那你还想要什么？"

阮流君好奇地问："圣上赏了你什么？我不要，我听听总可以吧？"

裴迎真让她过来。

她走过去，裴迎真拉住她的手，往她手里放了一个沉甸甸的物件。她低头一看，是一把钥匙。

"什么？"她不解。

"圣上可只赏了我这一件。"裴迎真道，"都给你。"

"这是什么钥匙？"阮流君掂在手里看了看。

裴迎真托腮看她道："宅子，一座三进门的小宅子，我去看过了，有点小，但收拾收拾给你住是要比这院子好得多，也不远，就在八角胡同。"

阮流君惊讶地眨了眨眼："圣上赏了你一座宅子？"

裴迎真道："我讨来的。"

"讨来的？"阮流君更惊讶了，按理说不是该赏些物件啊、金子啊，或者别的吗？怎么赏了一座宅子？

裴迎真伸手揽住她的腰："我说别的赏赐都不要，但想要金屋藏娇，就差一座宅子了，圣上就赏了它。"

阮流君脸就是一红，看着阿守、香铃、李妈妈都在偷笑，去推裴迎真道："你正经一点……"

裴迎真不撒手："他们也不是外人，我这辈子难得这么正经。"他望着阮流君，"等我们成了亲就搬过去，带上李妈妈他们，虽然宅子小些，但我会差人好好修葺，你喜欢池塘就挖个池塘，喜欢花花草草就种上一些，给你修个亭子，你可以在里面晒太阳看书。你便是裴迎真的当家主母了，不用再应付那些你不喜欢的人。"

阮流君脸颊发烫，看着手里的钥匙又看裴迎真弯弯的眼睛，这个人每一步都在为她打算，尽他的努力让她开心。

"好不好？"他问她。

弹幕里——

来看裴迎真：好！

最爱病娇变态：好！

今天裴迎真来了吗：特别好！

阮流君笑着点了点头："好。"

他的眼睛弯啊弯，对她笑了起来。

两人正开心着，外面下人来报，说裴老太太请他们过去，说是今晚大老爷、二老爷都过来，吃家宴。

裴迎真的眉头皱了皱，他松开阮流君："去和老太太说，我今晚有事不能过去了，不必等我。"

那小丫鬟很为难地让他亲自过去说。

阮流君便对他道："不然就过去一趟？只是吃个饭而已。"

他笑了一声，那笑又冷又苦涩："你以为他是想念我这个儿子所以要跟我吃个饭吗？"

不是。

晚上，阮流君一落座就有些失望，她偷偷看被裴言带着给自己的同僚朋友敬酒的裴迎真，他脸上没有一丝笑容。

说什么家宴，裴言、裴谨两家子人之外还来了不少裴言、裴谨的同僚以及家眷，多是带着女儿来的。

阮流君坐在女眷席中，看着裴迎真像是一个值得炫耀的功勋一般被领着向诸位攀关系或是祝贺的长辈们一一敬酒，心里很不是滋味。

女眷席里有夫人问起裴迎真可已定亲了。

裴老太太笑吟吟看向阮流君，裴素素却先笑道："你们是不知，此次鹿场救贵妃娘娘的可不止迎真，还有我们家这位……"她起身到阮流君身边，扶着她的肩膀道，"许姑娘，她可是舍命相救，聪慧得连太后都连连赞叹。"

那些夫人小姐便将注意力放在了阮流君身上，惊奇不已地问她详细情况。

阮流君不想讲那么多，应付了两句便借口不舒服离了席，出去后看了一眼裴迎真，他正被裴言介绍给翰林院的大人。

今日的月亮亮堂堂地挂在夜空中，照得大地一片银白。

阮流君赏着月色慢慢回了小院里，她没怎么吃饱，便让香铃炖了一碗银耳汤。她坐在窗下跟光幕里的观众老爷们轻声聊天，请他们看月亮。

如今的观众已经多达十五万多了，弹幕多得她有时看不过来，连打赏也有了一万六七千金。

她又给裴迎真买了一些补血的，花掉了六千金。

她喝完银耳汤，正在问观众老爷想看什么，算是报答之前打赏她的。不料，香铃跑进来说，裴迎真来了。

已经是半夜了，宴席应当是散了。阮流君便起身迎出去，就瞧见裴迎真站在回廊下看月亮。

"宴席散了吗？"阮流君走过去，"你怎么不回去歇着……"

裴迎真回过头来看她，不知是不是喝多了，眼角晕着红，脸也红。他忽然伸手一把抱住了她。

他一身的冷风酒气，阮流君被抱了个满怀，就听他闷声道："流君，我带你去看看我们的宅子好不好？"

"现在？"阮流君一愣，这么晚了去看宅子？

可他抱紧了她，撒娇一般："不好吗？你看月亮这么亮，你就不想跟我一块去看看咱们的宅子吗？"

阮流君抬头看他，他不太开心，他喝了许多酒仍然不开心。

"好啊，我们一起去看看。"

阮流君跟着裴迎真从后门悄悄溜了出去，发现阿守早就备了马车在小巷子里等着。

弹幕里的观众老爷们就开始吐槽——

今天来看裴迎真：心机啊裴迎真，早就准备好了要哄主播出去。

最爱病娇变态：我还以为他喝多了临时起意呢！没想到我真早有准备！

不爱吃苹果：想问问裴迎真要是主播不答应你，你打算让阿守等一夜吗？

霸道总裁："旁友"们，这不是重点，重点是我们看到了什么？马车，车啊，这代表今晚会开车吗，主播？

阮流君坐在马车里被弹幕逗得脸红，偷偷看裴迎真，他坐在那里看着车窗外，脸上没有一丝表情。

阮流君伸手握了握他的手指，他略惊了一下回过头来看她，轻轻"嗯"了一声。

阮流君抱着他还缠着纱布的手，道："你该少喝点，你的伤还没好。"

他苦涩地笑了笑："大概也只有你关心我的伤好没好了，我的父亲、祖母……"他皱了皱眉，说不下去了。

他大概真的非常失望非常难过，他想要的也只是裴言像个父亲一样关心他两句，可到后来裴言也只是为了让他给裴家争脸面。

以前的日日夜夜里他是不是也这样期盼过，试图融入裴家？但凡裴家人多给他一点关心和善意，他大概也不会如此恨裴家了。

阮流君伸手轻轻抱住了他："对不起，我不该让你去。"

他摸了摸阮流君的头，道："不怪你，我若当真不心存幻想也不会去了。"

她听着车外的车轮骨碌碌，不知该如何安慰他。

没多一会儿便到了八角胡同，裴迎真扶她下车，牵她走到第一家门前，掏出钥匙打开陈旧的大门，轻轻一推，门吱呀而开。他对阮流君道："进去看看，喜欢不喜欢。"

阮流君拉着他走进宅子。

月光皎洁照亮整个院子，是个三进院的宅子，有些老旧，像是有一段时间没人住了，杂草从青石板缝隙中钻出来，沉灰的回廊和紧闭的房门看起来又孤寂又清冷。

裴迎真拉着她过去，一间一间地打开房门给她介绍："这间是正厅，以后我们可以在这里吃饭待客，你也可以请陆楚音过来玩。"走过回廊又推开一扇房门，"这里是书房，等过段时间我差人整理出来，将你喜欢的书一点一点添进去，还有你喜欢的瘦马图。我在窗户下给你摆张软榻，铺上垫子，我读书的时候，你可以在那里看书陪我。"

月亮又亮又圆，每推开一扇门就洒进去一地银白，像是闪闪发光的以后。

阮流君看着他，听他说着，说这里是他们的新房，问她喜欢什么样的布置什么颜色的纱窗，说要做一张小床给以后的孩子。

他这么说着，阮流君居然有些想哭。她想起了她的父亲，她的父亲也絮絮叨叨地跟她说过，等以后要做一张小床，给他的外孙。

裴迎真牵她走到后院，那是一片小花园，如今杂草伴着疯长的蔷薇藤，还有几株小秋菊零星地开着花，墙角有一棵开败了的桂花树，一地的碎屑枯花。

他们走过去发现树下有一个小小的土包，土包上倒着一块小木牌，裴迎真捡起来看到木牌上写着——酒冢。

"这下面埋着酒？"阮流君诧异地问。

裴迎真道："这里原先住着一位老翰林和他妻子，以及一个女儿，后来因罪被抓死在了牢中，他妻子没多久也死了，房子便空着了。"他弯腰用木牌挖了挖，果然挖出了两坛酒，上面写着"女儿红"。

"想喝吗？"他问阮流君。

阮流君不知为何觉得他格外难过一般，便问他："你想喝？"

他抱了一坛子酒拉着阮流君坐在回廊下的石阶上。

"我们喝一点。"他拍开那一坛子酒，酒香扑鼻而来散在夜色里，他嗅了嗅，问阮流君，"你知道'女儿红'的意思吗？"

阮流君点点头："我听父亲说过，是在女儿满月时埋下去，等到女儿出阁之时再挖出来饮用。"

裴迎真笑了一声："是了，想来那位老翰林没有等到爱女出阁。"他抬眼对阮流君笑了笑，"那我们今日就偷喝一坛，剩下一坛等你出阁之日，我们搬来住时再挖出来喝好不好？"

那月光真静。

阮流君笑着说："好。"

他便托起坛子递给她嘴边。

"没有酒杯，就这样喝好了。"他让阮流君凑过来就着酒坛子喝了一口。

那酒纯美香甜，一口喝下去整个身子都热了起来，阮流君打了一个寒战，看裴迎真仰头灌了一口，想让他少喝点，最后却是没有说。

今朝有酒今朝醉，只愿他能开心些。

两人就着月色将那酒喝了半坛，靠在石阶旁的红柱子上谈天说地，阮流君跟他讲她小时候的事情，讲庭哥儿的事情，讲她父亲的事情。

他安安静静地听着看着，直到阮流君靠过来问他："我讲了这么多，你也该讲，不然不公平。"她似乎喝得有些醉，脸颊红红的，靠在他肩膀上仰头看着他。

裴迎真将她的碎发拨到耳后，轻声道："我小时候没有开心的事情好讲给你听。"

"裴迎真。"阮流君望着他，"跟我讲讲你的事情好不好？你的母亲，你的身世，你为何会那么精通骑射？你是跟谁学的？我对你，一无所知。"

裴迎真低头亲了亲她的额头："是跟瑞秋。她是我母亲的丫鬟，从小习武精通骑射，后来被我母亲买下来后就一直跟着我母亲。我母亲去世后她就跟了我的父亲，做了姨娘留在裴家，一直偷偷地教我一些皮毛功夫。"

阮流君惊讶不已："就是那个看起来弱不禁风的瑞秋？"她不是一直被宋元香欺负吗？居然这么厉害？

裴迎真点点头，笑道："不然你以为她被冷落那么多年还好好活着，也不争宠是为了什么？"

阮流君看着他："为了……你吗？"

"不，我是为了我的母亲。"裴迎真道，"她答应过我的母亲要照看我长大，只是她一个不得宠的姨娘也帮不了我什么，只能教我一些强身健体的功夫，所以我才活到了现在。"

阮流君伸手摸了摸他的脸："你一定活得很辛苦。"他的母亲去世时他才五六岁吧，那么小的孩子，祖母和父亲从来不将他当裴家人看，宋元香又暗中给他下药，他是如何艰难地活到了现在？

裴迎真握着她的手，将脸蹭在她的掌心里，轻声道："是啊，很辛苦，没有人看得起我，也没有人愿意跟我说说话。"他闭上眼睛蹭着她的手掌，"我差点……差点就熬不过去了，每一年的冬天，每一年的除夕夜，我一人缩在被子里时……我觉得全天下都不要我了……"

他将眼睛埋在阮流君的手掌里："可是阿守跑进来兴冲冲地叫我吃饺子，瑞秋偷偷送棉衣来，或是外面下起雪的时候……我就想总会好的，撑过这个冬天总会好的……我不能让我的母亲就这样白白死了，不能让宋元香得偿所愿……"

阮流君感觉掌心里热热潮潮的，他……哭了吗？

她慢慢拿开自己的手掌，看到裴迎真睫毛被打湿，他垂着头背着月色轻轻对她笑了笑，那弯弯的眼睛里藏着眼泪，又亮又让人心碎。

他是裴迎真，日后害死裴家人的大恶人裴迎真，可是有谁知道过去的那些日日夜夜他是如何度过的。

四周安安静静，阮流君捧着他的脸仰头轻轻地亲了亲他的唇，凉凉的，带着一点点酒意。

裴迎真哽了一下，托住她的头紧紧地吻了下去。

他的眼泪落在阮流君的脸上，他吻得又急又深，哑声叫了她一声：“流君……”

阮流君钩住他的脖子张开嘴含住了他的舌尖，他呼吸猛地便是一重，托起她坐在他的怀里，搂着她的腰喘息不定地看着她。

阮流君也看着他，微微喘息地问他：“你要吃粽子糖吗？”

“要。”他仰起头将她的脑袋按下来，咬住了她的唇，一下一下地亲着，含混不清地叫她，“流君……流君抱着我。”

阮流君被他吻得天旋地转，紧紧地搂着他，贴在他怀里。

他亲着她，抓着她的手按在自己胸口：“流君，你感觉到了吗？”

他的身子滚烫，心脏突突突跳得厉害。

“流君……你摸摸看。”他紧紧抓着她的手压在他的胸口，“我爱你爱得要疯了……”

阮流君搂紧了他的脖子，感觉到他整个人都在发烫，听他一声一声忘情地问她：“你爱我吗，流君？”

他将她往怀里按：“爱我吗，流君？”

他松开她的唇，往她脖子里贴：“爱不爱我，流君？”

她浑身松软，埋在他的肩上颤颤巍巍道：“爱……”

“叫我的名字，说你爱我。”他重重咬了一口她的脖子，听她低叫一声，理智都要散了，“叫啊，流君。”

“裴……裴迎真。”阮流君紧抓着他的肩膀，软在他怀里，完全没有一丝力气，“我……爱你。”

他托起阮流君的下颌又吻了上去：“流君……我坚持不到十五个月后了……”

阮流君靠在他怀里回应他的吻，醉得说不出话。

他猛地搂紧她，深深亲了一口，又一把松开她，拉上她的披风艰难地道："不，不行……我不能让你像我的母亲一样。"

阮流君痴迷地喘息着看他，又往他怀里靠。

他浑身一热，一咬牙打横将她抱起："我们回去吧，流君。"

阮流君软绵绵地趴在他的怀里，他一路上都不敢低头，只怕忍不住，又在马车里腻腻歪歪地亲了一会儿。

等将她抱回府，抱进屋子，她已醉得不清醒，他撑着身子要让李妈妈给她擦洗一下，灌点醒酒汤，她却抱着他的脖子不撒手，醉醺醺地跟他撒娇道："抱着，抱着暖和。"

他只觉得她像个火炉，要将他融化了，搂着她柔声道："你该休息了，流君。"

她往他怀里贴："抱着……抱着一起睡。"

他喘出一口气："今日不行。"

"为什么？"阮流君不开心地搂着他。

他压下身子低声道："今日我留下，你我这一夜都会睡不着。流君听话，等明日不喝酒了我再来陪你。"

他硬生生忍下拉开阮流君的手，交给李妈妈后匆匆离开了。

这一夜，他终究是没有睡好。

第四章
侯门许家

阮流君却睡得香甜，第二天一醒来头疼得要崩溃，再一看一夜未关的直播弹幕，更崩溃了。

居然在一夜之间观众累积到了二十万人，打赏八万金！

弹幕——

今天不想吃鸡翅： 我是听说有直播开车才来的！可是居然车都点火了也没发车！感觉受到了欺骗！

隔壁老王： 裴迎真真的是厉害，自己撩起来的，居然自己又忍住了。

宅斗萌： 忍住了好啊，这要是真那啥了，女主万一未婚先孕那可真的是身败名裂了。

今天来看裴迎真： 他说不想让主播像他母亲一样，他母亲是未成亲先有孕？那可是够傻的。

阮流君回想昨夜种种，只恨不能将自己埋起来，气馁地闷声道："我再也不喝酒了……"

却听纱帐之外有人问道："你醒了？"

她一惊，扭头就看到裴迎真挑开纱幔进来，又惊又羞低头将脸埋在被子里急道："你怎么进来了？你……你出去！"

裴迎真走到榻边，轻轻拉了拉她的被子笑道："怎么酒一醒就翻脸不认人了？是谁昨夜求我留下一起睡的？"

阮流君脸烫得厉害，急恼道："你闭嘴！我……昨夜喝多了，胡说八道不算数！"

裴迎真拉出她的手，抿嘴笑道："都不算数？那你说爱我那句也不算？哎，当真不算吗？"

阮流君在被子里侧过头，露出一点脸来看他，低声道："那句算。"

裴迎真那掩不住的笑意就挂在了嘴边，伸手摸了摸她的散发问道："头疼吗？起来喝点热汤缓一缓。"

阮流君在他的手掌下缩了缩脖子，脸红道："那你先出去，我换衣服……"

他忽然低下头来隔着散发亲了她一口，起身道："我在外面等你。"转身走了。

阮流君呆愣愣地摸了摸脸颊，又禁不住笑了。

裴迎真的手伤了，老太傅放了他七八日的假，他这七八日干脆府门都不出，赖在阮流君这里。

正好陆楚音去宫里住了，他一赖一天，腻歪得观众老爷们都看不下去了。

弹幕——

霸道总裁：什么叫不务正业，什么叫从此君王不早朝，看看裴迎真。

来看裴迎真：说真的，裴迎真不是要考试吗？还有三四个月会考吧？春闱吧？他不读书真的没有问题？

阮流君也觉得整日跟他腻歪在一起耽误他功课，便在他手好得差不多后，赶他去老太傅那里读书了。

他每日早上和晚上都会来阮流君这里打个照面，连李妈妈都偷偷笑他："裴少爷每日晨昏定省跟请安似的。"

天气越发冷，进腊月的时候，宫里下了旨，皇商的结果出来了，许家当选。

陆楚音来给阮流君报喜的时候她才当真是松了口气，她老是担心许荣庆会错过这次机会，谢天谢地他还不算是不务正业。

没过几日她就收到了许荣庆的信，说他已经接到旨意了，马上就要进京来谢恩，顺便有件事要跟她商量。

裴家人送了礼来，这些日子宋元香忙着给裴惠月相看婆家，裴素素也忙着养胎都不太顾得上她。

阮流君也乐得清闲，高高兴兴地算着日子等许荣庆来。陆楚音这几日也常常来玩，连带着闻人瑞卿也常来，但打从鹿场那次陆楚音就不太搭理闻人瑞卿，对他淡淡的。

闻人瑞卿却还是挖空了心思逗她，惹得她忍不住骂两句才罢休。

阮流君不能赶人，便开玩笑问他，不用陪着他那位表姐了？

闻人瑞卿道："她自从那次被太后训斥了之后就很少进宫了，倒是安分守己地跟着夜明大哥去老太傅那里学画画了。"又道，"夜明大哥这些日子守在老太傅那里打听阮流君的事情呢，他不知道听谁说的阮流君没死，神神道道的。若是没死，谢相找了那么久怎么还没找到？肯定是摔死了，尸体被野狗野狼吃了。"

阮流君随口应了两句岔开了话题，等到晚上裴迎真过来时，她有意无意地问起："端木小姐近来在老太傅那里学画画？"

裴迎真看她一眼，笑道："怎么？她不过是一时兴起，恩师也没有教她，只是她每日里都去临摹，还有她那哥哥缠着恩师问东问西，没完没了。"

阮流君有些不高兴道："她哪里是去学画的，分明就是……"

"就是什么？"

阮流君故意问他："你说呢？"

裴迎真侧身过去笑着细细看她："我们阮小姐还会吃醋啊？"

阮流君推开他："你也这么跟端木小姐说话？"

他笑吟吟道："我只这么跟流君小姐说话。"往前一凑就亲了亲阮流君，"只跟你说话。"

阮流君笑骂他两句，就赶他回去休息了。

第二日一起来，裴素素便挺着个大肚子亲自来了，带着许多东西和陆明芝，一进屋就亲亲热热地拉住阮流君的手道："许久没有见许姑娘了，竟是越发明艳动人了。"

阮流君扫了一眼她那些东西，是一些被褥什么的，她这是又搞什么花样？

裴素素嘘寒问暖几句之后便道："明芝住的那个屋子这几日要修葺，我想着让她过来在许姑娘院里住几日，等修葺好了，就让她搬回去，正好她也可以多跟许姑娘学学，亲近亲近。"

阮流君眉头一皱。

裴素素看她的神色便道："就让她住在陆姑娘先前住的屋子便是了，许姑娘不会介意吧？"

她当然介意，可这里是裴家，她有什么资格不让人家陆明芝来住。

正说着，陆楚音就来了，一进来便笑吟吟地道："许姐姐，我给你带了好多好吃的，皇奶奶说下午带咱们出去游船玩，你去吗？"

进来看见陆明芝愣了一下，裴素素便笑道："明芝来京都这么久也没出去好好玩过，许姑娘下午可否带上明芝一起去？"

阮流君算是明白了，裴素素让陆明芝过来住根本不是和她亲近，而是想和常来的太子亲近。

裴素素又笑着问陆楚音："陆姑娘能不能带上明芝一块玩呀？她刚来京都没什么朋友，寂寞得很。"

陆楚音为难地皱眉看了一眼阮流君："皇奶奶只说让我叫上许姐姐，我和陆姑娘不熟，不好带她去。"

裴素素脸色都没变地笑道："多玩玩就熟了啊。"她看了陆明芝一眼。

陆楚音不高兴，但也不知道如何回她，便僵着身子不开口，只问阮流君道："许姐姐你要去吗？"

阮流君一想留下来就要陪着裴素素，便道："你等我换身衣服。"

陆楚音高高兴兴地答应了一声，走过来挽着阮流君的胳膊笑道："我就怕你不去，皇奶奶可是叫我一定要带你过去。"

阮流君对裴素素行了礼道："那便不能陪陆夫人了。"又道，"我隔壁那间屋子是空着的，陆姑娘要是当真要留下来住，我便让香铃收拾出来。"吩咐了香铃之后和陆楚音进了内堂换衣服。

陆明芝被无视到这种地步又气又恼，低声埋怨："娘你干吗要我住过来，人家又不乐意搭理我！"

裴素素不讲话，等阮流君和陆楚音走了才道："她不搭理你，你就搭理她，伸手不打笑脸人，机会都是自己争取的。"她挥手让下人去给陆明芝收拾屋子，抚着肚子轻声道，"你以为我如今这陆夫人是怎么得来的？你爹当年年少有为，又有个青梅竹马的表妹，我还不是靠自己争取才嫁给了你爹。"

攀不上太子，也至少要多争取亲近太后，说不定就给指了一门好亲事呢。

陆明芝委屈得眼眶发红："可这里这么破这么小，我怎么住啊？"她看了一眼更生气，"许娇那个屋子大，我想和她换。"

裴素素道："你现在不要得罪她，先在小屋子里住着吧，我让人好好给你收拾收拾。我听说你迎真表哥也常来，你多和他亲近亲近，他日后绝对不比惠景差。"

阮流君和陆楚音直接到了湖边，官兵清了湖，一整片的湖就停着一艘画舫，太后早就在里面坐着喝茶了。

阮流君跟着陆楚音上了画舫，就瞧见太后在和一个气质雍容的老太太说话，那老太太旁边还坐着一个闷头不吭的妇人和一位娇俏的小姐。

走到近前发现宁安也在，就站在那位小姐身边在晒太阳。

阮流君上前行礼，太后笑着让她起来："好些日子没见你了，起来让哀家瞧瞧。"

阮流君便起身上前，太后拉着她的手打量她笑道："越发标致了。"又对旁边坐着的老夫人道，"你瞧瞧这孩子生得如何？"

那位老夫人皱眉细细打量阮流君，忽然问道："你姓许？"

阮流君点点头，那老夫人便道："我也姓许。"

阮流君惊奇地看她。那老夫人的眉目隐隐可见年轻时的清俊，便是头发花白了也是一副英气的样子，能和老太后坐在一起，定不是寻常人家。阮流君略带试探性地问："敢问您可是山东侯爷的那位许老夫人？"

四大家族之一的老侯爷许家，许老夫人。

那老太太惊奇道："你如何猜出的？"

弹幕里吐槽——

宅斗萌：这不废话吗？她是女主能猜不出来？可是智商开了挂的。

阮流君被逗乐，开什么挂，她是见过许老夫人好不好，以前跟着她父亲还去给许老夫人祝过寿，她怎么会认不出来？

况且许老夫人可是个传奇人物，祖籍山东，父亲是个侯爷，只有她这一个女儿，宠得要命，后来为她招了个入赘的女婿，两个人十分恩爱，到后来立下汗马功劳被封了侯，也一直没有纳妾，可许老夫人多年未孕，主动为老侯爷纳了妾室。说来也怪，妾室入门几个月后许老夫人就怀了身孕，和妾室一前一后诞下两位少爷。

后来，老侯爷过世，许老夫人的嫡子也莫名过世了，她痛失爱人和爱子却支撑着偌大的侯府这么些年。

阮流君道："能和太后坐在一起的，京都中也没有别的许老夫人了。"

许老夫人瞧着她，笑道："是比陆丫头要聪明些。"

陆楚音站在旁边道："当然，许姐姐特别厉害，连圣上都夸她巾帼不让须眉呢！"她与有荣焉地挽着阮流君的胳膊。

许老夫人笑着点了点头："你的事我听说过了，本事不小，可是你的父亲教你的？"

阮流君摇头答道："我父亲不爱骑射，是小时候请了老师来教我的。"

许老夫人又点了点头，太后便笑着让她们都坐下，又向阮流君介绍了那位妇人和小姐。

妇人是许老夫人的大儿媳妇，沈薇。小姐是许老夫人庶出的儿子许青的女儿许丹夕。

阮流君一一见过礼，那个闷头坐在那里的沈薇便抬头对阮流君点了点头，阮流君偷偷打量了她一眼，她像是……好好的。

上一世阮流君曾听过这许家的一些传闻，这个沈薇是个可怜人，和许老夫人的嫡子青梅竹马，许老夫人也一直很喜欢她，拿她当以后的儿媳妇，也顺顺当当地嫁给了许老夫人的嫡子许飞卿，可才过门没半年许飞卿就死了，而她怀了身孕。

原本好好地生下来，养大了，沈薇有这个许家嫡长孙依靠也不会太苦，谁知道孩子生下来是个死胎，她受不了刺激就疯了，时好时坏，痴痴傻傻的。

如今看来，怕是传闻也不十分可靠。

今日阳光十分好，画舫慢悠悠地漂在湖上，波光粼粼似洒了一片碎金。

太后在和许老夫人喝茶说话，阮流君陪着陆楚音在船边玩九连环，宁安忽然倒了茶亲自端过来，道："之前陆妹妹住在我家时，我招待不周，令陆妹妹受惊了，今日特来给你赔罪，希望你能原谅我。"递茶给陆楚音。

陆楚音皱了皱眉。

阮流君却不惊讶，宁安这个人特别会示弱，做错了事从来不硬撑着，认错认得那叫一个又快又诚恳。

太后打不远处看过来。

陆楚音想了想接过茶，道："茶我喝了。"

宁安便笑着又给阮流君递了一杯茶："许妹妹也不要再生我的气了。"

阮流君看着那茶一顿，不要再生她的气了……她与宁安之间何止是一场气。

她没接茶，抬眼看着宁安："郡主的茶我万万担不起，你我之间有什么气呢？"

宁安的脸色暗了暗："许妹妹看来还在生我的气，那我要如何赔罪妹妹才不生我的气？"

许丹夕笑着过来："姐妹之间哪里有不解的怨呢？我瞧不如这样，过些日子是宁安姐姐的生辰，到时候宁安姐姐摆上宴席请许姑娘来再郑重地赔罪，可好？"

宁安道："是了是了。我该好好地向许妹妹赔罪，我回去便给许妹妹下帖子，还请妹妹一定要来。"又拉着许丹夕，"你也要来，陆姑娘也来玩吧，咱们姐妹们一起聚一聚。"

阮流君没答应，也没心情与她们聊天，反倒觉得比起这些虚伪人情，那安安静静坐在一旁的沈薇，才真美得十分动人。

游完湖回去，阮流君已是有些累了，陆楚音拉着她进了院子，刚一进院子就愣了愣。

一院子的下人，在抬床啊柜子啊，桌椅板凳各种家具，嚷嚷着往阮流君隔壁的屋子里抬，嘈杂得让阮流君险些以为进错了院子。

"哎？许姐姐要换屋子？"陆楚音诧异地问。

阮流君摇头道："陆明芝要过来住。"

陆楚音不高兴地皱眉："她为什么要跟你一块住啊……"

阮流君让她不要再说，绕开那些下人走了进去，就瞧见陆明芝和裴惠月正坐在大厅里聊天。

香铃迎过去小声抱怨："小姐，她们都快把房顶掀了……还随便动咱们的东西！"

阮流君看了一眼低声道："看好库房，只要她们不乱动库房和我的房间，随她们去。"

阮流君跟陆楚音进了大厅，看了一眼陆明芝和裴惠月坐的是香铃刚给她和裴迎真做的软垫也没说什么。

倒是陆楚音不高兴了，看她们吃的是她刚给阮流君送的小橘子，开口道："那是我给许姐姐送的小橘子。"看到那一桌子的橘子皮更气了，吃两个就算了，居然快吃完了。

陆明芝笑道："是吗？是陆姑娘送的啊？在盘子里放着我以为是待客用的。"又问阮流君，"我和表妹吃了两个，许姑娘不会介意吧？"

阮流君拉过陆楚音道："无妨。"拉着陆楚音坐在软榻上，"我让香铃泡红枣茶给你喝，没事。"

陆楚音垂着脸"哦"了一声，小声道："那些橘子还是皇奶奶给我的，可甜了，我舍不得吃拿来给你……"

阮流君摇了摇她的手，笑道："知道你对我好，想着我，那不是还有几个吗？等会儿我就尝尝。"差香铃去泡茶来。

院子里闹哄哄的，吵得人心烦。

弹幕里也受不了——

宅斗萌：这陆家千金也太不像千金了吧？别人屋子里放的东西就

能随便吃了？

卿卿我我：可能人家觉得这是自己姥姥家，不拿自己当外人吧。

来看裴迎真：好气哦，主播还是早点搬出去吧，裴迎真不是有宅子了吗？

宅斗萌：那她也不能现在搬啊，她一个单身闺秀独自搬去一个男人的宅子里住？不像话。

阮流君当然知道，所以也不为这些小事情跟陆明芝计较，和陆楚音说着晚上留她吃饭，问她想吃什么。

陆楚音小声问："她们晚上不在你这里吃饭吧？"

阮流君摇摇头："她们过去和裴家人一起吃。"

陆楚音这才点了点头。

也不知道陆明芝有多少东西要搬，那一下午院子里就没静过，好不容易到晚上算是搬完了，陆明芝和裴惠月去了前院，她这院子才重新又安静下来。

陆楚音吐出一口气抱怨："来住就来住嘛，搞得跟搬家一样，她是要常住吗？"

谁知道呢。

阮流君刚命香铃去买几个小菜，裴迎真便来了，还带着闻人瑞卿。

裴迎真一进院子就诧异了一下，一面脱下披风一面问道："怎么？院子里多了这么多东西，陆姑娘又要来住？"

闻人瑞卿看向陆楚音。

陆楚音却不看他，只对裴迎真道："可不是我这个陆姑娘，我来住才没这么麻烦，是裴迎真大哥的表妹陆姑娘。"

裴迎真皱了皱眉："她为什么来住？"

阮流君对他笑着，向他身后的闻人瑞卿使个眼色，他便明白陆明芝来住是为了常跟着陆楚音的太子殿下。

闻人瑞卿进了大厅坐下："本王是跟裴解元来讨教文章的。"

阮流君笑笑没拆穿他。

裴迎真还是不放心："她可找你麻烦了？"

"没有，只是来住而已，估计也住不了几日。"陆明芝也不大喜欢她这儿。阮流君起身让李妈妈给他们上茶。

闻人瑞卿问过陆楚音白天上哪儿玩了，听着便皱眉道："许家？山东侯爷许家？他们家可是有位得了失心疯的大夫人，你们怎么跟许家玩到一块儿去了？"却是问陆楚音的。

陆楚音不理他，跟裴迎真解释："皇奶奶请许老夫人游湖，说很长时间没见许姐姐了，就请许姐姐一块去了，那位大夫人瞧着倒像是没事的。"

闻人瑞卿吃瘪地盯着陆楚音，行啊，别人没问什么她都搭理，就是不理他。

香铃将饭菜买回来，原本去前院陪老太太吃饭的陆明芝忽然折回了，非常巧合地留下来和他们一同用了晚膳。

陆明芝坐在陆楚音的手边，闻人瑞卿故意夸她："陆姑娘今日的裙子可真好看，湖蓝色十分衬你。"

陆明芝便红着脸说了一声："多谢太子殿下夸赞。"

闻人瑞卿看着陆楚音，有意地亲近陆明芝，还说改日请她去赏梅，逗得陆明芝全程红着脸不敢抬头。

陆楚音沉着脸一口一口地扒饭吃，一句话也没说。

一顿饭吃完，她连留都没有留，向阮流君和裴迎真告辞之后独自坐着马车回宫。

她一走，闻人瑞卿也觉得没意思了，冷冷淡淡告别了陆明芝紧随其后就走了。

阮流君看了一眼脸颊绯红的陆明芝，也不知该说什么。陆明芝毕竟只是个小姑娘，哪里经得住高高在上的太子忽悠，如今她大概觉得太子是对她另眼相看吧。

但对太子来说，她就是拿来逗陆楚音的。

大厅里只剩下他们三人，阮流君坐在榻边拿着橘子看弹幕——

酿酿酱酱：我总觉得裴素素会害了自己的女儿……老是灌输姑娘攀龙附凤，让她真以为自己会被太子看上，之后会落差很大吧。

宅斗萌：太子太幼稚太智障了，拿别的小姑娘来逗陆楚音，这会害陆明芝误会，也追不上陆楚音。

世间戏2

裴迎真想留下多跟阮流君说几句，也好叮嘱她往后出门仔细些，可碍着陆明芝住在这里只能回去了。

之后的几日里许老夫人竟特意下了帖子请阮流君过府去玩。

可正是腊月，各府都忙着过年的事宜，许荣庆也快来了，她就没去许府，怕给人家府上添乱。

裴家这边也热热闹闹地准备过年，裴惠月的婆家原本相看得差不多了，是裴言同僚王大人的嫡子王安山，人是个不错的人，也十分看重裴惠月，只是王大人从四品的官儿，王安山考了个举人最末，并没有什么大出息，裴惠月有些瞧不上他。

加上这段时间闻人瑞卿老是跟着陆楚音过来拿陆明芝给陆楚音添堵，竟然真请出去赏了一次花。

回来后陆明芝在院子里和裴惠月说了好一通，还拿出闻人瑞卿送给她的簪子给裴惠月看。那可是宫里出来的东西，让裴惠月眼红地回去便和宋元香抱怨了好久，嫌宋元香给她相看的人家不好，觉得王安山这也不好，那也不好，便一直拖着没订婚，说是等过完年再说。

宋元香对这桩婚事也不是太满意，也想等到了来年裴惠景春闱考个好成绩，若是殿试时再能拿个探花，那惠月的婚事就不用愁了，定能找个更好的。

阮流君自是不管裴家的事，只一门心思等着许荣庆来。落定了皇商的事，她也好找人给许荣庆相看个好媳妇。

只是陆明芝住在这里后十分不方便，用她的东西什么的也就算了，偏偏她还十分爱凑在她这边，只要闻人瑞卿在，能一天不走。

香铃和李妈妈跟阮流君抱怨过好几次，她都让她们忍一忍，可这一忍忍出事了。

腊月底，许荣庆来的那一天，陆明芝将李妈妈打了，就因为李妈妈晒衣服不小心将她的裙子碰得掉在地上了。

阮流君看着李妈妈被打得红红肿肿的手指，火一下就冒了出来。李妈妈是许娇的乳娘，是个老人家，平日里她连一句重话都舍不得说，竟被陆明芝打成这样。

她问清李妈妈是哪个下人打的，是陆明芝跟前的老嬷嬷，那老嬷嬷平日里就爱管教香铃她们一干丫鬟，拧一下骂两句，阮流君都不与她计较了，今日是当真让她动了火。

她当下命人将那老嬷嬷原样打回去，对陆明芝的下人道："日后我若是再看到谁动我跟前的人一下，我不管是不是你们主子的吩咐，我翻倍打回去！"

正巧陆明芝回来，看到自己手下的人被教训了，柳眉一竖瞪着阮流君道："许姑娘你这是什么意思？你的下人犯错我连教训都教训不得了吗？"

"是。"阮流君直截了当道，"我的下人犯错我自会亲自教训，还轮不到陆姑娘教训。"

陆明芝怒道："许姑娘搞清楚，这里是裴府，不是你们许家！"

还没等阮流君还嘴，便听人冷声道："那也不是你们陆府！"

阮流君一愣，便见门口进来一个人，不是别人正是许荣庆，他似乎又高了也瘦了，冷着一张脸进来，竟真有些当家人的气派。

"大哥！"阮流君一喜。

许荣庆已对她笑了笑，请着一同来的老公公进了院子。老公公身后还跟着两个小太监抬着一些打赏，对阮流君道："这些是圣上和太后赏给许姑娘的。"

是一些上好的南珠和难得的布料，说是要过年了给她做新衣服用。

阮流君谢了恩，又打赏了几位公公，那老公公得了一个大赏，掂在手里对阮流君笑得越发客气："太后十分喜欢许姑娘，几次要宣许姑娘进宫去住几日。"他瞧了一眼陆明芝，"老奴瞧着这裴家也并非什么好住处，不如许姑娘进宫陪陪太后？"

阮流君也知道他不过是得了赏奉承自己两句，便客气地谢过，送走了几位公公，她又高高兴兴地将许荣庆迎进了屋子。

"你直接进宫领了旨吗？怎么也不和我说一声？"

许荣庆笑眯眯地看着她，忽然伸手一把抱起了她，吓了她一跳，他高兴得跟只猴子一样道："瘦了瘦了，定是裴家人欺负你了，我要找裴迎真那小子算账。"

阮流君莫名其妙地眼眶一热，有哥哥的感觉真好。

"许大哥要找我算什么账？"那声音响在门口，吓了阮流君一

世间戏2

跳，一扭头就看到裴迎真走了进来。

"你怎么回来了？没去老太傅那里？"阮流君问他。

"去了，明日除夕，今日恩师放假。"裴迎真瞧了一眼许荣庆，这小子没轻没重地搂着阮流君的肩膀，"顺便回来等许大哥跟我算账。"他不动声色地上前拉开许荣庆，请许荣庆进门。

许荣庆哼了一声："我不在，你就这样让人欺负娇娇？"

裴迎真扫了一眼陆明芝。

陆明芝心里本也窝着火，被他这一瞧，拂袖便要走。

许荣庆却道："这位陆姑娘留步。"他走过去对她行礼，然后道，"我们娇娇在裴府也住了有些日子了，裴老夫人的好意我们明白了，还请陆姑娘去跟你外祖母说一声，过几日我便带着娇娇去向老太太答谢，并且告辞。"

陆明芝一愣。

阮流君也是一愣，便见许荣庆笑着走过来道："这次来除了领旨还有一件事要跟你说，我前段时间买了京中的几家铺子，打算将生意做到京中来，正好竞选上了皇商，天时地利人和啊。"他又去搂阮流君的肩膀，"我顺便在京中买了座宅子，想着等过几日整顿好了就接你过去，咱们以后不住裴家了，免得寄人篱下让你受委屈。"他对裴迎真一挑眉，"裴家老太太要亲自教养你的好意咱们就心领了，跟大哥住，谁也不必教养你。"

阮流君心头一热，许荣庆真的成长了不少。

裴迎真却皱了皱眉。

弹幕里——

最爱病娇变态：好久不见许大哥！又帅了！成熟了！还会替妹妹着想了！

奸臣爱好者：感动，怎么有种吾家大哥初长成的感动……

宅斗萌：早该搬出去了，寄人篱下毕竟不好说话，又有个裴素素搅和。

霸道总裁：裴迎真现在心里一定在想——我老婆要被她哥接走了，关键是，还不是她亲哥，我该怎么办？

阮流君拉着许荣庆问了好些许家生意如何，他日后怎么想的。

裴迎真坐在一边陪着。

陆明芝去了老太太那里，将刚才的事一讲。

裴素素第一个不乐意了，对她道："我不是跟你说不让你招惹她吗？她若是搬出去了，你看看你还有什么机会。"

陆明芝不服气："没有她，太子殿下就不来了吗？"就不能为了见她来吗？

裴素素真是越发恨铁不成钢："你还真以为太子如今已经瞧上你了？那怎么陆楚音不来时，他也不来？"

陆明芝想反驳，又不知如何反驳。

裴素素蹙着眉头对老太太道："娘，咱们不能让许娇搬出去，得想个法子留住她。"

这边阮流君留下许荣庆吃晚饭，可他实在忙得厉害，刚刚盘下来没多久的铺子他要亲自过去看看，匆匆忙忙吃了点就走了，说明日过来和阮流君一起过年守岁。

送走许荣庆，裴迎真忽然问她："你当真要搬出去吗？"

"你不希望我搬出去？"阮流君笑吟吟地看他。

她脸上的伤总算好了，看得出许荣庆回来她是真的开心。

裴迎真拉住她的手："希望，也不希望。"他拉她进了屋子，"你搬出去也好，你会开心一些，自在一些。"

他又道："我虽去你那没有裴家方便，但总是可以过去看看你的，只是有一点……"

他看着阮流君："你终归不是他的亲妹妹……流君，你要注意着些。"

阮流君笑了笑："我自然知道。"

他禁不住笑着叹了口气："明天，我们一起守岁？"

阮流君道："好啊。我给你做了新衣服。"

裴迎真眼睛一弯，笑了。

第五章
新年守岁

　　除夕那天一早阮流君就起来了，下人都在忙着贴春联，满院子热热闹闹的。她在廊下坐了一会儿，宁安府上来了人，给她送帖子，请她生辰那天过去。

　　她差点就忘了这茬，也没接帖子，直接说没有时间过去。

　　那下人很是为难劝说了几次，还是被阮流君拒绝了。

　　她半点也不想在这个时候和宁安搅和在一起。

　　好不容易送走了那下人，陆楚音又来了，给阮流君送了好些过年用的吃的，还有炮仗，又说宫里可热闹了，想请阮流君进宫一块过除夕，她都和太后说好了。

　　许荣庆回来了，她又答应了裴迎真一起过，自然是不能进宫去。

　　陆楚音没说动她，也没多留便回宫里了。

　　等送走陆楚音，裴家那边又派人过来说让她晚上过去一起过年守岁。她想了想，还是亲自去裴老太太那里请了安，婉拒了，也算是尽了礼数。

　　从裴老太太那里回来天都黑了，裴迎真竟然已经在院子里等她了，穿着她给他做的新衣，在看李妈妈包饺子。

　　她走过去："你不用去前院？"

　　他似乎吓了一跳，回过头来看着阮流君便笑了。

　　"不用，我说我去恩师那里过年了。"他拉了拉她的手，"好凉啊。"焐在掌心里暖了暖。

　　阮流君刚对他笑了笑，便听有人在背后咳嗽了一声，一回头就瞧见许荣庆提着一大挂的鞭炮站在那里。

　　"撒手撒手。"许荣庆过来拉开阮流君，对裴迎真道，"还没成亲，你这是什么样子，不许占我妹妹便宜。"

弹幕里吐槽——

许大哥不知道亲都亲过几回了，每天腻歪来腻歪去的，还一起睡。大概知道了会气吐血吧。

许荣庆拉着阮流君低声问她："那个，大哥有一件事问你，就是那个谢大哥他……说想带一个叫庭哥儿的娃娃来一起过年守岁，你同意吗？"

阮流君的心就跳了跳，她想庭哥儿，但她实在不想和谢绍宗一块过年……她看了一眼裴迎真，又看了一眼弹幕。

都劝她不要答应，还有说许荣庆死性不改的。

她想了想，不能给许荣庆开这个头，便道："不同意，大哥你怎么又和谢绍宗……"

"没有没有！"许荣庆忙道，"我没找他，是他找我的，我也没答应，这不是来问你吗？你不同意就算了。"又忙笑，"娇娇别生气，大过年的，我让下人回了他就行。"

阮流君有些无奈，但想想谢绍宗与她之间有仇，可是在别人眼里，尤其是许荣庆眼里，他并非一个坏人，他救了自己的妹妹，还愿意亲近许家，并未做过一件对许荣庆不利的事情。

她便也没有说什么，任由他拉着进屋吃饺子。

屋子里生了炭火，热烘烘的。

阮流君也让香铃、李妈妈、阿守他们那些下人进来一块吃饺子，热热闹闹地吃了饺子，还烫了一壶酒喝。

香铃、阿守他们在一旁玩骰子赢些小钱玩。

许荣庆在絮絮叨叨地跟她讲他买了什么宅子，问她屋子里想要什么家具。

她喝了些酒，有些轻飘飘地靠在桌子上撑着脑袋，看弹幕里都在热热闹闹地祝她新年快乐。

一抬头，就看到裴迎真盛着笑意的眼睛。

等到快午夜时一群人都撑不住了，阮流君便让他们下去休息。

许荣庆喝大了，趴在桌子上也不知是睡没睡着，只听他在嘟囔什么，阮流君凑近了才听到，好像是什么——过什么年，老子又没有祖父祖母，也没有姥姥姥爷，一个亲戚都没有，没有压岁钱……过什么年，老子……爹娘都没有了……

阮流君这才想起来，李妈妈隐约跟她说过，许家很奇怪，没有任何亲戚，许娇也没有祖父祖母，连姥爷姥姥都没有，每次过年就是一家子在过。

她想起身拿床毯子给许荣庆盖上，还没起身裴迎真已经起身，拿了毯子过来一床盖在许荣庆身上，一床披在了阮流君身上。

阮流君抓着毯子抬头对他笑道："多谢……"

裴迎真低头轻轻吻住了她的嘴，想再吻，一旁的许荣庆忽然打了个寒战，做梦一般嚷嚷："过年了，过年了……"

阮流君吓得忙推开裴迎真，却见许荣庆一头又栽倒在了桌子上。

忽然，外面传来一阵阵的鞭炮声，阮流君起身往外看："到时候了吗？"

鞭炮声轰隆隆地响起来，她走到门前忽然发现，下雪了。

她惊喜地回头道："裴迎真，下雪了。"

裴迎真走过来，看了一眼黑茫茫夜色里零星飘下的雪花，偷偷拉住了她的手，低头对她道："新年好，流君。"

阮流君握了握他的手指，对他笑道："新年好，裴迎真。"

他忽然伸手拉起毯子遮住阮流君贴着她又亲了她一口："这是我最开心的一年。"

阮流君在毯子下对他笑了笑，却不是她过的，开心的一年。

熬得太晚，第二天阮流君便起得晚，还没起来香铃便拿着一张帖子进来："小姐，有人请你和少爷过府去玩。"

"今天？"阮流君惊讶，"大年初一怎么还会请人过府？"今天按理不是该去向祖父祖母拜年吗？

阮流君接过帖子看了一下，更惊讶了，居然是许老夫人，还请了她和她大哥两个人。

许老夫人怎么会在这个时候请她去玩？还请她和她大哥？

那送帖子的人还等在府外，阮流君忙起来梳洗完毕让香铃将那人请到外间喝茶吃点心，一瞧居然是那日跟在许老夫人身边的老嬷嬷。

正巧许荣庆和裴迎真过来了，昨夜许荣庆喝多了裴迎真将他扛到了自己院里休息，今天一早两个人一块过来了。

阮流君便将许老夫人的帖子拿出来给许荣庆看，问他要不要去。

她总觉得许老夫人亲自下帖子，还下了几次她都没去，这次再推了委实有些太拿架子了，可是去吧，大年初一的人家府上团圆，他们两个外人去多不好。

许荣庆拿过来看了看："哎？也姓许啊？这是谁？"

裴迎真却是知道的："侯爷夫人请你和许大哥过去？无缘无故的，怎么还挑了今日？"

阮流君也不知道，上次也不过说了几句话，回来这几天许府送来那么多东西，一请再请，这次还连带许荣庆也请了。

许荣庆也没个主意："我又不认识人家，去给人家拜什么年啊？"

阮流君便将许府送帖的嬷嬷请了进来，封了红包给嬷嬷，客客气气地说，多谢老夫人厚爱，等过完年她会亲自去拜访老夫人，今日就不好过去了。

那嬷嬷却道："老夫人就是特意挑了今日请许小姐许少爷过去的。老夫人听说许家少爷来了京都，想小姐和少爷在京中也无亲无故的，便请您二位过去热闹热闹。老夫人连马车都派好了，您若是不去，老夫人必定会再差人来请的。"

裴迎真皱了皱眉，这许家……怎么对阮流君这么热情？

阮流君不知该如何拒绝，许荣庆却一摆手道："既然人家老夫人都这么热情了，咱们再推辞就太失礼了，去就去吧，就当给老夫人拜个年。"反正也就是去拜个年。

阮流君也没再推辞，挑了一些补品做拜礼，想了想又给大夫人挑了一份，这才和许荣庆过去。

正好裴迎真要去老太傅那里拜年，送她上了马车才走。

一路上，阮流君又低低嘱咐许荣庆去了许家可不要犯浑，又将大夫人的情况向许荣庆说了："你见着她不要失礼，若她有异样的举动，你也不要非议。"

世间戏2

许荣庆一句一句应着："娇娇你怎么变得这么啰唆了？以前你可不这样。"

阮流君顿了顿，没有说什么，她有时候不知道该不该向许荣庆坦白……可是若他知道了定会非常难受吧？

到了许府已有人在等着了，迎了他们进去。

阮流君之前来过许府，许府是先帝赏的府邸，比裴府大了一倍，雕梁画栋，修得也十分雅致。

且出入的仆人都十分得体，居然进去还乘了小轿。

许荣庆不懂这些个，只是觉得要是能把这宅子买下来就好了，给娇娇结婚用，多体面。

这样一想，两个倒是都没什么紧张的，跟着进去在正厅里见到了许家人。

许家人丁不旺，许老夫人的嫡子死后，就只剩下一个庶子许青，许青膝下有一双嫡子女，嫡女便是那日见过的许丹夕，嫡子叫许丹辉，和裴迎真一般大，今年秋闱考了第九，还有一个小一岁的庶子许少恭。

正好在给许老夫人拜年，便一同见过了。

许青的正妻居然是内阁学士李大人的女儿，李霏霏的姐姐李芳，见到许娇笑吟吟地让她过来："这几日总听老太太念叨你，今日一见果然是个标致的美人。"拉着她的手看了看，又问，"多大了？可有定亲？"

许丹夕笑道："许姑娘和我一般大，已与如今十分有名气的裴解元定了亲的，母亲就不要乱想了。"

"你这孩子。"李芳笑瞪她一眼，"我这不是瞧着许姑娘喜欢吗，想着与少恭正好年纪相当，随口问一问。"

许老太太笑容就淡了淡，招手让阮流君过去，拉着她坐在身边问道："上回游湖人多，我看你是个娴静性子，话也不多，没说上几句就又散了，这几日请也不来，怕是嫌我这老婆子没趣。"

阮流君忙道没有，任许老夫人握着手，有些不好意思。

沈薇坐在一旁，看着神色也好，唯独与那日游湖一般，神情里总有些不安。

许荣庆在一边坐得很无聊，那位许青老爷很客套地问他读什么书、可参加科举了一些话。

他答了，没读书，没参加科举，他一个做生意的参加什么科举啊，他又不爱读书。

然后，许青就比较尴尬，没有再问了。

许荣庆知道，这些达官贵人瞧不上他们这些做生意的。

而且许老夫人也老是瞧他，打量了又打量，看得他不好意思。

许老夫人问道："你今年十六岁？可定亲了？"

许荣庆恭恭敬敬地答："回老夫人，我今年十六岁，还未曾定亲。"

许老夫人"哦"了一声，瞧着他笑道："不着急，我替你留意着合适的。我听说你刚刚被封了皇商？你……喜欢做生意？想不想读书或者做个官？"

许荣庆老老实实道："并不太想，我不爱读书，我觉得做生意比较在行。"他这次回去可是老老实实地学了做生意，一学之下发现，赚钱还真挺好玩的。

许老夫人叹息一般道："喜欢做便做吧。"

到了正午，许老夫人说什么也要留下两兄妹一起吃饭，竟还要许荣庆和她一桌。

阮流君觉得不妥，但老夫人盛情难却。

正好吃饭时沈薇不舒服地犯了病，阮流君虽听说过，却不想她发起狂来俨然不似平常，疯狂嘶吼，对着下人又抓又咬，全然认不出旁人。折腾了好一通，才让她平复下来，许老夫人似乎很怜惜沈薇，也没让人捆了送她回房，依然带在身边，她犯病之后就痴痴傻傻地闷头不吭声。~

许老夫人让嬷嬷喂沈薇吃饭，给一口，沈薇就吃一口。

许荣庆谨记着妹妹之前跟自己说过的，也没有多看，低头默默地吃饭，谁知老夫人忽然问他："她这样子可有让你觉得不舒服？不体面？"

许荣庆愣愣地看她一眼，摇头道："人吃五谷杂粮总会生出这样那样的病，病来不由己，我若是老了口眼歪斜的，我的儿子要是嫌我不体面，我非打死他不可。"

许老夫人被他逗乐了，看着他点了点头。

从许府回来许荣庆就去铺子里忙着铺子里的事了。

阮流君回到府上时裴迎真已经回来了，她刚想烫些酒陪裴迎真喝一些，癸水便来了。

她昨天才喝了酒，今日就来了，没疼昏她。

她哆哆嗦嗦地抱着毯子坐在那里，裴迎真看着她就想笑。

"你不记日子的吗？"

阮流君不想跟他讨论这种事，便催他回去。

他却坐过来："今日陆明芝不回来睡，你大哥也不回来。"

阮流君推他："那你也得回去。"

他便退让道："那我晚点回去，我陪你说会儿话。"

窗外下了一夜的细雪，阮流君不知自己什么时候睡着的，再醒来就发现裴迎真已经回去了。

那之后的几日阮流君难受得闭门不出，倒是陆楚音过来找她玩了好几次，又问她元宵节要不要一起去看灯。

正巧闻人瑞卿进来道："我们一起去吧，约上裴迎真。"

陆楚音看了他一眼，闷声道："那你们去吧。"

闻人瑞卿立马不高兴，过来瞅着她道："你打算一辈子都这样躲着我吗？"

陆楚音低头道："你和你表姐去就好了吗，或者你约另一位陆姑娘去。"

闻人瑞卿脸色阴沉，阮流君怕他们吵起来忙道："楚音，你帮我去看看红枣茶好了没有。"

陆楚音应了一声去了。

闻人瑞卿一扭头也走了。

到了元宵节那日陆楚音高高兴兴地来叫她，正好裴迎真也得空，阮流君也好多了，三个人便一块去看了灯。

灯没怎么看，却是在灯会上遇上了招摇过市的闻人瑞卿，他当真带了陆明芝一块看灯，稀奇的是居然还有端木夜灵。

这三人行看得阮流君啧啧称奇，倒是真的觉得陆楚音不掺和在里面是对的。

她带着陆楚音避开闻人瑞卿他们去吃元宵，端木夜灵却找了过来，坐在裴迎真对面道："裴迎真，我有些话想对你说，你方便过来一下吗？"

阮流君顿了顿手指，听裴迎真答了一句："不方便。"

端木夜灵却又道："此事可能会影响你的仕途，你当真不跟我过来？"

裴迎真依旧道："当真。"

端木夜灵便起身瞧着他，冷笑道："裴迎真，你日后千万别后悔。"又看阮流君，"许姑娘也是。"说完扭头就走。

阮流君实在不明白她这又是唱的哪一出，却听有人叫了她一声："许姑娘？"

她回头便瞧见许丹夕和端木夜明。

"你也来看灯啊？"许丹夕裹着猩红的披风，又看裴迎真，"这位就是大名鼎鼎的裴解元吧？"

阮流君向他们介绍了一番，端木夜明却忽然问她："敢问许姑娘，那对翠玉鹿你怎么处置了？"

阮流君便答她将翠玉鹿放在家里了。

他也就没再问，只是站在一旁也不说话。

许丹夕却是开开心心地同她道："刚刚碰到谢相国和裴姑娘，我还想着许姑娘说不定也一起出来了，没想到在这里碰上你了。"

"裴姑娘？"阮流君诧异。

许丹夕点头道："是啊，裴解元的妹妹，叫……"

"裴惠月？"阮流君问。

"对对。"许丹夕笑了笑，"宁安刚刚生了好大一场气回去了，许姑娘没见到她们？"

阮流君摇了摇头，又和许丹夕说了两句便走了。

陆楚音兴致不高，她也没什么心思看灯，便随便看看回了府。

不知为何，阮流君总有些心绪不宁，谢绍宗怎么会又突然约了裴惠月？裴惠月不是已经快要和王少爷定亲了吗？

裴迎真看着她心绪不宁，将买给她的灯放在地上便走了。

她看了一眼裴迎真的背影，忙道："裴迎真，你明天还来吗？"

裴迎真顿了顿脚步，回头看她："我明日就要去恩师府上备考了。"

是了是了，再有一个多月就要春闱了。她刚想说让他专心备考，裴迎真又开口："要晚一些才会过来。"

她看着裴迎真，吐出一口气，笑道："好啊，晚上我等你过来吃饭。"

之后的几日，阮流君白日里忙着去许荣庆新买的宅子看修葺和布置，晚上等裴迎真来一起吃饭，忙得也顾不上许多。

只隐约听府中的下人说起，王家催着定亲，裴家这边却是一推再推，又说惠月小姐怕是真攀上高枝了。

她急着等宅子收拾好了搬出去，也懒得理这些事情。

裴素素那边却是急了，有一日请阮流君过去竟是要帮许荣庆相看媳妇，还请了一位柳小姐来。

那位柳小姐也是个从五品官员的女儿，却是个庶女，生得倒是清秀。

阮流君回来问过许荣庆，许荣庆只道不着急，等过了孝期再说。

阮流君也没有逼他，便去向裴素素回了。

裴素素面上没说什么，背地里却觉得她和许荣庆太不识抬举了，一个商贾之家能娶到一个官宦之女已是不错了，竟还嫌弃是庶女。

这话说给陆明芝听了，没想到陆明芝当笑话讲给了别的闺秀，让阮流君惹了一身骂名。

这些糟心的事还没完就又出了事，陆楚音要定亲的那户人家是老太后的本家，李家的少爷，李云飞。

这件事阮流君原本不知，但陆楚音来告诉她的那天，在她的院里和闻人瑞卿吵了起来。

闻人瑞卿毫不讲理地逼陆楚音去退亲，还说若是她敢嫁他就整治那李云飞，还说要去告诉李云飞，陆楚音是个结巴。

陆楚音说不过他，气得哭着骂他："你……你讲不讲理！我定亲关你……关你什么事？你有你表姐，有……有另一位陆姑娘干吗老是招惹我！"

闻人瑞卿便口不择言地道："我又没有和我表姐定亲！那个陆明芝我不过是拿来气你的，你真以为我会喜欢上那样的女人？"

好巧不巧，陆明芝正拉着裴惠月凑过来要找闻人瑞卿，正好就听见了，当即脸色苍白地站在那里。

这场面出乎阮流君的意料，却也在情理之中，迟早的事。

陆楚音看见陆明芝，不想再跟闻人瑞卿吵，起身匆忙向阮流君告辞就要走了。

闻人瑞卿根本不顾及陆明芝的感受，就要追出去。

陆明芝却是红着眼睛抓住了闻人瑞卿的衣袖："太子殿下……这些日子当真对我半点好感都没有？您刚才说的……"她说不下去就掉了眼泪，明明太子还带她赏花，送她首饰，在灯会上为她赢彩头，那些都是假的？为了逗陆楚音玩？

"太子殿下为我做的那些都是骗我的？"她颤颤巍巍地问。

闻人瑞卿眼看陆楚音走了，冷声道："本王何时骗过你？本王可有说过喜欢你？是你一厢情愿非要往上凑，本王不过是随手成全你，你倒是还当真了。"甩开陆明芝就追了出去。

陆明芝被甩得险些站不稳，被裴惠月慌忙扶着，她再也忍不住哭了起来。

裴惠月抱着陆明芝，瞧见阮流君还在那里看着，气不打一处来："你早就知道吧？你就是故意为了看笑话对吧！"

阮流君懒得理她，扭头就回了屋。

谁知道陆明芝哭着冷喝她："许娇，你站住！"

好嘛，找不到出气的倒是硬找上她了。

陆明芝一脸眼泪，愤恨地盯着阮流君："你早就知道对不对？你和陆楚音那样要好，她什么都跟你说，你一定早就知道！"

"知道什么？"阮流君只觉得她这是找不到人发火要发在自己身上，"知道太子殿下不喜欢你？难道你母亲不知道？"

"你就是故意的！"陆明芝又气又难堪，"既然太子和陆楚音不清不楚为什么还要拿我来玩弄？"

阮流君道："你去问太子啊，问我做什么？"

她那副事不关己的样子就像是在嘲讽陆明芝，让陆明芝新仇旧恨加在一起，抬手就要扇阮流君："就是你们商量好了让我难堪！"

阮流君一把抓住她的手，也是恼怒了："陆姑娘，你搞清楚是谁让你往太子身边凑的？你母亲难道不清楚太子那等人根本不会瞧上你吗？她还一门心思让你往上凑，这不是上赶着找难堪吗？"她甩开陆明芝的手，"如今你不去找太子算账，找你母亲算账，倒是找上了我，怎么？是因为我好欺负吗？"

她越说越气，索性将之前的全算上："之前你和你母亲造谣我因庶出嫌弃柳姑娘，我没有说什么，但我给你和你母亲提个醒，不要算计到我头上，我就算嫁给裴迎真，也轮不到你母亲来指手画脚！"

陆明芝被她说急了，伸手便要拉扯她的头发。一旁的香铃和李妈妈忙上前拦住了她，恼怒道："陆姑娘若是敢对我们小姐动手，就别怪我们当奴婢的失礼了！"

裴惠月那边已经慌慌张张去叫了裴素素来。

裴素素一进来就看到陆明芝被两个下人拦着，怒喝道："好大的胆子，谁准你们这些奴婢跟主子动手的？"

阮流君道："我准的。陆夫人，你们陆家可真会教导女儿，被男人羞辱了就随便找人撒气动手。"她冷笑一声，"陆夫人若不嫌丢人就让她随意闹吧。"转身自己回了屋子。

裴素素来之前就听裴惠月大致说了事情的来龙去脉，当即带着哭泣不止的陆明芝回了自己屋子。

陆明芝她们一走，阮流君就将许荣庆叫了过来，和他商量宅子不用大动干戈，早点收拾一下搬出去，免得再出这样的烦心事。

许荣庆自然没什么意见，算了算过了这个月就能搬出去。

阮流君算了一下，下个月月初就是春闱了，裴迎真要考试，那几日他正在考试，便想着等他春闱结束了再搬出去。

好在陆明芝当天夜里就搬出了院子，回裴素素那里去了。

阮流君就算着日子等裴迎真春闱结束，陆明芝被羞辱那一场之后几乎没有怎么露过面，陆楚音也不过来了。

　　她倒是真的清净了下来，却接到了许府许老夫人的帖子，是许老夫人大寿之日请她和许荣庆过去。

　　她问过许荣庆的意思，许荣庆很喜欢许老夫人便应下了。

SHI
JIAN
XI

第六章
寿宴遇险

    阮流君便趁着清闲给许老夫人准备寿诞礼，送了一扇万寿屏风，想了想又挑了上好的皮毛跟着香铃学着给老夫人绣个暖手笼，到最后几日裴迎真忙着备考，也不回府了，她彻底闭门不出地赶工手笼。

    裴迎真在春闱开考的前一天夜里回来看了她一次，她正在绣手笼。看到裴迎真进来，她惊喜不已："你怎么回来了？"

    裴迎真也不坐："我回来看看你就走了。"

    阮流君起身过去："你放心去吧，不要紧张，你一定没问题。"

    裴迎真握了握她的手："我考完回来你就搬走吗？"

    阮流君点点头："你可以去那边找我。"

    裴迎真便道："月底再走可以吗？"他握了握阮流君的手指，"月底放榜，等放了榜为我庆贺了再走。"

    阮流君忍不住笑了："你就这么自信能考上？"

    "当然。"裴迎真低声道，"你不是还要让我替你报仇吗？我怎么能失利？"

    阮流君想了想便道："好，我就等你放榜再搬走，希望裴解元不要让我失望。"

    裴迎真亲了亲她的手指，满心欢喜地走了。

    阮流君坐在屋子里看着窗外细雪霏霏不知为何总是心里不安得很，比第一次裴迎真考秋闱还要不安。

    她总觉得……不会这么顺利。

    她这几日心神不宁，偷偷开了一次天眼看裴迎真，看他好好地在考试也不放心，所以又开了一次看谢绍宗，只怕谢绍宗从中搞鬼。

    这一看居然让她看到谢绍宗和裴惠月在一起，谢绍宗带着裴惠月在梅山赏梅花。

世间
戏2

那红红白白的梅花间，裴惠月抱着谢绍宗摘给她的梅花，笑得脸颊绯红。

两人往山下去，半路裴惠月不小心被梅花树枝刮到了头发，将发髻挂散了一些。

谢绍宗便让她坐在凉亭里，叫丫鬟过来重新为她束好发髻。

等丫鬟梳完了，谢绍宗走过去让丫鬟退下，站在她身后伸手轻轻地将一朵梅花簪插在了她的发髻上。

裴惠月愣了一下，他在身后拿过石桌上的菱花镜端在裴惠月的眼前，俯下身在镜子里看着她问："喜欢吗？"

裴惠月呆愣愣地看着镜子里的他，他生得那样好看，说起话来那样柔情蜜意，她的脸顿时就红了，低下眼去不敢看他，轻声说了一句："喜欢，相爷送我的，我都喜欢。"

谢绍宗伸手轻轻托起她的脸，让她看着镜子里的自己，柔声道："你可愿意以后让我亲手为你梳发？"

裴惠月的脸烧红得厉害，亲手为她梳发，这样亲密的事情也只有夫妻之间可以做的。她看着镜子里的谢绍宗，轻轻柔柔地叫了一声："相爷。"软绵绵地靠在了他的怀里，"愿意，相爷说什么我都是愿意的。"

谢绍宗看着镜子里完全倚靠着他的裴惠月轻轻笑了："是吗？做什么……你都愿意吗？"

光幕一闪，画面没了。

弹幕里群情激奋地吐槽——

最爱病娇变态：太恶心了！我的眼睛受不了！

隔壁老王：我觉得……可能是他要利用裴惠月？

宅斗萌：裴惠月一个小姐能干什么？

隔壁老王：我也不是很懂……

阮流君也看不懂谢绍宗了，之前或许是裴惠月自作多情，但是如今完全是谢绍宗故意在勾搭裴惠月啊，他当真看上裴惠月？还是另有原因？

无论哪一个都让她恶心，闻人瑞卿已经让她十分厌恶了，陆明芝再活该再攀龙附凤，但他故意拿陆明芝来挤对陆楚音就足够恶劣。

谢绍宗若非是当真喜欢上了裴惠月就只能称得上恶心了。

怪不得裴惠月那般自信能攀上谢绍宗，一定要和王家撇清楚……

之后的几日，阮流君再没有开过天眼，一是没有钱了，二是实在是不想看到谢绍宗了。

她也陆陆续续地从下人口中听说宋元香拒绝了王家的亲事，还请谢绍宗来府上吃了一次饭。

她闭门不出，专心等着裴迎真回来。

好不容易等到裴迎真回来了，才刚刚将他迎进院子，他连坐都没坐便要走。

顾老太傅生了重病，裴迎真要去那里照看一下他老人家。

顾老太傅无儿无女，现下身边就他这一个徒弟，他自然是得去的。

阮流君便又匆匆送走他，他走了她才想起，是要跟他说放榜那天是许老夫人的寿诞，她要去许府，回来怕是就晚上了。

本想等着他再回来，可这一走居然大半个月没回来，直到许老夫人寿诞那天裴迎真也没有得空回来。阮流君便让阿守捎了信给他，说回来再给他庆贺。

一大早，阮流君便和许荣庆带着寿礼去了许老夫人府上，今年是老夫人六十大寿，十分热闹隆重。

阮流君本想和许荣庆贺个寿就回来，谁知许老夫人特意叫他们两人过去，悄悄对他们道："今日晚些再走，等宴席散了，我有事情要同你们说。"

有事情？什么事情？

贺寿的人太多，许老夫人也顾不上他们。

许荣庆被安置在外面，阮流君被安置在屋内的女眷席里，一桌子人十分多的熟人，李霏霏在，崔明岚在，宁安也在，连陆明芝都跟着她母亲来了。

没过一会儿，陆楚音也代替太后送礼过来。

宁安十分热情地坐到阮流君身边问她，生辰那日请她她怎么没去，又说等会儿请她出去再好好赔罪。

阮流君说了一句"不必了"，转头跟陆楚音打了个招呼。

陆楚音对她笑了笑，过了一会儿才过来坐到她的手边，低声对她道："许姐姐，你最近好吗？"

"好。"她看陆楚音，陆楚音神采飞扬的，似乎很开心的样子，"你呢？近来好吗？"

陆楚音低头笑了笑："挺好的。"她拉着阮流君走到窗下，指了指外面给她看，"那个人，许姐姐觉得他怎么样？"

阮流君看过去，只见外面回廊下站着几个年轻人在说话，有端木夜明，竟然还有谢绍宗。

他们怎么又凑到一起了？

再往陆楚音指的方向看，看到了崔游在和一个人说话，那个人紧紧皱着眉，不太想搭理他的样子。

"那位是……"

"李云飞。"陆楚音小声道。

李云飞似乎感受到了她的目光一般，侧头看过来，正好看向她们。

陆楚音立刻脸红地扭过了头。

阮流君就看见李云飞笑了，俊朗又阳光，倒是和陆楚音十分般配。她再看陆楚音，陆楚音的脸红扑扑的，她便忍不住笑道："我们小楚音红鸾星动了呀。"

陆楚音不好意思地笑了，小声跟她道："许姐姐，他是特别好的人。那天……太子去找李云飞麻烦了，还说……说我不适合他。"

阮流君皱了皱眉。

"李云飞说他不介意我……是个结巴。"陆楚音紧张地抠着手指，"他真的是个特别好的人，他不介意，也不会取笑我。"

阮流君拉了拉她的手："那就好。"这才是适合她的人，懂得宽慰她，给她认可和鼓励。

酒宴开席，她和陆楚音入了席。

是到下午酒宴才散，阮流君急着想回去看裴迎真考得如何，但许老夫人说了让她留一留，她也不好走。她想去找许荣庆，正好李云飞过来接陆楚音。

世间戏2

陆楚音紧张地向他介绍了阮流君。

李云飞客气有礼地向阮流君问好，又道："一直听楚音说有位许姐姐很照顾她，今日得见，还要替楚音谢过许姑娘。"

陆楚音的脸又红了。

阮流君笑着对陆楚音低声道："他确实是个很好的人。"

陆楚音忙点了点头。

她本是要跟着李云飞回宫的，但看阮流君一人留下很寂寞，又没找到许荣庆，便说留下陪阮流君一会儿，等许荣庆来了她就走。

李云飞便点了点头："那我在外边等你，你先陪许姑娘，不着急。"说完向阮流君告辞，便走了。

阮流君拉着陆楚音坐在屋子里开了几句玩笑，没等来许荣庆却是等来了许丹夕。

许丹夕进来到阮流君面前，拉住她的手道："你在这里呀，可让我好找，快些跟我过来。"

阮流君一愣，忙问她："去哪里？"

许丹夕对她眨眨眼："我祖母是不是说让你和你大哥等一会儿，有事情要说？"

阮流君点点头。

许丹夕便笑着拉她起来："那便跟我来吧。"

阮流君被她拉着起身往外走，忙对陆楚音道："楚音，你先回去吧。"

陆楚音也起身道："用不用我等一等你，等会儿送你回府啊？"

阮流君却是已被许丹夕拉走了，陆楚音站在原地皱了皱眉，想了想还是决定等阮流君一会儿，万一找不到许大哥，阮流君一个人回去总不好。

她坐在那里，却见宁安起身也走了出去。

阮流君被许丹夕带着穿过正院，去了后园子，走到花园时，阮流君诧异地顿了顿脚步问她："这里……是后园子吧？许老夫人叫我来这里？"

许丹夕便笑着又牵住她的手："怎么？我还能骗你啊？我骗你做什么呢。"伸手指了指，"在后面的佛堂里。"拉着她又往里走。

许老夫人吃斋念佛的，在佛堂等她想是当真有什么紧要的事。

阮流君便跟着她过去了。

到了佛堂，许丹夕推门带她进去，将她带到佛堂旁边的一间斋房里让她等着："我去请祖母过来，劳烦许姑娘稍等片刻。"又嘱咐她不要乱走动。

阮流君点了点头，看着她离开。

这佛堂里安安静静的，但外面是有两个丫鬟的，她便也安心了，坐在斋房里看着墙上挂的画，那是九幅众生相，画得精妙至极。

阮流君正看得出神，听到身后门响有人推门进来了，她以为是许老夫人忙回头："许……"

"是我，许妹妹。"宁安端着两盏茶从门外进来。

阮流君蹙了蹙眉："你怎么来了？"听外面还有小丫鬟在扫地便稍稍安心，"是你找我，不是许老夫人？"

"怎会？"宁安笑道，"丹夕去请许老夫人了，我千求万求才讨了这个老夫人来之前的空当来的。"她将茶盏放在桌子上，"我特意来向你赔罪的，许妹妹。"

赔罪？这么处心积虑地赔罪？她是不信宁安会有这样的好心。

阮流君冷声道："我已经说过不必了。我不需要你的赔罪。"

宁安幽幽叹了口气："许妹妹还是不肯原谅我，其实我与许妹妹只不过是争了几句口角而已，怎么许妹妹如此记仇？倒像是什么了不得的深仇大恨一般。"她抬眼幽怨地看着阮流君，那一瞬间竟让阮流君觉得她发现了什么在试探自己。

"你若这般认为何必这样刻意地向我赔罪？"阮流君看着她笑了，"倒像是你做了什么对不起我的事情，良心不安。"

宁安脸色顿了顿，随后又幽怨地道："许妹妹这话说得……我能做什么对不起你的事？"

"既然没有，就不要惺惺作态地赔罪了。"阮流君冷着脸道，"你我彼此讨厌对方，何必装出一副姐妹情深的模样？有什么话你就直说吧。"

宁安委屈道："我也不过是想好好跟你相处……"

"不必。"阮流君打断她，"你我永远无法好好相处。"

世间戏2

101

宁安没料到她如此油盐不进，憋了一口气道："许妹妹何必如此尖酸？我不过是因为谢大哥看重你，所以想要不计前嫌地跟你好好做姐妹，若是谢大哥当真喜欢你……我愿意接纳你。"

阮流君忍不住笑了起来，原来如此啊，好个不计前嫌，好个接纳她，这和当初和她做好姐妹，最后推她下悬崖不就是一个路子吗？

弹幕里也在吐槽——

卿卿我我：闺蜜婊，说的就是宁安这种人，我和你是好闺蜜好姐妹，最后抢你的男人。

宅斗萌：宁安看来也是真喜欢谢男二啊，可以和他喜欢的所有女人做闺蜜，非常有宅斗里正妻的风范。

我爱主播：可是主播吃过一次这种亏了，这次绝对不会吃了→_→

阮流君心里又冷又寒，她当初有多信任宁安这个好姐妹，如今就有多厌恶她。

宁安却端了茶过来敬给她："喝了这杯茶我们就冰释前嫌，做好姐妹怎样？"

阮流君盯着那茶，伸手拿起来，然后看着宁安，她松开了手指，茶盏"当啷"一下碎在脚边。

宁安吓得往后退了一步。

阮流君不给丝毫脸面地道："就算这茶杯恢复原样完好如初，我和你也不可能冰释前嫌，宁安，你不用在我面前做戏了。"

宁安的脸色立马就变了，厌恶至极地盯着阮流君："你以为我愿意跟你做好姐妹？我看到你就恶心，装出一副谁都看不上的样子，却挖空了心思勾引男人，你敢说你没有故意勾引谢大哥吗？认兄妹、装可怜，还推他下湖，不是你让他疏远我的吗？"

阮流君笑了，这才是她的本性。

"你那宝贝谢大哥，我还真不稀罕。"

宁安像是换了另外一副面孔，眼神又凶又恶："那夜你推他下湖之前是不是跟他说了你知道阮流君的下落？"

阮流君吃了一惊，当时只有她，谢绍宗和裴迎真在甲板上，是谁告诉宁安的？谢绍宗吗？

"你不必管我怎么知道的。"宁安道，"你根本不知道阮流君的下落对不对？你就是为了引起谢大哥的注意是吧？"她上前一步，"阮流君早就死得尸骨无存了！"

她眼睛里满满的恶意让人心惊，她竟然如此恨阮流君，就为了一个男人。

阮流君忽然笑了一下："哦，原来你这般惺惺作态地要讨好我，就是为了从我口中套话啊？"她极近极近地看着宁安，低声道，"你很害怕吧？怕我当真知道阮流君的下落，怕她回来找你报仇。"

宁安被踩到了痛处，气急败坏地一把推开阮流君："她早就死了！你以为我会信你？也只有谢绍宗那个情圣会傻到信你！"

阮流君后退一步，拍了拍被她推到的肩膀："爱信不信。"

她懒得跟宁安再费唇舌，抬步就要出去。

宁安却快步上前先她一步闪身出了屋子，"哐"的一声关了门。

阮流君的心"咯噔"一下，听宁安在外面冷笑道："敬酒不吃吃罚酒，你不是爱出风头吗？今日就让你出个够！"她在外面"咔嗒"一声将锁挂上了。

阮流君猛力拉没拉开："宁安！这里是许家，开门！"

宁安笑了一声："是许家，但你已经把许家的人得罪光了。"她挥手让丫鬟都退下，对阮流君道，"别着急，等一会儿就有人来给你开门了。"她转身和丫鬟一起走了。

阮流君看着那两个丫鬟乖乖地跟宁安离开，心里惊觉许丹夕……和宁安是一伙的？故意引她过来？不然许家的下人怎么会如此听宁安的话？

她猛力摇门，冲外喊着，可安安静静的后园子哪里有半个人影。

弹幕里——

最爱病娇变态：怎么回事？

来看裴迎真：主播中计了？许丹夕和宁安联合起来坑主播的？许老夫人没有叫主播？

奸臣爱好者：这个时候好想呼唤裴迎真来救老婆啊！

阮流君心里慌得要命，宁安绝没有这么轻易放过她，她必须快点

世间戏2

103

出去，她飞快地点开李四，问他：有没有什么道具可以开门？或者找人过来？

李四回她：我也很想帮你，但是真没有。

阮流君：瞬移呢？不可以移动出去？

李四：不可以，只能移动到没有遮挡的地方。

阮流君还想再问，却听到有人开了锁，她一喜，扭过头看到推门进来的那个人，心却是猛地沉到了底，是……崔游。

崔游自从鹿场受伤之后到如今才好全，却仍是一瘸一拐，他进来就将门锁上了。

那锁一落，阮流君就知道糟了。

"还记得我吧，许娇。"崔游狞笑着一瘸一拐地走过来，"不记得也没关系，我记得你就行了，你是裴迎真未过门的媳妇对不对？"他拍了拍瘸着的腿，"我这条腿就是裴迎真为你出气赔上的，对不对？"

阮流君猛地往后退，却被他快步上前一把按在了桌子上。

她抽了一口冷气，喝道："崔游你若敢动我，裴迎真一定会杀了你！"

她挣扎得太厉害，桌子上的茶盏、盘子"哐啷啷"都被晃下了桌子。崔游死命按着她，恶狠狠地笑："他一个小解元，你让他杀了我试试！我爹会让他们全家陪葬！鹿场上他一句意外就逃脱了，还真以为小爷会放过他吗！"他看着阮流君白白的香颈，低头猛地亲了一口，"好香啊，怪不得裴迎真那么喜欢你呢，小爷摸你一把他都敢设计害我，那小爷就扒光了你，好好地品鉴品鉴！"

他伸手抓着阮流君的衣襟"嘶"的一声就给扯开了，那红色缠枝绣的兜肚就露了出来，下面是白花花的肉。

"崔游！"阮流君疯了一般一口咬在崔游的手背上。

崔游疼得叫了一声，一耳光就将她扇开，骂道："清高什么！裴迎真估计不知道摸几回了吧！"

阮流君被扇得脑子发蒙，耳朵里一阵阵鸣颤，就听他骂骂咧咧地道："裴迎真不是宝贝你宝贝得很吗？今日小爷就赏他一顶绿帽子戴，等玩完你就将你丢到大街上，让全京都人都知道裴迎真的媳妇被小爷玩过了！让他横！"

阮流君脑子呜呜作响，她撑着一口气语音喊开道具栏：匕首、迷魂药……

杀了他，杀了他……她脑子里只有这一个念头。匕首和迷魂药"当啷"一声落在袖子里，她不管不顾地抓起来就朝崔游挥过去——

崔游却一把抓住了她拿迷魂药的手，猛一用力就险些将她的手腕掰断，迷魂药撒了一地。阮流君另一只手的匕首却一刀插向了崔游的胸前，崔游疼得叫了一声，一巴掌将她打开了。

天旋地转，她摔在地上，拼尽了力气站起来冲到门口，她竟然听到了人声——

"小姐，咱们就在这里歇一歇脚回去吧，一会儿夫人该叫咱们了。"

"嗯，我闷得厉害在这里坐一会儿。"

是陆明芝的声音！

阮流君豁出命地死命拍门求救："陆姑娘！陆明芝！救命！救救我！救救我……"

崔游拔下插歪在肩膀上的匕首，骂了一句贱货，伸手过来抓她。

陆明芝那边却是听到了她的声音："谁在喊我？"

"小姐好像是佛堂，佛堂……有人。"

阮流君被崔游拖在地上时是看到了陆明芝被丫鬟扶着走到了门前，她拼了命地拉开崔游的手喊道："救我，陆明芝！"

"小姐，好像是咱们家的许姑娘啊。"丫鬟惊道。

崔游捂住阮流君的嘴对门外怒喝了一声："少管闲事！不然连你们一块拖进来！"

陆明芝吓了一跳，忙拉着丫鬟后退，转身就走。

丫鬟惊道："许姑娘……"好像遇到什么麻烦了……今天早上许姑娘还赏了她红包呢。

"少说话！"陆明芝喝她一声，带着她逃命似的走了。

阮流君被压在地上天旋地转，听崔游骂道："你以为谁会来救你？省省吧！大家都巴不得你身败名裂！"

阮流君看着墙上的众生相，那似笑似哭、似怒似悲的尊者看着

105

她。她忽然就哭了，她求崔游放开她，颤得说不成话："崔游求求你……求求你放开我……"

崔游像是没听见，越发兴奋。

"崔游，菩萨看着……你不得好死……你们不得好死……"

前院正是热闹，许老太太正陪着几个老家人说话，许家人都在，许荣庆也在，沉着一张脸一言不发，许丹夕乖巧地站在老夫人身旁。

陆楚音等了半天没有等到阮流君，想去找许老夫人却被下人拦着，说许家正在商议重要的事情，老夫人吩咐了谁都不准进去。

她心里又急又慌，转身找到李云飞，正好李云飞在和谢绍宗还有端木夜明说话。

她急匆匆地过去，李云飞以为她怎么了。她脸色很不好看地拉李云飞过来，低声道："许姐姐还没有回来，会不会出了什么事，我好担心她，你能不能陪我去找找她，去看看是不是在许老夫人那里。"

李云飞看她是当真着急，便道："你别急，兴许是在哪里有事绊住了，我陪你去找找。"

他转身回去向谢绍宗和端木夜明告辞。

谢绍宗看了一眼陆楚音，问道："怎么了？"陆楚音不是一直和阮流君在一起吗？

李云飞笑道："许姑娘被丹夕小姐请走了，这么半天没回来，楚音着急了，我陪她过去看看。"

谢绍宗皱了皱眉，却听端木夜明诧异道："许丹夕早就回了老夫人那里啊，许姑娘还没回来？"

谢绍宗心里一沉："端木夜明，你能去叫许丹夕出来吗？"

端木夜明皱眉道："许家好像在商议什么要紧的事，我不好闯进去。"

谢绍宗一沉思："云飞，你和陆姑娘去许老夫人那里看看，我和端木夜明去找找看。"

李云飞点了点头，刚要带着陆楚音走，却见一个小丫鬟偷偷摸摸地过来，对陆楚音行礼道："陆姑娘，能不能过来一下？"

陆楚音看着她，好像是陆明芝的丫鬟，她跟丫鬟过去。

那丫鬟附在耳边低低对她道："许姑娘在佛堂那边好像遇到了什么麻烦，您快去看看吧。"又道，"千万不要说是奴婢说的。"她家小姐要是知道了会打死她的。

陆楚音只听到上半句就慌了，拉着李云飞就往后园子的佛堂跑去。

谢绍宗和端木夜明也忙跟了过去。

他们赶到佛堂时就听到里面阮流君完全嘶哑的声音在喝："你不要过来！"

谢绍宗立即就叫端木夜明将房门踹开。

房门踹开的一瞬间所有人都惊了，斋房里一片狼藉，满地的碎片和血迹，崔游光着两条腿，捂着自己的脖子怒骂，而阮流君缩在墙角，衣衫被撕得难以遮体，头发散乱，手上握着一把匕首抵着自己的喉咙，血往下渗。

"许姐姐！"陆楚音吓蒙了。

谢绍宗脑子一空，快步上前伸手就要去抓住阮流君握匕首的手，阮流君却像是神志不清醒尖厉地嘶喊让他不要过来，匕首就要割进自己的喉咙。

谢绍宗一把抓住了她的手，没抓好，被那匕首割伤，却仍不放手地叫她："流君！"

她浑身就一颤，僵住了手。

端木夜明也是一愣，看崔游要跑，上前一脚将崔游踹翻，扭着他的胳膊就将他按倒在地："你这个畜生还想跑！"

谢绍宗扒开阮流君的手将匕首打落，飞快地脱下自己的外袍裹在阮流君身上，一句句地跟她说："没事了没事了，是我，已经没事了，你不要怕。"

陆楚音冲过来，看阮流君那副伤痕累累的样子顿时就哭了："许姐姐……许姐姐你怎么了？你不要吓我。"

谢绍宗冷声吩咐："抓住崔游，带到我府上，这件事不要惊动任何人，等回去再请崔老侯爷过来！"他凶光毕露地瞪了一眼崔游，"崔游你自找死路，这次谁也保不了你！"又对慌得手足无措的陆楚音道，"不要哭了，你跟我带她回府，将今日的事完完整整说一遍。"

陆楚音忙擦了眼泪点头。

谢绍宗弯腰便要抱起阮流君，阮流君惊得颤了一下，在天旋地转中抬头看了他一眼，张口半天，不确定地哑声道："谢……绍宗。"

"是我。没事了，我带你回府找太医给你看看，你不要怕，没事的。"谢绍宗轻声安慰她，伸手就要抱起她。

阮流君手就推在了他的胸口："放开我。"

她脑子发蒙，耳朵里山崩地裂一般响着，她什么都听不真切，但她一遍一遍地重复："放开我……放开我！"

谢绍宗被她歇斯底里的样子吓了一跳，手僵在了那里。

阮流君忽然抬手一巴掌扇在他脸上，眼泪一串串地落下来，对他道："我就是死在这里也不要你来救我，谢绍宗……我为什么会变成现在这样？都是你！"

她颤得厉害，怎么都控制不住："你害我家破人亡，你害死我父亲，你害我……落到今天这种地步，人人都可以欺负我，作践我……"她将额头抵上冰冷的墙壁上，她从未有一刻这样无助过，她前半生被父亲宠着护着，没有受过半分委屈，可谢绍宗让她亲手害死了父亲。

那尊者佛陀看着她，像在说她活该。

她落到这种地步是活该，她罪无可赦，她该下地狱。

"流君……"谢绍宗轻声叫她。

"别叫我！"阮流君含着满眶的泪水，恨极了瞪着他，"你不配叫我的名字，你让我恶心。"

她扶着墙壁颤颤巍巍地站起来，头晕眼花得险些站不住。

陆楚音忙上前扶住她，眼泪掉得比她还多："许姐姐对不起，我该早点来……我怎么来得这么晚！"

阮流君竭力让自己清醒过来，抓紧了衣服颤抖地道："去……去找我大哥来带我回府。"她禁不住又想哭，大哥是许娇的大哥，回的府是裴家的府门，她其实什么也没有。

"带我回去，找裴迎真。"她颤声对陆楚音说。

她不想看崔游，一眼都不想看。她求李云飞将崔游先押着，等她缓一缓可以好好考虑的时候再来处理这件事。

端木夜明却已将崔游打昏了过去，过来对她道："你……姑娘放心，崔游我先拿下，我不会张扬此事的，我先……和陆姑娘一起送你回府，找大夫给你看看。"

阮流君点了点头，往前走了一步，只觉得晕得厉害，陆楚音扶不住她，险些要摔倒。

谢绍宗刚想伸手，被她猛地打开。

端木夜明忙上前："姑娘，我失礼了。"伸手将阮流君抱了起来，抱着她往外走。

谢绍宗看着阮流君被人带走，僵在原地，他猛地瞪向崔游，弯腰捡起地上匕首，过去朝着崔游的双手一刀刀扎了下去。

崔游硬生生地被疼醒，惨叫起来。

若非李云飞拦着，崔游的手指一根也留不住了。

第七章
解除婚约

端木夜明抱着阮流君出了园子，天都快黑了，宴席散尽，只有下人在打扫。

陆楚音慌慌张张地去找许荣庆，还没去找，许荣庆就已经和许家的人神色凝重地出来了。

许荣庆一眼就看到了许娇，眉头一紧，快步冲过来："娇娇……"她的脸又肿又青，满是血迹，头发散乱，穿着男人的衣服……他顿时就慌了，"娇娇你这是……"

阮流君看到他的一瞬间眼泪就忍不住掉了下来，前所未有的委屈涌上心头。

"大哥……"她伸手抱住许荣庆的脖子哽咽着哭了起来。

许荣庆慌忙伸手抱住她，听她一哭自己也忍不住跟着哭了，又急又怕："怎么了，娇娇？谁欺负你了？你别吓大哥，告诉大哥怎么了？"

阮流君只哭着摇头，让他带她回去。

那边许老夫人也被扶着过来了，一看许娇那副样子登时沉了脸色，询问抱她过来的端木夜明："这是怎么回事？"

端木夜明看了一眼阮流君，这件事关系到许娇的名誉，他不知该如何说。

许老夫人也急了，伸手来拉许娇的手，发现她的手上全是血，也吓了一跳，忙问："怎么了这是？谁欺负你了？你跟祖母说。"又忙喝人去请太医过来。

阮流君抬眼看着她，又看到站在她身后不远的许丹夕，一字字道："怎么了？许老夫人问问你的亲孙女，我与她有什么仇怨，她要这样害我！"

许老夫人先是一愣，随后扭头看向许丹夕，冷声问道："怎么回事丹夕？你老老实实跟我说！"

许丹夕吓得一颤，忙道："我……我不知道啊，我是按照祖母您的吩咐将许姑娘先带到佛堂等着您啊……这是怎么了？"

阮流君愣在那里，真的是许老夫人让她去佛堂的？她想不明白，她头疼得厉害，她什么都想不明白。

她想起宁安那句，许家人都恨透了她。

崔游那句，大家都巴不得她身败名裂。

她抱着许荣庆虚脱至极，求他带自己回去，她想裴迎真了……

许荣庆也不想再看许家人，抱着她就往府外走，任许老夫人再怎么叫他，他都不回头。

许老夫人眼眶就是一红，当年她的儿子就是这样头也不回地走了，如今又要连……

她猛地回头喝问："丹夕，我不是让你陪着娇娇吗？这是怎么回事？"

许丹夕吓得扑通跪了下来："祖母别生气，我……我实在是不知道怎么回事……"

"你不知道？"谢绍宗和李云飞带着半昏过去的崔游走了过来，"敢问许小姐，是谁放这个畜生进后院的？"

许丹夕的脸色变白了。

天黑透了吗？

阮流君浑身疼得厉害，眼前也黑得厉害，她只听到陆楚音一直在哭，小心翼翼地给她擦伤口，问她疼不疼，有没有弄疼她。

弹幕里也噼里啪啦地响着，她无心去看。

许荣庆也在哭，他一个大男人哭起来没完，却是不敢开口问她。端木夜明已将大概发生了什么告诉了他，他又恨又怨，恨自己怎么不陪着娇娇，他要是陪着就不会发生这样的事了，又怨自己没用，不能宰了那欺负娇娇的人。

马车到裴府时，她听到府内热热闹闹的喧哗声，像是来了许多的客人。

111

端木夜明跳下马车："对了，今日春闱放榜，裴迎真高中会元，想是在庆贺吧。"

她有些愣神，会元，第一名，裴迎真又中了第一……真好，他真厉害。

许荣庆要抱她下马车，她忙拉住了许荣庆："别从前门进去，裴家现在定是有许多客人在为裴迎真庆贺，我这样进去……"会给裴迎真丢脸，"从后门。"

许荣庆心中又心疼又委屈，想着都这般了还为裴迎真考虑，但还是应了她，让端木夜明驾车去后门。

端木夜明刚要驾车走，却听有人叫了一声："大哥？"

他一扭头就看到端木夜灵从裴府里出来，便皱了眉："你怎么在这里？"

"我来给裴迎真送贺礼。"端木夜灵走出来，旁边是闻人瑞卿，身后是送他们出来的裴迎真。

端木夜灵狐疑地看着他："我还想问你呢？你不是去给许老夫人贺寿了吗？怎么会在这儿？"

端木夜明看了一眼裴迎真，道："我来送人。"

"送谁？"端木夜灵好奇地走过来就要掀帘子，端木夜明一个没拦住，她已将帘子掀开，惊诧道，"许娇？陆楚音？"

裴迎真一皱眉，闻人瑞卿先一步上前。

陆楚音忙挡住阮流君，就对上闻人瑞卿的脸。

闻人瑞卿看了一眼，笑道："怎么，陆楚音，一个李云飞不够，你又和端木夜明好上了？"

陆楚音不想同他说话，催端木夜明先去后门。

裴迎真上前："就不劳烦端木少将军了，娇娇从这里下车就好。"他敲了敲车厢，"娇娇下来。"

阮流君在车里顿了顿，她实在不想被端木夜灵看到自己这副样子，她犹豫了一下。

府里便又有人出来，是裴素素带着陆明芝出来送过来做客的夫人女眷。

裴素素看到那样一群人围着马车站着，诧异地笑道："这是哪位贵客的马车，竟让咱们太子殿下、端木少将军和裴会元一起站着请着？"

端木夜灵冷笑一声："还有谁，不就是那位天仙似的许姑娘吗？"

裴素素一惊，看了陆明芝一眼。

陆明芝也是一脸的惊愕："许……许姑娘回来了？"怎么还能好好地回来？

阮流君在车内攥紧了手指："端木少将军，去后门。"她不能这样下去，裴素素和陆明芝就等着看她难堪。

端木夜明应了一声，却被端木夜灵拉住："大哥你干吗那么听她的？人家是裴迎真的未过门妻子，又不是你的。"

裴迎真站在车外将眉头紧了又松，对车里道："你不舒服吗，娇娇？为何不在这里下车？"

裴素素扶着陆明芝走下来，故作惊讶道："许姑娘没事吧？我刚刚听李夫人说，你在许府出事了？"

阮流君拉住要冲出去的许荣庆和陆楚音，消息会传得这么快吗？连许老夫人都不一定知道，裴素素却知道了，除了陆明芝告诉她的还能有谁？

看来今天谁都不会放过她了，也好，也好，就一次说清楚！

裴迎真已推开闻人瑞卿站在了车前，一把掀开了帘子，就僵在了原地。

阮流君坐在车里看着他，对他虚弱地笑了一下："裴迎真，今日我们就解除婚约吧，我此生此世，绝对不会嫁进裴家大门。"

他僵在那里，眼光在她脸上，在她身上，脑子里一下就空了。

裴素素却笑了："明芝，去扶许姑娘下车，别是真伤到了哪里。"

陆明芝应是上前，裴迎真横臂拦住了她，手指一松那车帘就被陆楚音慌忙盖住。

"从后门先回府。"裴迎真一字字道。

端木夜明挥鞭绕开端木夜灵和闻人瑞卿就转道去了裴府后门。

"哎，大哥！"端木夜灵要追过去。

裴迎真上前扣住端木夜灵的肩膀拦住她，又松开手，阴冷地道："不要多管闲事。"又对闻人瑞卿行礼，"不能送太子了。"拉着陆明芝的手就将她扯回了府。

陆明芝被他抓得生疼叫了一声，让他放开。

他一甩手将她摔进府中去，转头盯着裴素素："陆夫人是要我动手请你回来吗？"

裴素素被他那白眼狼一样的眼神盯得一寒。她不急，出了这样的事，等许府那边传开，京都里传开，她就不信许娇还有脸活着，便是许娇赖上裴家，她不信裴迎真能咽得下这口气，娶了一个身败名裂的女人。

许娇不是趾高气扬吗？她坏了明芝和太子的事，遭了这等报应是活该，最好许娇自己还有一点脸皮和裴家解除婚约，省得她动手收拾她了！

她心里爽快极了，听着裴迎真有条不紊地下令将府中客人全部送走，锁上府门。她也没有拦着，这等不洁之事他裴迎真能遮掩得了今夜，但等明日许府、崔府闹腾开，看他如何堵得了悠悠之口。

阮流君被扶回院子，简单处理了伤口换了干净的衣服。香铃和李妈妈一直在哭，看陆楚音哭成那个样子也不敢多问，只是一直在自责若非香铃半途回来知会裴少爷小姐会晚归，一直陪着小姐……拼死也不会让小姐被人欺负成这样。

阮流君从头到尾一句话也没有说，她看着窗外总觉得是要下雪了。天那样冷，夜那么黑，她如今也不觉得疼了，身上的伤口和瘀青已经麻木了，只是晕得厉害。

人真奇怪，如今她倒是不想哭了，她什么都没想，她只想为什么不下雪呢？

直播间里是空的，没有观众人数，也没有弹幕，只有李四和路过在。

两个人发了好多弹幕，似乎吵了起来。

从崔游施暴开始，李四就关闭了直播间，路过一直在让李四过去救人，李四一直在强调规定他们不能干预任何剧情发展。吵到最后，李四发了一句：你忘了上一次的失败是因为什么吗？你以为还能再重启一次还原系统？这次开始之前，我们几个管理员签了什么合同，你忘了吗？

那之后，路过很久没有再发弹幕。

李四却又发了句：这次主播的人选难道不是你认为最合适的吗？

阮流君脑子眩晕难受，怎么也想不明白他们这话的意思，她那句解除婚约的话李四和路过一定听到了，不论他们同意不同意，这次她一定要解除。

她看窗外，抓了抓自己发颤的手指，跟自己说至少再撑一撑，她要是死在这里，之前的努力就白费了，庭哥儿……还在等着她。

她让陆楚音她们都先出去，让她缓一会儿。

陆楚音不放心，却不敢再刺激她，小心翼翼地退到房门外。

阮流君点开道具栏，买了一瓶补血的喝下去，坐在那里轻轻哽咽了一声，又忙捂了捂眼睛。

她想这世间大概没有神明菩萨吧，不然怎么不救救她？

也不知是过了多久，门外有人轻轻地敲了敲门，叫了她一声："娇娇？"

是裴迎真。

她松开手，擦了擦眼泪，对光幕里道："打开直播间吧，这次我给大家一个交代。"

路过问她有没有事，要不要休息几天。

她看了看镜子里的自己，可真惨。她转身到门前，伸手开了门。

裴迎真站在门外，看着她嘴唇绷紧了一下。

陆楚音忙过来扶她，许荣庆也过来问她要不要紧，要不要请大夫来。

阮流君看了一眼院子里的人，裴迎真、许荣庆、端木夜明、陆楚音，他们一副不敢开口、不忍开口的样子。

还有……已经赶来的裴家老太太、宋元香母女和裴素素母女，她们都在等着看好戏。

裴老太太关心切切地被扶过来："娇娇这是怎么了？我听素素说

115

你出事了就赶紧过来了，这是……出了什么事啊？"

阮流君累极了，她不想多说什么，只是对裴老太太道："老太太叫我许姑娘吧，既然你来了就省得我过去了。"她对许荣庆道，"大哥等会儿去找裴大老爷，和他说清楚将这桩婚事解除了。"

裴素素冷笑一声："不用等会儿，现在就去请大哥过来，既然要解除婚约就要说清楚，这桩婚事是裴许两家父母定下的，解除总要有个说法。"她让小丫鬟去请裴言过来。

许荣庆护着阮流君："没有什么说法，就当是我们许家高攀不起你们裴府这高门大户。"

裴素素笑道："怎么许家哥儿原先不觉得高攀，如今倒是觉得高攀了？"

许荣庆气急攻心，却被阮流君拉住："不必和她费唇舌，这是许家与裴家之间的事情，与陆家没有半分关系。"

裴素素脸色一沉，反倒笑了："是与我没有关系，只是我听了一桩事，不知是真是假，等大哥来了，我们好好说道说道。"

刚刚说完，裴言就被请了进来，他进来蹙着眉扫了一圈众人，又问道："怎么回事？又在闹什么？"

"许姑娘要和咱们家迎真解除婚约。"裴素素道。

裴言蹙着眉看许娇："怎么回事？"

许荣庆站出来："裴老爷不必再问缘由，反正你们裴家也看不上我们许家，正好解除了两家都干净。"

许荣庆看了一眼宋元香和裴老太太："裴老太太和裴夫人今晚不是还在为裴会元相看更好的人家吗？"

裴老太太脸色一沉："许家哥儿这是什么意思？今日是你们许家提出要解除婚约，我们裴家可有说过什么？"

"是啊，你们裴家仁义，一家子大善人，我们许家高攀了！"许荣庆知道阮流君不想与他们纠缠，厌烦至极地道，"那就请裴老爷准许解除了吧。我们许家只剩下我们两兄妹，今日我替娇娇做主，不用再说旁的，要如何裴家才肯解除？要钱吗？多少钱，你们裴家开个口。"

裴言的脸色立马不好了，他一个老爷不好跟许家姑娘和哥儿争辩什么，但许荣庆说这话简直是瞧不起他！

裴老太太却是怒了："好个商贾之家！精明算计，张口闭口的商人之道！我们裴家看你们两兄妹可怜，事事为你们着想，没想到竟落个这般下场！裴言，立即与他们解除，免得丢人现眼！"

裴素素忙扶住老太太："娘别生气，商人就是商人，上不了台面。"她看一眼阮流君，解除了才好。裴迎真如今中了会元，假以时日那是飞黄腾达的，今日宴客的时候她就与裴老太太商议了，不能让裴迎真娶许娇，也确实已经着手在相看更好的人家了。只是犯愁许家会纠缠不清，如今可倒是好了，都不用她们费心。

裴素素又道："这婚约解除也不是不可以，只是许姑娘可要说清，是你对不起我们家迎真，并非我们迎真负了你。"

她话里有话，阮流君知道，她就是想闹开了闹大了。

阮流君刚想说什么，裴迎真已上前道："我们裴家的事轮不到陆家人插手。"

裴素素脸色一僵。

裴迎真直接对裴言道："不必再问，是裴家配不上许姑娘，今晚就将婚约解除了。"

阮流君一愣看向了裴迎真，裴迎真转过头来看着她轻声道："解除了也好，你不必有顾忌，我都明白。"

阮流君的眼眶一热，他……真的都明白吗？

裴言也是想解除婚约的，只是他碍于面子不好违约，没料到裴迎真也这么说了，自然没有二话，命人去取婚书过来。

第八章
托付真心

　　许荣庆命人收拾阮流君的东西，搬去新宅子里。

　　裴素素怎么会让她轻易这么走了，站在裴言身旁笑吟吟地开口："裴家的事我也不白费心了，只是有一件大事我是要问一问许姑娘的。"她盯着阮流君，"今日许姑娘在许府究竟发生了什么，许姑娘不需要跟迎真和裴家解释清楚吗？"

　　阮流君站在那里，知道今晚裴素素是不会放过她了。

　　许荣庆急了刚要还口，却听门外有小厮急急忙忙跑进来道："老爷，许老侯爷府上来人了，如今就在门外，说有紧要的事……"

　　许老侯爷府？

　　裴言一惊，忙跟着小厮要去迎人进府。

　　裴素素却是笑了："许姑娘还真以为能瞒过去啊？如今人家亲自找上门来，我倒是要看看许姑娘还要怎么瞒。"

　　阮流君僵在那里。

　　陆楚音发现她手指凉得厉害，抖得厉害："许姐姐……"

　　她也许……真的熬不过这一夜了。

　　许老夫人亲自过来了，带着一大群仆人和侍卫，还有一位中年男子，匆匆忙忙进了这个小院子，几乎要将院子站满。

　　阮流君看到那中年男子时惊了一下，居然……是皇上闻人安。

　　裴言诚惶诚恐地跪下行礼："微臣参见圣上，接驾不力还请圣上恕罪。"

　　满院子的裴家人便都惊了，跟着裴言呼啦啦跪下，不敢抬头，皇上怎么会来了？

　　阮流君也跟着跪下行礼，许老夫人直接走到许荣庆和阮流君跟前，一把托住他们，将他们拉了起来。

许老夫人伸手握住阮流君的手，眼眶红了："让你受委屈了，祖母来接你和你大哥回家。"

阮流君一呆，祖母？

闻人安挥手让众人平身，淡声道："朕今日来，是来为许老夫人做个见证的。"

许老夫人向他微微行了礼，又扫了一圈裴家人，对裴言和裴老太太道："我今日赶过来，是要接这两个孩子回府的。"

裴素素一愣，裴家人也都是不明所以地呆了一下。

许老夫人道："这两个孩子是我流落在外，一直没有找回来的嫡长孙和嫡孙女。"

阮流君彻底呆了，看向许荣庆。

他低头皱着眉并不惊讶的样子，难道……他已经知道了？她忽然想起来今日下午在许府，四处找不到许荣庆，而许老夫人又一直嘱咐她不要走，有事要告诉她，就是这件事吗？

怎么会……许老夫人的嫡子不是早就死了吗？许娇的父亲不是许松吗？

许老夫人一直握着阮流君的手，红着眼眶道："本来今天下午是要跟你大哥商议过后，再单独告诉你的……"本来是打算好了，先让许荣庆和许家商议好，然后她再好好与小姑娘说，免得小姑娘接受不了，没想到出了那档子事……好好的日子让小姑娘受了这样大的委屈，日后她定会好好补偿小姑娘。

"孙子孙女？"裴素素笑不出来，"许老夫人别是搞错了吧？这两兄妹是苏州来的，父亲是富商许松，怎会是您的孙子孙女呢？"

"是不是我的孙子孙女我会搞错吗？"她冷冷地看向裴素素，"我本不想惊动外人，但我这一对孩子既然借住在裴家，那我要领走自然是要向裴家说清楚，免得有人乱嚼舌根，所以特意请圣上来做个见证。"她对闻人安点了点头。

闻人安便道："这两个孩子确实是许老侯爷的嫡子许飞卿的孩子。"又看向阮流君道，"朕之前见你就觉得你非寻常人等，没想到你还有这样一番造化。"他抬手示意许老夫人，"许老夫人是你的亲祖母，你们的父亲也并非什么苏州商人许松，他原名叫许飞卿，是许老侯爷的嫡子，你们俩是正经的世子和侯府小姐。"

阮流君一时消化不过来，愣在原地。

闻人安又道："你可还记得太后那日带你游湖，许老夫人也在？"

阮流君点头，记得的。

"那时太后就已查明了你的身世，与许老夫人说了。"闻人安道，"那日是许老夫人特意去看你的，你祖母找了你们许多年，没想到一番造化遇到了你们。太后很挂念这件事，若非她近日来身子不爽，定是要亲自来的，快些给你祖母磕个头吧。"

许老夫人站在那里已是泪如雨下，她也恨过自己那个不孝的儿子，就那么撇下许家跑了，但是近些年她老了，支撑不住了，一直想要将他找回来，没想到……竟是再也见不到了。万幸的是，让她找到了这对孩子。

阮流君实在不知道许家的事情，呆愣愣地看许荣庆，他却红着眼并不想跪下磕头。

许老夫人已先抓住他的手道："你……可是在怪祖母没有早些去找你们？"

许荣庆低着头，摇了摇头。他有什么可怪的，上一辈的事他不清楚，但他听说之后也知道是父亲不孝太任性妄为，他只是……一时不知该如何跟这个祖母亲近。

闻人安叹气："今日就跟你们祖母回侯爷府去吧。"又对裴言道，"裴卿可是好眼光，捡到了个宝啊，早早地给裴会元定下了许小姐。"不然这一认亲哪里轮得到他裴家，虽说裴迎真年少有为，日后也是必成大器的，但裴家的家世来配许老侯爷府门还是太差了些。

裴言跪在原地，僵在那里，脸色难看得已经不能再难看了。

裴素素也是又惊又失策，她如何也没有想到许娇和许荣庆这等身世居然是许老侯爷的嫡孙！

正好这个档口派去拿婚书的小丫鬟捧着婚书进来，一见自己家老爷都跪着，也忙跪了下来。

闻人安看了一眼她手里捧着的婚书，诧异道："这是……"

裴迎真先道：“是草民与许小姐的婚书，裴家正要与许小姐解除婚约。”

闻人安一愣：“这又是怎么回事？”

裴言忙道：“回圣上，只是方才的一场误会，婚约之事乃是大事，怎会说解除就解除。”

裴老太太也知道自己儿子的意思，忙道：“不过是小孩子闹脾气，说得过了些，都怪老婆子我一时糊涂，纵着他们玩闹了。”

许荣庆先不乐意了：“刚才你们裴家可不是这样说的，裴老太太、大夫人、裴老爷，还有陆夫人，你们可是满口应下要与我们解除婚约的？”他指了指陆楚音和端木夜明，“两位可是证人。”

陆楚音道：“你们裴家好不要脸，刚刚才说许姐姐是商贾之女上不了台面，要解除婚约，如今又说开玩笑？哪个跟你们开玩笑！你们裴家配不上许姐姐！”

闻人安打趣地看着端木夜明。

端木夜明行礼道：“确是如此，裴家刚刚答应了解除婚约，裴老爷才让丫鬟去取婚书来。”

这下裴言和裴老太太下不来台地僵在那里。

许老夫人收了眼泪握着阮流君的手，道：“是该解除，我才找到我这孙女，怎么舍得让她嫁出去？”她抓紧阮流君的手，她是十分喜欢这个孙女的，知书达礼为人又善良，对沈薇也好，她可不舍得让这个孙女嫁进裴家这样的府第。她对阮流君道，“你父亲打小就是这么任性妄为，怎可随意就给你订了这样的人家，委屈了你。跟祖母回家，祖母日后好好为你相看。”

阮流君不知为何眼眶就热了一下，却是又看了一眼裴迎真。

裴迎真跪在那里没有什么表情，却是认同地道：“今日圣上驾到，便请圣上做主解除了这门婚约吧。”他抬头看阮流君，“裴家配不上许小姐。”

闻人安十分感兴趣地看着裴迎真，他可记得裴会元十分喜爱这位许娇的，如今许娇又认祖归宗了，他竟如此爽快地同意解除婚约？

许老夫人那边催着让圣上做主解除婚约。

裴素素忍不住开口：“臣妇有一事不知当讲不当讲。”许娇干出那样苟且的事，能瞒得住谁？许老夫人或许知道，但不想提起，但她不信当着圣上的面揭出来，许娇以后还能做人！就算她成了侯门小姐又如何，她被人玷污一辈子都抬不起头！

闻人安看向她，让她说。

裴素素抬头看着阮流君和许老夫人，道："许老夫人怕是不知吧，您这位刚认的孙女，下午在您的府上与男人苟合。"

阮流君手指一颤，却被许老夫人抓紧。许老夫人的手指又热又有力，脸色却是阴沉的。

许老夫人盯着裴素素，问道："敢问这位陆夫人这事是听谁说的，还是您亲眼所见？"

裴素素自然有所准备，抬头道："这件事虽并非臣妇亲眼所见，却是被我身边的一个丫头给撞见了。臣妇实在不忍心让许老夫人被人蒙蔽了，可以带那个丫头来禀明老夫人。"

闻人安看向许老夫人，这样关系到女儿家名节的事他也不好说什么。

许老夫人冷笑道："还请陆夫人将那个丫头带上来，我倒是要好好问清楚。"

裴素素便命人将今天下午跟在陆明芝身边的丫鬟带过来。

那丫鬟被带过来时小心翼翼地看了一眼裴迎真，慌张地跪了下来见过圣上。

她一开口，阮流君浑身便是一寒。是她……就是她和陆明芝站在门外，转头就走。

许老夫人松开阮流君的手上前，站在丫鬟的面前居高临下地问道："你是谁身边的丫鬟？"

小丫鬟战战兢兢地道："奴婢是……陆明芝小姐的丫鬟。"

裴素素眉头一皱，这丫鬟怎么回事，不是说好了不让她提起明芝吗？只让她说是她一人乱跑撞见的奸情啊。

许老夫人又问："你今日下午在我府上？"

丫鬟小心道："是。奴婢跟着小姐去老夫人的府上给您祝寿。"

"你们夫人说你下午在我的府上看见了什么事情？"许老夫人又问。

小丫鬟一哆嗦，忙道："奴婢……奴婢一直在伺候我们家小姐，并未看见什么特别的。"

裴素素一惊，当即怒道："你下午是如何跟我说的？你说你在后园子的佛堂撞见了许娇和一个男人苟合！你这丫头在圣上面前红口白牙地扯谎是不想要脑袋了？"

小丫鬟被她一喝，吓得哭了起来，哆哆嗦嗦道："奴婢没有！奴婢……奴婢当真是什么都没有看到，奴婢一直和小姐在一起，哪里能看见什么……"

裴迎真冷声道："姑母不必气急败坏，既然她一直和表妹在一起，那问一问表妹有没有看见什么，一证便知她有没有说谎了。"他看向陆明芝，"是不是表妹？"

许老夫人冷声问道："陆家小姐，你可是亲眼看到我孙女与男人在一块了？你一个姑娘家家，望你想仔细了再答话，空口无凭毁人名节可是没有那么简单的！"

陆明芝心里又急又怕，她要如何说啊！她若是承认看见了那个男人在佛堂强暴许娇，被追究起来，她为何不马上去找人救许娇？她是没法解释清楚了！

她忙看裴素素。

裴素素跪在那里咬牙切齿，她如何不知不能让明芝承认看见了，所以才让小丫鬟来证明，哪里知道这丫头居然这样说！

许老夫人怒喝："陆夫人，我孙女是哪里得罪你了，你要这般造谣中伤她的名节？一个女儿家的名节何其重要，你竟然如此歹毒！"她怒极了，"你有什么证据？又凭什么这样诬陷人？"

裴素素一慌，她也不知道那个男人是谁，只听明芝这般说的，又想这事就算她这里不说，也定然瞒不住的。她不能吃眼前亏，当即一伸手，一耳光扇得那丫鬟跌倒在地，怒道："你这造谣生事的贱蹄子！既然没有看见，为何要回来搬弄是非诬陷许小姐！害得我误以为真险些伤了许小姐名节！"

那小丫鬟被打蒙了，捂着脸在地上哭个不停。

裴迎真却冷笑："姑母造谣不成，何必拿个丫鬟置气？"

裴素素狠狠地瞪了裴迎真一眼，这个白眼狼帮着外人来害她！

世间戏2

她立即便向许老夫人赔罪道歉。

许老夫人却是不吃她这一套，怒道："今日你张口便能诬陷我孙女，我若是原谅你，是不是明日随便一个路人也能诬陷她？陆夫人随口一句话不费吹灰之力，可这若是当真传出去，我孙女一辈子都被你毁了！"她老泪纵横地竟是给闻人安跪了下来，"我老妇人护不住侯爷的孙子孙女，他在天之灵定是不能安的，还请圣上替我们老小做主。"

"老夫人快请起。"闻人安慌忙伸手扶起许老夫人，许老夫人的父亲、丈夫可都是立下赫赫战功的，她又与太后是一辈，平日里可是不会行这样的大礼的。

许老夫人却是哭着不肯起来，她一把年纪了，老泪纵横的样子着实令人心酸。

闻人安冷肃地看着裴素素，看她大腹便便的，便道："你乃陆爱卿的发妻，又为人母，也有个这般大的女儿，你怎么忍心这样污蔑一个姑娘家？"他看了一眼陆明芝，有其母必有其女，他听说了最近闻人瑞卿和陆明芝的事，实在是心痛陆知秋居然娶了这样一个女子，"你这等妇人实难当诰命封号。"他失望至极地对身边的太监吩咐，"褫夺陆氏诰命封号，宣陆卿即日回京一趟。"

太监应是。

裴素素心里一沉，顿时慌了："圣上！臣妇……臣妇只是一时误信……"

闻人安厌烦地摆手："口出恶言之前先想想后果。"他最讨厌这等搬弄是非的妇人。

许老夫人这才擦着眼泪站起来，拉着阮流君谢恩，又请闻人安做证立即与裴家解除了婚约。

闻人安处理完这些便先行一步回了宫，被送到门口，又转头对陆楚音道："陆丫头，你也早些回去。你这一日不归，你皇奶奶和你阿姐可还担心着你呢。"

陆楚音不想走，可又怕皇奶奶和阿姐担心。

阮流君让她先回去。

陆楚音拉着阮流君的手："今晚我陪许姐姐住吧，我难过的时候许姐姐也一直陪着我。"

阮流君看着她，打心里笑了笑。她也并非一无所有，就像陆楚音是真心实意地待她好。

"我没事，你回去吧，明日……再来看我。"

陆楚音这才依依不舍地被送着回了宫。

端木夜明却是不走，尴尬地僵在那里："许……许姑娘不是还要搬家吗？我帮你搬行李？"

许老夫人道："不要了。"她拉着阮流君的手，看着阮流君红红肿肿的脸又要掉眼泪，"你受委屈了，以前的东西咱们就不要了，咱们家什么都不缺，跟祖母回家。"

阮流君的祖母过世得早，后来遇到裴老太太不被喜欢，她有生以来第一次感到"祖母"这个词的意义，被许老夫人热乎乎的手紧抓着，低着头眼泪就砸在了手背上。

许荣庆不乐意道："什么不要了？"他扫了一眼脸色难看的裴家众人，"我许家的东西便是扔到街上，给乞丐也不会便宜了裴家人！"

他一挥手，对院里的下人道："将小姐的嫁妆装车，李妈妈仔细数着，别落下了，或者被人摸走了。其余的家具一应物件，凡是小姐的、她喜欢的就装车，不喜欢的就丢到大街上去！"

裴言和裴老太太站在那里脸色难看得几乎站不住，却一个字没说，如今许家兄妹已是侯门的少爷小姐，哪里是他们能随意说的，只是命人扶着肚子已经开始不舒服的裴素素回了前院。

那边许荣庆在搬东西，许老夫人已让阮流君先上马车，阮流君实在憔悴得让人害怕。

阮流君上马车之前转头看了一眼裴迎真："我还有些事情要和裴少爷说。"

裴迎真忙上前。

许老夫人看了一眼，让丫鬟陪着阮流君在马车下，她先上了马车。

那黑漆漆的夜色里忽然落了雪。

阮流君抬头看着茫茫的大雪，颤了一下，对裴迎真道："发生了

世间戏2

什么你已经清楚了吧？"

"娇娇。"裴迎真想握她的手，她却往后退了一步。

"别……"她有些颤，缓了口气才道，"在走之前我有些事情想跟你说清楚，我们之间不要存在什么误会。"

裴迎真手指在发抖，开口道："我清楚，不用说了，娇娇。"

"不。"阮流君看着光幕里观众人数多得数不清，不知何时已经开了，但弹幕是被屏蔽的，"要说清楚的。"

她抓着自己颤个不停的手指，凄惨地笑了一下："我没有对不起你，我也并非是因为名节……"

她低头缓了缓才又道："我要和你解除婚约，是因为这个裴家的大门，我一辈子都不想再踏进，我永远永远不会原谅陆明芝，也不会原谅裴家任何人，并非是因为别的，或是……"

"我明白。"裴迎真站在她面前却是没有碰她，大雪落在她的发端和肩头，他只是看着她的伤口和瘀青，心都被掏空了一般。

他低声叫了一句："流君，我都明白。"

阮流君看着他，泪盈满眼眶。

他不碰她，只轻轻对她道："有什么难关我们都一起走过，你一定不要一个人撑着，你可以依靠我，虽然我现在还不够有能力，但我裴迎真舍出命去也会为你遮风挡雨。"他看她掉眼泪，就要疯了一般，却压着，"这样的裴家你不喜欢，那就不要了，我会出人头地，我会有自己的府邸，到那日我再上门提亲，迎你入门。"

她轻轻哭了起来。

裴迎真喉头哽了哽："没事的，流君，你什么都不必顾忌，只要你也明白我的心意，明白这世上再也没有人比你对我重要，只要你……不放弃我。"

阮流君将额头轻轻地抵在了他的胸膛上，难以抑制地哭了起来："裴迎真，我很害怕……我求她们……求菩萨，求所有神明来救救我，可是没有人救我……"

"我知道。"他仍然不敢碰她，眼眶克制不住地红了起来，"流君，不要怕，神明不救你，我救你。"

他轻轻抚着她冷冰冰的发："你跟许老夫人回去好好睡一觉，等明天起来，所有事情就都解决了。"

阮流君抬头看他，眼里满是泪水："会吗？"

裴迎真点了点头，笑起来："你要相信我，流君。"

她信，这世上她愿意相信裴迎真。

世间戏2

第九章
以恶制恶

等许荣庆那边装得差不多了，他命人拉去他新买的宅子，然后走到马车前对车外的阮流君道："娇娇，你先跟……老夫人回府住几日，大哥将宅子收拾好了去接你。"

车内的许老夫人一惊忙探身出马车："你还是……不肯认我？"

许荣庆低头："您今日帮娇娇我很感激您，我也愿意报答您，只是……我活了这么多年，您突然跑来跟我说我是您的孙子，您要让我认祖归宗，我实在……不知该如何接受。"

他抿了抿嘴，认真地道："况且，许家二爷也并不希望我们兄妹回去，我不想再添麻烦了。"

阮流君拉着他的衣袖："大哥，我跟你回宅子。"她也没想要跟许老夫人回去，虽然她很感激许老夫人，可是这件事跟许丹夕分不开，她不想去许府，也怕去许府。

阮流君对许老夫人认认真真地行了礼："很感激老夫人今日救我，今日老夫人的恩情我日后定会找机会报答，但许府……就算了。"

许荣庆看着阮流君，心里又热又想哭，他妹妹真好，长大了，懂得体谅他了。

"也好，你跟着大哥，在我眼前大哥才安心。"

许老夫人还想再说什么，许荣庆已命人赶了马车过来，扶着阮流君上了马车。

许老夫人抓着车帘心里空落落的，她已经失去了儿子，如今又要失去孙子和孙女吗？

她要下车再劝说，裴迎真却上前对她行礼："许老夫人还是不必再劝了，今日他们兄妹是不会跟您回府的。"

许老夫人眼眶微红地看着裴迎真，刚才她就留意到了这个小子虽是裴家人，却事事顺着娇娇。

"为何？"

裴迎真看着许荣庆带阮流君先走，低声道："在您的府上出了这种事，又是您的孙女亲手造成的，您认为娇娇会毫无芥蒂地跟您回府，叫她一声姐姐吗？"

许老夫人看着他，只能叹了口气："我如何不知，出事后我也先问了丹夕，她或许确实不知……娇娇是我让她带过去的，之后她走开了，她一直在我身边，发生了什么她也并不知情。"

"是吗？"裴迎真看着她，"晚辈敢问许老夫人打算如何处理这件事？"

许老夫人脸色凝重："事关娇娇的名节，我自会小心处理，我已经将崔游扣下，将那两个知情丫鬟关了起来，好在这件事如今知道的人还不多，只有我们许家几个人、端木夜明、李云飞、陆楚音和谢相国。"

裴迎真皱了皱眉，谢绍宗居然也在？

"再一个就是宁安，"她脸色阴沉，"我已经命人去请八王爷带宁安过来了。这件事我定会讨个交代，不能让人欺负娇娇！"却又道，"但方才看来陆家母女也知情？"

裴迎真道："这一点老夫人放心，我会让陆家母女开不了口，那个丫鬟我也已经让阿守送走了。"

这么快？

许老夫人惊讶地看他："这么说那丫鬟也知情？是你……让她改口的？"

裴迎真不说话，他在听陆楚音说了经过之后就先去找到了通风报信的丫鬟，用了一些手段让她全说了。从她口中知道陆明芝回来就告诉了裴素素，并且裴素素打算让她当着所有人的面证死阮流君，让阮流君身败名裂，再让他们解除婚约。

要让一个还有些良知的丫鬟改口太容易了，只要答应送她走，给她些活命的银钱就好。

今日圣上这一处置，陆家母女是暂时不敢乱说话的。

"许老夫人可愿意让我来处理这件事？"裴迎真问她，"娇娇是我认定的妻子，就算如今解除了婚约，我也不会放下她。"

他又道："我或许还可以让许大哥认祖归宗。"

许老夫人神色一动："你有什么好办法？"

裴迎真低头冷笑道："以恶制恶。"阮流君是个太好太好的人了，这样好的人被人欺负到如此地步，老天爷不开眼，善人没有善报，那就让他这个恶人来。

他不怕下地狱，欺负阮流君的人都不得好死。

他对许老夫人道："您只需要让你们许家人闭紧嘴巴，将崔游交给我就好。"

许老夫人皱了皱眉："你要如何做？"

他笑了："许老夫人放心，我是不会杀了崔世子的。"

杀了他太便宜他了，裴迎真要让他生不如死。

许老夫人看着他，想了想道："好，你随我回府。"

许老夫人带裴迎真回府，路上裴迎真细细问了这件事许府当时都是谁在、谁知道。

许老夫人来之前就已经将这件事情压在府中，如今除了谢绍宗、陆楚音、李云飞、端木夜明、宁安和陆家母女之外，许府当时也只有许丹夕知道。

和她一同看到许娇的许青和夫人李芳并不清楚发生了什么事情，她是单独将许丹夕带到房中问的。

裴迎真便道："陆家母女老夫人不必担心，另外，陆楚音和端木夜明他也已经嘱咐过了，他们知道轻重，绝不会对人提起这件事，李云飞……"

"云飞你放心，他是个好孩子，我也嘱咐过他了，他不会说的。"许老夫人也早有考虑，"谢相国如今也还在府上押着崔游那畜生，我会请崔老侯爷过来处置。"她想了想又道："也差人去请八王爷带宁安来了。"她脸色阴沉，"若当真是宁安设计害娇娇，我便是豁出这条老命也不会放过宁安！"

裴迎真想了想，宁安毕竟是八王爷的女儿，就像许老夫人再恨，也不能当真杀了崔老侯爷唯一的儿子崔游。

但好在这件事情许老夫人压下得早，又请来圣上封了陆家母女的嘴，根本没有机会传播开，只要今夜处理得当，应该不会对流君造成二次伤害。

他看了一眼夜空中的细雪，对许老夫人道："老夫人不必去通知八王爷和宁安过来，今夜不必。"

"不用？"许老夫人诧异，"可她……"

裴迎真笑了笑："她今夜回去也不敢声张的，她怎会让人知道是她陷害娇娇，做出这等龌龊之事？她会等到事情闹大了传开了，她再落井下石。"

许老夫人想了想，倒也是，一个姑娘家家怎会这般蛇蝎心肠，若是让大家知道了是她引男人去糟蹋另一个姑娘，她也没什么好名声了。

"那就这样放了她？"

"怎么可能。"裴迎真道，"许老夫人要是相信我，今晚您只需管好您的另一位孙女许小姐和许府上的人，剩下的……"他指尖一点点生寒，"我来做。"

他攥了攥手指，又道："也不必请崔老侯爷来，他来了又如何呢？"他想了想忽然笑了，"老夫人只用差人去知会崔老侯爷，崔游喝多了，明日要为许少爷庆贺，今晚会留在许府便好。"

许老夫人看着这个年轻人，只觉得他心思阴沉得吓人。

她便立即让人去追回去请八王爷的人，又差人按照裴迎真说的去通知崔老侯爷。

到了许府之后，崔老侯爷那边也回话了，崔游这个浑小子他寻常里就管不住，常常夜不归宿，他也懒得管，便谢过许府，没多说什么。

裴迎真发现许老夫人比他想象中考虑得周到多了，许府已锁了府门，许家二老爷许青和夫人李芳还有他的儿子许丹辉焦急地等在大厅里，看见许老夫人回来忙迎了上来。

李芳已是哭过了，过来向老夫人行礼："母亲……丹夕究竟做了什么样惹您生气的事？您要打要骂都行，只是您能不能先将她放出来？她一个小姑娘被锁在佛堂里，又黑又冷……您还不让我们去看她……"

许青也道："可是丹夕对那位许姑娘做了什么？"

许老夫人立即怒道："什么那位许姑娘？她是你大哥的嫡亲女儿，是你的亲侄女！我下午已经说得很清楚了，不论你同意不同意，荣庆和娇娇我是必需接回来的。"

许青闭了嘴，脸色不好。他是庶子，大哥离开后他作为许家唯一的儿子尽心尽力地打理许家，伺候老太太，眼看着要承袭这侯位了，大哥的嫡子嫡女突然冒了出来，老夫人还一心想要将这个在外面长了十几年的嫡长孙给认回来，他如何能同意。

哪知许老夫人又道："我已请了圣上做见证认回他们，过几日正式开宗祠让荣庆入族谱。"

"母亲！"许青顿时沉了脸色，"您这样草率决定日后出了什么……"

"出什么事我自会负责。"许老夫人冷声道，"这件事已成定局，不必再说了。"她又瞪了一眼李芳，"你也不必再哭了，今日丹夕做了什么事你们都不必再问，只需要知道日后丹夕我会亲自来教养。"她无比失望。

许丹辉上前扶住她："祖母怎生这样大的气？我一回来就听说您将妹妹关了起来，是她惹您生气了吗？她年纪小，人莽撞些，您平日里疼她，就不要同她生气了。"他想要缓和一下气氛，便道，"今日放榜，祖母也不问问我考得如何。"

许老夫人看着自己这个孙子就又想起许荣庆，许荣庆也比他大不了多少，可丹辉从小锦衣玉食，许荣庆却那样早就失去父母带着妹妹背井离乡地投靠裴家……

她眼眶发热，拍了拍许丹辉的手："等祖母处理完丹夕的事情，再来问你。"推开他的手，带着裴迎真去了后园子的佛堂。

许丹夕暂时关在佛堂，谢绍宗押着崔游也在。

裴迎真向许家二老爷行了礼。

许丹辉看到他，眉头皱了皱："裴会元？你这么晚了怎会来我们许府？"他不喜欢这个裴迎真。裴迎真两次夺魁，如今京中都在预测他会成为近五十年内第一位连冠三元的人。

"是我请他来的。"许老夫人回答，又对要跟过来的李芳道，"你们谁都不必跟来，回去休息吧。"

裴迎真向许丹辉点了点头，跟着许老夫人去了佛堂。

他们一走，许丹辉便冷着脸问李芳："母亲，今日下午到底发生了什么？"

李芳心里慌慌的："我哪里知道，你祖母庆完寿就将那许荣庆带了过来，说他是你大伯的嫡子，要让他认祖归宗。"

"之后呢？丹夕又是怎么了？"许丹辉也是前两天听说那个市井人家的许家兄妹居然是失踪多年大伯的儿女，老太太还要将他们认回来，这不是胡闹吗！

李芳拧着帕子："之后那个许娇就被人抱了出来，像是挨了打，你祖母问是怎么回事，她就说是丹夕……然后你祖母就将丹夕带到佛堂了，也不让我们过去。"

挨了打？那傻丫头不会当真找人收拾了许娇吧？

李芳又要流眼泪了："丹夕那么怕黑，可怎么是好？你祖母也是，凭一个丫头随便一句话就要这般审问丹夕，丹夕好歹是她看着长大的亲孙女……"

许青烦得要死："亲孙女？如今对母亲来说，那两个从外面跑回来的才是她嫡亲的孙子孙女！"

许丹辉紧紧皱了眉，他绝对不能让那两兄妹认祖归宗，不然父亲一个庶子就很难承袭侯位了，那他……也只是庶子房中的嫡子，偌大的侯府就要拱手相让了。

这下雪的夜里，后园子里格外寂静。

裴迎真跟着许老夫人一路走进去，问："这园子平日里没人守着，可以随意进入吗？"

"自然不会。"许老夫人指了指园子口立着的下人，"园子常是丹夕她们女儿家来玩的，又有佛堂，自然不会让人随便进出。"

裴迎真便道："那许老夫人该想一想若是没有许府人的准许，下人怎会放崔游随意进入园子？"

许老夫人眉头越皱越紧，幽幽叹了一口气："怪我，我原想着认

世间戏2

133

祖归宗一事女儿家出面的话难免会不自在、不开心，所以单请了荣庆过去，让丹夕带着娇娇在佛堂等我，想处理好了，我亲自来与她说，没想到……"

裴迎真道："许老夫人不必自责，园子里一向安全，您也是为了娇娇考虑才让她到这里来，谁会想到出这样的事情。"便是他，有许老夫人嘱咐一会儿有要事要说让他等着在先，又是无冤无仇连句口角都没有的许老夫人亲孙女许丹夕来请他在后，还在这许府的后园子里，他也不会生疑有所防备。

他们来到佛堂就看到坐在外面的谢绍宗和几个小厮，押着已经昏昏沉沉醒过来、瘫在地上痛苦呻吟的崔游。

裴迎真咬了咬牙，盯着崔游，他就不该留崔游这条命。

谢绍宗看着裴迎真过来，沉默了一下。

许老夫人先上前感谢了他。

谢绍宗起身道："许老夫人客气了，娇娇是我的义妹，保护她是我应当做的。不知娇娇如今……怎么样了？可请了大夫过去瞧瞧？"

许老夫人叹了口气。

裴迎真道："谢相国不必挂心，我自会照顾她。"

谢绍宗便看向裴迎真，两双眼睛在茫茫的雪夜里对视，各怀心事。

佛堂里传来许丹夕的哭声，她拍着门求许老夫人放她出去。

许老夫人因为裴迎真那句话，越想越心寒，但她总不能当着外人的面审问许丹夕，毕竟这也是许丹夕的亲孙女，她只能让许丹夕先在这佛堂思过。

裴迎真知道许老夫人的意思，对许老夫人道："今日时候也不早了，许府这边就交给老夫人您了，崔游我便先带走了。"他拱手行礼，"您放心，我不会让您难做的，明日必定放了崔游。许老夫人可否借我两个会功夫又可靠的侍卫？"

许老夫人看着他，点了点头，挑了两个她的亲信随从备车跟他和崔游走。

谢绍宗却是拦住他："你打算怎么做？这件事关系到娇娇的名节，稍微有些差错都会令她难以做人。"

凭裴迎真如今小小的会元来对付崔世子？他是不信任裴迎真的，盯着裴迎真道："裴会元还是将人留给我来处置吧，毕竟，你没有这个能力。"

　　裴迎真瞧着他，没恼却笑了："谢相国倒是有这个能力，可怎么还会连一个女人都管不住？"他低了低声音，"谢相国聪明绝顶，会猜不出这件事是谁主谋？又是为了什么吗？"

　　他近前一步附在谢绍宗的耳朵旁低声道："难道不是你一而再再而三地纵容宁安伤害她的吗？"

　　谢绍宗眉头一蹙，看了一眼许老夫人。

　　裴迎真已退开，向许老夫人行礼，让人扛着崔游便走。

　　谢绍宗也匆匆行礼告辞，跟着裴迎真一路出了许府，在他上了马车之后一掀帘子也进了马车中。

　　幽暗的马车里谢绍宗盯着裴迎真，冷声问道："你已经知道她的身份了？"

　　裴迎真一拳将崔游打昏了过去，甩了甩手道："你不是也知道了吗？"他吩咐车夫驾车回裴府。

　　马车辘辘行在黑夜之中，谢绍宗盯着裴迎真，竟想起自己死在裴迎真手下时他那副阴冷的模样，令人心惊。

　　"你既然知道她就是流君，就该明白她不属于你。"谢绍宗伸手攥住了裴迎真的脖子。

　　裴迎真连动都没有动，慢慢道："是吗？那你认为她会属于你？"他抓住谢绍宗的手腕，"你杀了她父亲，你背弃了她，你害她家破人亡，背负着害死父亲的罪责，你认为她还会原谅你？"

　　谢绍宗猛一用力就抓着他的脖子将他按在车厢上，微怒道："如果没有你，一切怎么会变成这样？！"

　　裴迎真眉头皱了皱，他不明白谢绍宗的话，因为他？

　　谢绍宗却不再讲下去，只是道："裴迎真，你没有机会得到她。"那眼睛里杀意必现。

　　下一瞬，谢绍宗已松开了他，坐回去理了理衣襟："你没有能力保护她，将崔游交给我，我自会处理。"

　　裴迎真靠在车厢上低头整理着襟口，冷冷道："你要如何处理？

杀了崔游吗？你不敢，你连宁安都不敢正面拒绝，你爬到这个位置不容易，你怎会给自己树敌？"

谢绍宗怒极反笑："我为什么要亲手杀了他？我可以让他死于非命。"他斜睨着裴迎真，"你若是敢杀了崔游又何必留他到现在。"

裴迎真瞧着崔游，冷笑道："杀了他？太便宜他了。况且就算杀了他，那宁安呢？也杀了吗？"他瞧着谢绍宗笑了，"谢相国怎会舍得？"

谢绍宗冷声道："宁安那边我自会处置，让她闭嘴。"

裴迎真笑了一声："闭嘴就可以了吗？谢相国对她可真仁慈。"

他低头想了想又道："若是谢相国还有半分的良心，那就帮流君做一件事。"

谢绍宗看他："你要如何？"

裴迎真瞧着谢绍宗："我高中会元，明日我父亲会在裴府宴请同僚庆贺，我会邀请谢相国来，还请谢相国务必带上宁安郡主一同前来。"

谢绍宗皱了皱眉。

马车到了裴府时雪下得更大了，裴迎真命人将崔游从后门抬到他的院子里。

阿守气得啐了一口崔游："少爷打算怎么处置这个畜生？是要剥皮抽筋还是如何，您只管吩咐。"

裴迎真冷笑一声："先给他止血包扎一下，他今日可不能死。"

阿守一愣："少爷……你要放过这个畜生？他将许小姐害得那么惨！"

"我怎么说你怎么干。"裴迎真进屋后将阮流君之前给他喝的那种小玻璃瓶的液体取了一瓶出来，他记得这玩意儿喝过之后可以在短时间里恢复体力，他捏开崔游的嘴将那液体灌了进去。

见崔游呛得一阵猛咳快要醒过来，裴迎真又对阿守道："去买包迷药来，今夜让他再好好睡一晚。"挥手让阿守附耳过来，"再将给瑞秋送的助兴酒找来些，多找一些，一次灌进去。"

阿守一脸狐疑地应是去了。

裴迎真处理完这些之后特意去了老太太那里，跟老太太和裴言恭恭敬敬地赔了礼，又说，他同意老太太和父亲的意思，明日宴请那位翰林小姐来相看相看，又说太子和谢相国明日也会来。

老太太虽然恼他，但想着他如今是会元，又肯认错了，好歹是与许娇解除了婚约，以后或许当真会听话一点，便命人去知会裴言。

裴言今日放榜便说要大摆筵席，却被裴迎真拒绝了，没想到裴迎真如今解除婚约之后竟是想开了。

第二日一大早裴家便忙活了起来。

端木夜灵没想到裴迎真会邀请她来，早早就盛装和闻人瑞卿一块来了裴府。

裴迎真陪着裴言将客人一个一个迎进府中，看着人差不多来齐了，谢绍宗才来。

他果然带了宁安。

宁安一副什么都没发生的样子，高高兴兴地跟端木夜灵说话。

裴惠月看着谢绍宗带宁安来却是心里打翻了醋坛子，扭头去了陆明芝院里。

裴素素打昨夜被褫夺了诰命封号之后就有些动了胎气，身子一直不爽利，也不想见裴迎真，便没过去。

陆明芝在陪着她。

裴惠月过来时，陆明芝正在喂裴素素喝安胎药。

听裴惠月说太子殿下也来了，陆明芝心里便是顿了顿，装作冷淡的样子道："太子殿下来不来与我何干？"

裴惠月便宽慰了她两句。

裴素素握着她的手："别放在心上，等娘身子好些再为你相看好人家，我昨日见那位御史家的赵少爷就不错，御史夫人也十分喜欢你。"

陆明芝低着头道："娘，我如今不想这些，只想您平平安安地将弟弟生下来。"

裴素素瞧着自己女儿清秀的脸叹了口气，她知道明芝是还没放下太子殿下。

裴府里热热闹闹的，裴老夫人记挂着自己的女儿和外孙女，便差人来请陆明芝过去玩，尤其是今日来的都是有头有脸的夫人小姐，她有意让惠月和明芝过去，都到了相看婆家的年纪，这些交际是少不得的。

　　陆明芝原不想去，但裴素素执意让裴惠月带她去了前院。

　　前院热闹至极，女眷安置在大堂里，由宋元香招呼着。裴老太太带着陆明芝见过了几位夫人，她就落座在裴老太太身边，也无心应承什么，只心猿意马地望着外面的宾客身上——闻人瑞卿站在外面和裴迎真说话。

　　似乎说到了什么，闻人瑞卿忽然抬头朝她这边看了过来，那一眼正好撞在她的眼底，她慌得忙低下头去。

　　外面裴迎真附耳对闻人瑞卿说了什么，闻人瑞卿皱着眉问道："去后花园干吗？"

　　"我有幅画想让太子殿下品鉴品鉴。"裴迎真道。

　　闻人瑞卿也实在闲着无聊，便点了点头。

　　裴迎真低声道："太子殿下先过去等我一下，我招待完客人马上过去。"

　　闻人瑞卿实在懒得陪端木夜灵，便去后院透透气。

　　陆明芝一边和裴惠月说着话，一边留意到闻人瑞卿走了，像是去了后花园。

　　她有些失落地叹了一口气，她是怨闻人瑞卿的，却不恨他。

　　她只恨陆楚音和许娇，两个装模作样的人，惯会勾引男人，说不定那日就是许娇自己勾搭的男人，可恨她不能揭穿许娇的真面目。

　　她这边正自顾自发着呆，忽有一个小丫鬟低低叫了她一声小姐，然后塞了一张字条给她："太子殿下给您的。"

　　她心里一惊，太子给她的？

　　她忙偷偷打开那字条看了一眼，字条上写着：我在后花园小凉亭等着你，之前的误会想跟你解释。

　　那笔迹是太子殿下的无误，她忙将字条揉了，脸颊有些发烫。

　　却是犹豫不定要不要去，她如今还伤着心，可是……太子殿下又说之前的误会要解释？是说陆楚音那件事是误会吗？

她拿不定主意，坐立不安。

窗旁，谢绍宗的侍从将宁安叫了出去，他站在回廊尽头等着她。

宁安快步上前，笑着道："谢大哥找我？"

谢绍宗回过头来看着她便笑了，温声道："是有一件事，要托你帮忙。"

宁安望着他，只觉得心里生出无限的欢喜："谢大哥需要我做什么只管说便是了，你我之间还谈什么帮忙不帮忙的。"

谢绍宗俯下身来在她耳侧低声道："太子殿下想请陆明芝姑娘到后花园，有些事情要同她说，可先前太子殿下与陆姑娘有些误会，就央了我来求你，去与陆姑娘说说，太子正在后花园等着她呢。"

宁安被他近在咫尺的呼吸吹得脸红，低低柔柔地道："既然谢大哥说了，那我便去说说，谢大哥放心。"

谢绍宗望着她笑道："还是你最懂事。你陪着陆姑娘，别带什么下人，太子不想让人知道。"

宁安红着脸笑得遮掩不住："我明白的。"

宁安到陆明芝那里去时，陆明芝正在犹豫，宁安上前在她耳边笑着说了一句："陆姑娘出来一趟。"亲亲热热拉住了陆明芝的手。

陆明芝是见过宁安郡主的，但没想到她会如此亲切，被她拉着也不好说什么，对老太太说了一声就出了大堂。

老太太看是郡主带她出去也没说什么。

宁安拉着陆明芝出了大堂，在回廊下低低对她笑道："太子殿下正在后花园等着陆姑娘呢。"

陆明芝脸一红："太子殿下……殿下等我做什么？"

宁安抿嘴笑道："我如何知道，不过是太子托我来请你过去，怎么，你还在生太子殿下的气？"

"我如何敢生殿下的气。"陆明芝低着头，"我只是……摸不透他的心思。"

宁安便道："去了不就知道了吗？"拉着她的手就往后花园去。

陆明芝低着头红着脸，是没有再拒绝。

陆明芝一路跟着宁安进了后花园，却左看右看找不到闻人瑞卿。

宁安诧异地蹙蹙眉："哎？太子殿下呢？难不成等不及走了？"

陆明芝心里已是急了，有些后悔自己为什么不早些过来，让太子等这般久，他可是太子殿下，谁敢让他等啊。

两人正想四处找找，身后却忽然有人一把捂住了她们的口鼻，一股浓烈的药味冲鼻而来，她们连惊呼都喊不出口便眼前一黑，昏了过去。

宁安的脑子重极了，像是万重山压着，她听到有什么浓重的呼吸声和呻吟声，像一个人，又像两个人。

还有人似乎在哭，哭得嘶哑，惨极了。

她身下又冷又疼，好不容易睁开眼，隐隐约约地看到自己在一间小房子里……她冷得打了个寒战，顺着那声音望过去，脑子就是一蒙。

她看到不远处的床榻之上有一男一女浑身赤裸地在交缠……她惊得慌忙爬起来，就听到榻上那个女人嘶哑地哭着："救我……救救我，宁安郡主……"

宁安浑身冷得打战，那个女人居然是陆明芝……陆明芝被一个男人压在身下，无力地哭着、求着、喘息着，她只赤红着眼睛绝望地盯着宁安，求宁安救自己。

两具明晃晃赤裸的身体和那急促的喘息声让宁安脑子都炸了，她根本来不及多想扭头就往屋外跑，却发现门是锁着的。

她脑子一空，拼命地拽着门板，又急又怕地喊道："有没有人在外面！有没有人！救命！快来人啊！"

她那喊叫声惊动了榻上埋头苦干的男人，他闷哼一声瘫了一会儿，忽然扭过头看宁安。

宁安一回头就看到那男人赤红的、没有理智的眼睛，是崔游……是崔游……怎么会是他？他怎么会在这儿？这是怎么回事……

陆明芝已经哭得没有眼泪了，只是冷得发抖抽搐，绝望地盯着宁安："为什么……为什么要害我……"

"我没有！"宁安怕极了，不是她，不是她！

崔游忽然从榻上爬起来，盯着她走了过来。

宁安吓得尖叫一声，拼命地撞门："救命！有人在吗！有没有人！救命！"

崔游却已是扑了过来，宁安闪身要跑，却被崔游一把抓住肩膀"哐"地按倒在地。

宁安头撞在冷冰冰的地面就是一蒙，感觉崔游一把撕开她的衣服，立刻崩溃地尖叫："崔游！我是宁安！你放开我！你疯了吗！你……"

崔游却是伸手抓住她的头发一拽，疼得她眼前一黑，眼泪就掉了下来，几乎是条件反射地喊："谢大哥！救我！"

门外的缝隙中忽然有人塞进了一样东西，"当啷"一声掉在她手边，是一把匕首。

她慌忙喊："救命！救我！我是宁安郡主！快救我！"

外面有人声音喑哑地说了一句，她没听清是男是女，只听那人道："没有人救你，你的谢大哥也不会救你。"

她脑子一蒙，忽然想到是谢大哥让她带陆姑娘来的……之后她们就昏了过去……是谢大哥……怎么会？

她感觉崔游撕开她了身上的所有衣服，她喊了一声猛地抓住身旁的匕首一刀刺了下去。

崔游惨叫一声，吃痛地抓住她的头发猛力地在地上"哐哐哐"撞了几下。

天旋地转，她眼前发黑地就昏了过去，眼看着要昏过去之前她只想到，她完了……这辈子都完了……

门却是被人一脚踢开，谢绍宗脸色苍白地冲进来，一脚踹开了宁安身上的崔游，惊慌失措地喊："宁安！"

那一刻，她像是看到了唯一的救命稻草，拼出最后一口力气将手伸向谢绍宗，哑声哭道："谢大哥……我就知道你会来救我……"

谢绍宗一把抱起她，那屋子外就响起了脚步声。

是个小丫鬟，问了一句："哎？谁在这花房里？"

那小丫鬟走到门口，看到屋内的景象惊得尖叫一声，踉跄着就跑了回去喊道："出事了！出事了！"

如今正是开宴，众人刚吃到一半就见那小丫鬟惊慌失措地跑过来，连滚带爬地跪到裴老太太和裴言的跟前，急道："出事了，老爷、老太太！"

一屋子和一院子的人都好奇地看过去。

"胡说什么？"老太太喝她一声，"这样的日子大喊大叫成什么体统。"

一旁的裴迎真却道："老太太别生气。"又问那丫鬟，"出了什么事，你慢慢说来。"

小丫鬟哆哆嗦嗦地道："奴婢……奴婢……也说不清，还请老爷、老太太快过去看看吧！"

裴素素接到消息时正起身坐在窗下绣小衣服，听到那丫鬟慌慌张张地报上来，手一抖针就扎进了手指。

她扶着桌子站起来："你说……你说什么？明芝怎么了？"

小丫鬟哭道："小姐……小姐被崔世子玷污了……前院乱成一锅粥了，夫人快去看看吧！"

裴素素眼前一花险些昏过去，只觉得小腹一阵阵痛，婆子忙扶住她："夫人切莫要动了……"没说完便见她的裤子上有血渗了出来。

她顿时慌了，抓着婆子的手急喊："快叫大夫！妈妈快叫大夫！一定……一定要保住我的哥儿！"

婆子当即喝小丫鬟快去请大夫来。

当下，前院和后院都乱了。

前院裴言已在慌慌张张地送客人都先走，崔游玷污了陆明芝，而宁安郡主被人衣衫不整地抱出来安置在厢房里已是所有人都知道了。

大家都在议论纷纷地小声说着，这崔游好生大胆，连郡主都敢动。

也有看热闹的人说，听说崔游的姐姐崔明岚这次在选妃的名额之内？这下可完了，我就说崔游这种游手好闲的人迟早出事，可怜拖累了崔小姐。

等到崔老侯爷赶过来时，崔游已被八王爷打得半死，昏昏沉沉、不省人事。他又是心疼又气怒，连骂两句"打死了干净"，就昏了过去。

裴家人忙又去请太医来，本是大喜的一天，却在裴家出了这等事，受害者还是陆明芝！裴家的脸都被丢尽了。

裴老太太赶去裴素素那边，又见裴素素动了胎气早产了，急得眼泪直掉，这才八个多月大的胎，昨夜就不稳，今日早产，只怕是要保不住啊。

她连连吩咐大夫要保大人，听着裴素素在房中一阵阵惨叫，又想起自己可怜的外孙女，哭得要昏厥过去。

裴迎真和裴言在前院处理崔游的事情，好不容易将客人送走，八王爷还在屋子里破口大骂。

宁安这会儿也清醒了，她哭得上气不接下气。

八王爷问她怎么回事，她看了一眼谢绍宗，却硬生生是摇头不答，只说是和陆姑娘到花园里就被人迷昏，之后就……

她是相信谢绍宗的，毕竟最后是谢绍宗救了她，不然她也保不住完璧之身。她如今只担心谢绍宗不信她没被玷污，只怕大家不信……

谢绍宗站在门外，看着渐渐黑下来的天色，低低对裴迎真道："你太狠了……何必做得这样绝？"裴迎真只说让他迎宁安过去，给她一个教训，却没想到……

裴迎真听丫鬟低低禀报，裴素素早产了，胎是生下来的，也有气儿，只是不太好，裴素素听说生的是个姑娘，当即怒气攻心血崩了，如今正在保命。

裴迎真"嗯"了一声，说了一句："是她们自食其果，这是报应。"也不知是说宁安、陆明芝，还是说裴素素。

她们在做出那等事之前就该想到有一日那些全部会加倍报还在她们身上。

包括裴素素，若非她当日那一包堕胎药，他的母亲怎会死在那个冬天？

他们裴家人联合起来欺辱他母亲，害死他母亲，如今又来害流君，只该不得好死。

世戏间2

143

谢绍宗看着裴迎真，只觉得发寒，他当真是个十足的恶人。

那屋子里几乎要掀翻了天，八王爷发了好一通脾气之后，眼看要打死崔游。

崔老侯爷厚着老脸求了情，他只有这一个儿子，就算他儿子再无恶不作，也不能让他断了后啊。

八王爷也冷静了下来，事情已经发生了，杀了崔游也于事无补，当务之急要想个勉强能挽回的法子。

可如何挽回？明日怕是全京都都会传遍。

崔老侯爷便道："是我这个孽子丧尽天良，但木已成舟，为今之计怕是只能尽快让他们俩定亲成婚了。"

宁安顿时慌了，跪下拉着八王爷，哭求："不！不！父亲求你不要同意！我死都不要嫁给崔游，嫁给他我宁愿死！"

八王爷看着她，气怒道："你如今不嫁他还能有什么法子？你觉得明日之后京都还有谁愿意娶你？"他越发生气，"你如今要来怪谁？你为何要独自去人家府上的后花园？你为何不谨慎着些！我的脸面全被你丢尽了，以后你的那些兄弟姊妹还如何定亲？如何做人？"

宁安跪在原地蒙了，出了这样的事情，她被人害成这样，她的父亲居然还在怪她……

她眼泪挂满腮，恨极了："父亲……父亲怎么可以怪我……您考虑的就只是您的名声和府中那些妾室生的儿子女儿吗？"

八王爷气得要抬手打她，怒道："好！你不嫁！不嫁就等着被悠悠之口淹死吧！"他起身要走。

谢绍宗却忙拦住了八王爷："八王爷别气恼，出了这样的事您再不管，宁安当真是没有活路了。"

他看着宁安，叹息道："这件事还是要和崔老侯爷商议一下。"

宁安猛地回头看谢绍宗，哑哑地道："谢大哥……也要我嫁给崔游那个畜生吗？你明明知道我是……清白的……"

"我知道。"谢绍宗怜悯地看着她，"可光是我知道有什么用呢？"

她的一颗心立刻沉到了冰窟窿里，为什么会这样……为什么明明昨天还都好好的……今天她就要受这种罪？

崔老侯爷叹气地对裴言道："陆姑娘……"他已无言开口，可还是替这个孽障处理，硬着头皮道，"等陆老爷来京之后老夫会亲自向他赔罪，带孽子向他提亲……只是怕要委屈她在宁安之后了。"

裴言也不知说什么好，堂堂三品大元的女儿给人做妾？怕是陆知秋来要发好大一通气了，可是如今不这样又能如何？总不能逼死陆明芝吧。

裴迎真站在外面从始至终没有说过一句话，他看着昏暗的天空下雪了，忽然非常非常想念阮流君。

天理不报，他愿意替老天爷以恶制恶，他遭报应、下地狱也没有关系，只要流君得善报，恶就让他来背。

世间戏2

第十章
我只信你

天黑下来时，阮流君才醒过来，她一直在睡，如今醒来发现外面下雪了。

香铃过来服侍她穿好衣服，对她道："小姐可算醒了，裴少爷等您半天了。"

"裴迎真来了吗？"她将镜子扣下去。

香铃道："是呀，来了有一会儿了，还带着那位叫庭哥儿的少爷，就在大厅里等着呢。"

阮流君诧了一下："庭哥儿也来了？"

"对呀。"香铃笑道，"一大一小在大厅里下棋，裴少爷赢得庭少爷眼睛都红了呢。"

雪下得细细小小，宅子还没有翻新好，许多地方老旧得像上了年纪的老人家，但许荣庆怕许娇冷着，将地龙整日整夜烧得旺旺的，连回廊下都散着暖意，将屋檐上的细雪熏化得叮咚叮咚响。

阮流君到正厅时听到裴迎真在跟庭哥儿说："你这样的棋艺可真给阮国公丢脸。"

她让香铃别惊动他们，小心翼翼地走过去，就见一大一小就着一张棋桌在下棋，窗外细雪纷纷，裴迎真单手托腮手指一下一下地叩着桌子。

而庭哥儿涨红了一张脸，紧皱着眉死盯着棋局，小声嘟囔："你别敲了……打扰我思考。"

裴迎真嘲笑一声，睥睨着他："棋艺不行，倒会找理由，我是没听过有人背不出书怪书本字小的。"

阮流君走过去，裴迎真看到她忙坐正了身子丢下棋子对她笑道："怎么起来了？睡得还好吗？"

阮流君对他扯了扯嘴角道："挺好的。"又看庭哥儿，"庭哥儿……怎么来了？"

裴迎真抿嘴笑道："我从相国府偷出来的。"

阮流君惊讶地看他："你……当真？"

裴迎真便笑了："你怎这般好哄，我说什么你都信？"

阮流君瞪他一眼："你是裴迎真，你做出什么事我都不奇怪。"

"当真？"裴迎真笑吟吟地起身让她坐过来，"若是我做了恶事呢？"

阮流君抬头看他一眼："恶事？什么样的恶事？"

裴迎真眨了眨眼道："比如……以大欺小将庭哥儿赢得哭。"

"我才没哭！"庭哥儿这才从棋盘里抬起头，有些气馁和愤怒地道，"我还小，我像你一样大的时候一定杀得你片甲不留！"

裴迎真挑了挑眉："你像我这般大的时候，我依旧比你年长，比你聪颖，我像你这般大的时候棋艺也没你这么臭。"

庭哥儿气得攥紧了小拳头瞪他。

阮流君被他俩逗得难得吐出一口气笑了，对庭哥儿道："别听他的，他像你这般大的时候没你聪明，你长大了定能赢他。"

庭哥儿这才看到阮流君的脸，吃惊道："许姐姐，你的脸怎么受伤了？"

阮流君摸了摸脸上的瘀青笑容淡了淡，裴迎真却先道："有坏人欺负你阿姐了。"

庭哥儿紧张地趴在桌子上看她的伤，问道："疼吗？谁欺负你了？你告诉我，我以后长大了替你报仇！"

阮流君看着庭哥儿圆乎乎的脸，轻轻笑了笑："不疼了，是我自己不小心才会被人有机可乘。"

"怎么能这样说！"庭哥儿皱了皱眉，"你被人欺负了是那些坏人的错。"他很不高兴地说，"许姐姐这样说不对。"

阮流君看着他："怎么不对呢？"

庭哥儿皱眉想了想，煞有介事地道："就像一个人喝多了醉倒在大街上毫无防备，我们就可以过去偷走他的钱吗？不可以，因为做人最起码要有良知和道德，害人之心不可有，这是我父亲教我的，我觉得父亲说的才是对的。"

阮流君看着他小小年纪老气横秋地讲这些道理，不知为何竟有些眼眶发热。

"庭哥儿讲得真好。"她伸手摸了摸庭哥儿的头，"你要谨记你父亲教过你的，不论日后生活得多么困苦也不要放弃做一个像你父亲一样的人，好不好？"

庭哥儿看着她，认认真真地点了点头："我明白的。"

"那就好……"那就很好，阮流君看着他又安心又愧疚，庭哥儿这样懂事，若是父亲还在一定能将他教导得很好。

裴迎真在旁边看着阮流君松了一口气，他本担心阮流君遭逢这样的事情会想不开……但如今看来，她并没有自怨自艾地钻牛角尖。

他站在阮流君身侧对她轻声道："你父亲将你们教得都很好。"

阮流君扭头看着他，红着眼眶对他道："多谢你。"不只是信任她、不猜忌她，更感谢他什么都没有多问，却带来庭哥儿哄她开心。

裴迎真低头望着她笑："那我留下吃晚饭行吗？我还没吃晚饭，有些饿。"

阮流君又想哭又想笑："你是傻子吗？饿了不知道找下人给你拿些点心来？"忙吩咐香铃去备晚饭，又让小厮去铺子里问一问许荣庆今晚回来不回来吃饭，然后转头问庭哥儿，"庭哥儿也留下来吃晚饭好不好？你可以留下吗？"

"可以。"裴迎真替他答，"他今晚都可以留在这里，明天早上我送他回相国府。"

庭哥儿也点了点头。

阮流君惊讶地看裴迎真："谢……谢相国居然同意你带他过来？"

裴迎真意味不明地笑："你还不懂他的心思？他想让你知道，他还是有点良知的。"

阮流君看了一眼庭哥儿，坐下柔声问他："庭哥儿愿意今晚留在这里陪我吗？"

庭哥儿忙点了点头："只要不回相国府，去哪里都行。"

阮流君有些难过，问他："谢相国对你不好？欺负你了吗？"

「明眸人之所以迷人，即在于其顾盼之时，
顾其左右而言他。」

庭哥儿苦着脸："他对我挺好的，但我不喜欢他，不想跟他待在一起。"又看一眼裴迎真闷闷地道，"而且我答应了裴迎真，输了就要听他的话，君子一诺重千金。"

"叫裴哥哥。"裴迎真道，"愿赌服输。"

庭哥儿气馁地道："是，裴大哥。"

阮流君看着他们一大一小忍不住松了一口气，活着……还是有希望的，总会有好事情发生的。

宅子虽然老旧些，但之前都是住人的，所以厨房什么的一应俱全，连厨娘许荣庆都连夜请好了。

没过一会儿就做了一大桌子佳肴，居然全是苏州菜。

想来是许荣庆特意请的家乡厨娘做给许娇吃的，他这个大哥倒是真的疼妹妹。

裴迎真刚刚落了座，许荣庆就火急火燎地回来了，一进门瞧见裴迎真和庭哥儿就是一乐："裴会元，今日你家里可是够热闹的啊。"

裴迎真不动声色地道："没想到这么快就传开了啊。"

"怎么了？"阮流君看裴迎真，忙问，"是出什么事了吗？"

"是出事了，出大事了。"许荣庆洗了手过来坐下，命下人去烫壶酒来，十分高兴地对阮流君道，"我喝口酒慢慢跟你讲啊。"

"到底怎么了啊？"阮流君看裴迎真，"你怎么了？"

裴迎真笑着对她道："我没事，你放心，不然我怎会好好地来这里看你？"

下人将酒拿上来，给许荣庆满上。

许荣庆挥了挥手："也给裴会元满上，他又考了个第一，虽然我们与裴家已经没有关系了，但我们还是朋友嘛。"

下人应是。

阮流君已起身："我来吧。"

她接过酒壶走到裴迎真身侧为他满上："你高中我也没有来得及为你庆贺，这杯酒就当是祝你步步高中。"

裴迎真仰头看着她，只觉得满心满眼都是热的："这是你亲手为我斟的第一杯酒。"

世间戏2

许荣庆却不乐意了，放下酒杯："娇娇你可都没给大哥斟过酒，你偏心可偏得太明显了。"

阮流君便笑了，又给许荣庆斟满："那我也祝大哥生意兴隆，心想事成。"

许荣庆乐呵呵地端起酒杯："不容易啊，当了这么多年大哥，终于有大哥的待遇了。"

庭哥儿坐在旁边眼巴巴地看着，小声道："我也想尝一口，许姐姐……"

"不行。"阮流君低头对他道，"小孩子不可饮酒。"

庭哥儿有些气闷。

许荣庆却道："嗳，既然来了，庭少爷就算是许家的小客人，喝一点也无妨。"说完将自己的酒杯递给他。

"大哥！"阮流君忙拦住，"他才六岁，喝酒不好。"

"我过完年就七岁了。"庭哥儿忙道。

"就是，是个男人了。"许荣庆帮腔，又看阮流君实在不允许，便退而求其次，"那就这样。"他拿了根干净筷子在酒杯里蘸了一下让庭哥儿张嘴，"来尝尝味儿。"

庭哥儿开开心心地张开嘴，吐出舌头，那筷子点在他的舌头上，他缓了一下，立刻被辣得往后一缩皱着一张脸捂住嘴。

逗得许荣庆哈哈大笑。

阮流君忙拿了茶来给庭哥儿漱口，忍不住笑道："知道什么味道了吧。"

庭哥儿漱了口才道："好辣啊！这么辣你们为什么爱喝？"

裴迎真将酒慢慢喝下去："等长大了你就会明白酒的美妙了。"他笑吟吟地看着阮流君，酒让人放松，做平日里不敢做的自己。

阮流君拉庭哥儿坐在自己身边，给他添菜："别听他们瞎说，你好好吃饭。"

庭哥儿"哦"了一声，看着一桌子菜也饿得埋头吃菜。

许荣庆连喝了三杯，舒服地吐出一口气道："娇娇，你相不相信这个世上是有报应一说的？"

阮流君一愣。

便听许荣庆道，晚上那会儿来他们店里的几位客人在那儿说裴府出了大事儿——崔游喝多了把宁安郡主和陆大人的女儿陆明芝给玷污了。当场被谢相国撞个正着，裴家人赶过去时三个人都是赤裸裸的一件衣服没穿，那陆明芝已经昏了过去，崔游酒还没醒就被赶来的八王爷打得半死昏了过去。

又听说，怀孕八个月的陆夫人听说这个消息当场就早产了，大出血生死未卜。

又听人说，哪里是玷污啊，分明就是苟合，她听说昨晚在许老夫人府上宁安就和崔游勾勾搭搭的，两个人一前一后躲到了许府的后花园去，没过一会儿那个陆明芝也去了。这些可都是许府下人传出来的，说得千真万确，那崔游跟裴迎真没什么交情怎么会来裴府做客？还一直没露面？还不是陆明芝邀请的，三个人苟合被谢相国撞破了，没办法就说是被强迫的。

总之传得十分离谱，连南山那次都被大家勾勾连连地串到一起，说宁安和崔游早有奸情。

阮流君听得目瞪口呆，这是……怎么一回事？不过短短的一天时间就发生了这些？

她看向裴迎真，裴迎真只低头喝酒吃菜。

倒是许荣庆讲得兴致勃勃十分解气："我看这就是报应！老天有眼，怎么害你的，让她们怎么好好受着，活该！"

他又喝了一杯酒，看庭哥儿听得认认真真，挥手道："小孩子好好吃饭，不要听这些。"

庭哥儿听得一知半解，扭头问阮流君道："就是那些人害你的吗，许姐姐？"

阮流君听得又惊又心悸，也倒了一杯酒喝下去才觉得暖一点，缓和了一点，问道："后来呢？"

许荣庆吃了一口菜，道："后来？不知道啊，后来裴家就把客人送走，关了门处理了。不过我看再处理也完了，明天满京都知道这三个人的苟且之事，他们跳进黄河也洗不清了。"

阮流君看裴迎真，裴迎真放下酒杯："已经遮掩不住了，崔老侯爷的意思是事已至此只能让崔游娶了宁安，再纳陆明芝做妾，虽然还

世间戏 2

是堵不住大家的口，但好歹不至于逼死两个人。"

他慢慢道："八王爷是同意了，只是宁安郡主不愿意，陆明芝那边还要等陆大人进京来商议，应该明日下午就可以到京了。"

他笑了笑道："你若感兴趣，明日可以上街走走，街头听到巷尾就能听全了。"

阮流君看着裴迎真没有说话，她刚出了事，立马宁安和陆明芝就出事了，许府还传出那天下午三个人勾勾搭搭，将她摘得干干净净。

许荣庆特别高兴，喝得脸红扑扑的，说话也不顾忌了："我原还担心娇娇那件事会被人非议，被戳脊梁骨，还打算着若是当真传开了我就带娇娇回苏州去，免得她不开心，没想到歪打正着居然出了这样的事，将娇娇的事完全盖过去了！还让那几个畜生得了报应！"他越说越开心，"不行，我得供个佛堂！感谢佛祖保佑。"

阮流君看着裴迎真："大哥感谢佛祖，不如感谢活着的人。"

裴迎真也看着她，她猜到了？明白了？她……不会怪他吗？

阮流君却不再提这件事，给庭哥儿夹菜，劝许荣庆少喝点。

但许荣庆高兴，他差点没愁死，今天一天在外面留意着就怕人说娇娇，心里那个忐忑啊，回苏州的包袱都收拾好了。

这顿饭他吃得委实开心，也就喝大了。

阮流君让下人炖了解酒茶，扶许荣庆先回屋躺着。

临到门口，许荣庆还回过头来指着裴迎真："你……你小子今天得走，不能留下，你们已经解除婚约了，不能占我娇娇便宜。"

非得逼着裴迎真点了头，他才安心地被扶着下去了。

等他走了，阮流君让香铃带着庭哥儿去洗漱，和裴迎真留在了大厅。

裴迎真知道她有话要问，便看着窗外细茸茸的雪："我陪你到园子里走一走？你一直睡着如今想来也睡不着。"

阮流君点了点头。

李妈妈拿了披风过来给她披上系好了，嘱咐道："外面冷，小姐别着凉了。"又塞了个汤婆子给她。

李妈妈跟着两个人出了大厅，轻声问道："小姐需要我陪着吗？"出了事之后她总是怕小姐想不开，不敢让她一个人待着，也不放心她一个人。

阮流君看了一眼裴迎真，让李妈妈留在园子外等着她。她谁都不信，却是信裴迎真的。

裴迎真眼角眉梢挂了笑，他不敢牵阮流君，就挨着她走进园子。

这园子种了许多梅花树，回廊下是蜡梅，里面是一大片的红梅。

阮流君也是第一次来，跟裴迎真走在细雪纷纷的红梅树下一时之间竟不知如何开口。

是裴迎真先问的她："还疼吗？"

她愣了愣扭头，看裴迎真。

裴迎真伸手想碰碰她脸上的瘀青，最后却是没有碰："还疼不疼？"

阮流君伸手摸了摸，低头道："不疼了。"

裴迎真"嗯"了一声，又叫她："流君。"

阮流君又抬起头看他。

他轻声道："已经过去了，没事了。"

阮流君看着他笑了笑："我不相信什么报应，什么老天有眼。"她问他，"裴迎真，这件事……是不是你做的？"

裴迎真有些紧张地看着她："如果我说是，你会不会怪我？"

阮流君看他紧皱着眉，对他道："为什么怪你？"

"你会不会……认为我太过歹毒，让你……害怕？"打从那次阮流君无意中看到他惩治那个老嬷嬷露出惊慌失措的样子，他就非常担心阮流君会害怕他的手段，畏惧他，不愿意亲近他。

阮流君看着他，顿了一会儿才开口问："你会那样对我吗？"

"怎么会。"裴迎真连想都没想，隔着披风轻轻扶住她的两臂，感觉她颤了颤但是没躲开，便道，"流君，就算有一日你要我的命，我也不会躲开；就算你做出再让我伤心难过的事情，我也不会舍得看你皱皱眉。"他声音轻得像细雪，"只要你别离开我，别放弃我。"

阮流君看着他的眼睛，那眼神炙热又恳切，让她禁不住将额头轻轻靠在他的肩上。

"我不相信报应，但我相信你。"她轻轻道，"我怎会怪你，虽然我并不认同你的手段做法，但是……"她往前走了半步，将脸埋在

世间戏 2

153

裴迎真温暖的怀里，有些难过地道，"我父亲教我一心向善，教我性本善，但从来没有教过人心歹毒可以让你万劫不复。"

裴迎真抬手隔着披风轻轻抱住了她，却不敢用力抱紧她，他小心翼翼的，像抱着他的全部。

那细雪落在她发顶，她轻轻低诉："我也想做个像父亲那样的好人，想像个善人一样心存怜悯，可是没有人可怜我……崔游没有，宁安没有，陆明芝也没有，推我下悬崖的时候宁安没有一丝迟疑，她没有想过可怜可怜我……我父亲被斩首示众的时候，谢绍宗也没有半分犹豫……"

她难过极了，她抬头看裴迎真，他紧皱的眉、满是她身影的眼，她越看越难过。她伸手轻轻抓住他腰间的衣服，哽了一下道："可是你为我做到这种地步，我很怕会连累你……"

裴迎真抱紧她，轻轻笑了："为你做这些我很开心。"他将脸颊贴在她的发顶，叹息道，"在我困苦的时候你愿意相信我，陪着我，做我的救命稻草，现在换我来陪你渡过这个难关。"

他不知该如何告诉她，那些她陪着他的黑夜，走过的月下小路，说过的话，喝过的酒，甚至是她抬起头来对他笑一笑，对他来说何其珍贵。

他一个人度过了那样多熬不下去的日日夜夜，从来没有一个人那样需要他，信任着他总有一日会翻身，会好起来，会成为很厉害的人。她大概也不知道，他有多怕有一天她会放弃他，等不及他来守护她。

"流君……"他看着茫茫雪夜，叹息一般道，"快些好起来吧，别放弃我，也别放弃你自己。"

阮流君贴在他怀里"嗯"了一声，轻轻哭了出来。

裴迎真送阮流君回去时庭哥儿已经洗漱好，围着小毯子坐在窗下的榻上等着她了，困得头一栽一栽的。

阮流君走过去，他就打了个激灵醒过来，一见阮流君，就眉开眼笑道："许姐姐，我今晚能不能跟你一起睡啊？"

阮流君还没答话，裴迎真便先道："不可以。"

庭哥儿委委屈屈地看了他一眼。

裴迎真道："你已经七岁了，难不成还怕黑？"

庭哥儿闷闷道："那我睡哪儿？"

阮流君笑着摸了摸他的头："睡我那屋，我让香铃搬张小榻过去，你睡在我床边好不好？"

庭哥儿这才高兴，裹着小毯子和香铃一块去挪小榻。

裴迎真看阮流君也累了，轻轻钩了钩她的手指头："那我就先回去了，明日我再来看你。"

阮流君点了点头，看他挺拔的身影走下回廊，走进茫茫的雪夜里竟有些想开口叫住他。

他却像是感觉到什么一般回过头来，在大雪中对她招了招手："进去吧，别着凉了。"

阮流君靠在门边目送他离开，看到光幕里李四发了一条弹幕——

李四：主播，我现在可以打开弹幕吗？还是要继续屏蔽？

路过：主播可以继续屏蔽，没有规定不能屏蔽。

阮流君想了想，道："打开吧。"

那弹幕打开的一瞬间，无数条弹幕涌出来，快得阮流君来不及看，只大约看到——

我爱主播：主播没事吧？快吓死我了！我以为主播再也不愿意开直播了！

霸道总裁：不知道说什么，给主播多打赏一些，顺便喷一下直播器道具，垃圾直播器，垃圾道具，没一个有用的。希望李四调整一下，难道女主就不该有个金手指吗？

李四：有啊，裴迎真啊……

霸道总裁：垃圾管理员。

李四：哎，我也没有办法啊，又不是我规定的……这样好了，我和某一位管理员向组织申请了一个特例，主播可以问一个问题，只要是我或者组织知道的就一定会据实回答主播。

宅斗萌：这是要剧透了吗？女主快想想问什么！

"什么都可以吗？"阮流君又确认一次。

弹幕里——

问什么呢？阮流君边往屋子里去，边想究竟要问什么，她想问裴迎真以后会不会有什么事，还想要问庭哥儿的事。

有许许多多想问的，她一时之间也无法抉择，便先将这个机会留着，让香铃服侍着洗漱了之后回了房。

庭哥儿躺在榻上眨巴着眼睛还没有睡着，似乎在等她。

她过去坐在他榻边："怎么还不睡？"

庭哥儿瞧着她："我睡不着。"

"怎么睡不着？"阮流君摸了摸他的小手，"是不是太冷了？"

庭哥儿摇了摇头："许姐姐你知不知道要怎么样很快地报仇？"

阮流君愣了一下，摸了摸他的脸："阿姐不知道，若是我知道就好了……"她没办法开解庭哥儿不要满心的仇恨，因为她知道这些是没有用的，当事情发生在自己身上那些道理没有半分的用处，仇恨会伴随着你度过每一天每一夜，"但我想你努力变好，变得很厉害总是没有错的，你变得很厉害了，就可以对付你的仇人了。"

庭哥儿听得认认真真的。

她捏了捏庭哥儿的脸，笑道："你现在还太小了，只要好好地长大，不要成为你仇人那样的坏人就已经很好了。"

庭哥儿似乎真听懂了一般，点了点头。

看着阮流君拿小指头钩着他的手指，他道："许姐姐好像我阿姐呀……"

阮流君一呆："是吗？"

庭哥儿又点点头："我阿姐也这样说话，跟我聊天。"

阮流君歪头对他笑道："那以后我就做你阿姐好不好？"

庭哥儿想了想，摇了摇头："阿姐就是阿姐，谁也不能做。"又忙道，"不过许姐姐可以做我另一个阿姐。"

阮流君低头亲了亲他的脸颊："好啊。"

庭哥儿也没闹，躺在小榻上又跟阮流君聊了几句便睡着了。

阮流君在昏暗的光线下看着庭哥儿熟睡的脸，明明以前天天在一起的人，如今能这样见他一日都成了难得。

世间戏2

第十一章
善恶有报

　　第二天庭哥儿一大早就醒了，两个人玩闹了一会儿便在小厅里吃了早饭。早饭还没吃完，裴迎真便来了，他匆匆而来对阮流君道："今日陆大人到京，我要去接他，怕是白天都不得空来了，就先将庭哥儿接走。"看着阮流君不舍的样子又道，"等过些日子我再将他偷来陪你，好不好？"

　　阮流君忍不住笑了。

　　裴迎真接着道："我若不早些接走他，一会儿谢绍宗又要借着他来了。"他可不想谢绍宗过来，平白给阮流君添堵。

　　阮流君也是知道的，便让庭哥儿将早饭吃完，将他喜欢吃的一些瓜果点心装了好些给他，吩咐他回去要自己仔细些，天冷了，要记着加衣服，别冻着。

　　裴迎真抱庭哥儿上马，庭哥儿在马上对阮流君道："阿姐快回去吧，我有空了就偷来看你。"

　　阮流君听他叫阿姐不知为何眼眶红了红，点了点头道："好，阿姐等你来。"

　　裴迎真看她回了府才扬鞭策马将庭哥儿送回了相国府，果然，谢绍宗正准备备马车去阮流君那边接人。

　　裴迎真将庭哥儿放下马，对谢绍宗道："谢相国还是多分出心思关心关心对你情深义重的宁安郡主吧，她不是哭着求你救她吗，还说甘愿做你的妾室？"他笑了笑，那天宁安可是什么脸面都不要地跪下求谢绍宗救她，死也不愿嫁给崔游，甘愿做谢绍宗的妾室，不然就剪了头发做姑子去，"谢相国就忍心让她嫁给崔游那个畜生？好歹你们也郎情妾意了那么久。"

　　谢绍宗脸色十分难看，冷冷道："这不正是你想要的吗？"

裴迎真坐在马上摇了摇鞭子道："谢相国可别这么说，这是报应，怎是我想要的？"他低眉看着谢绍宗笑道，"我想要的，不止如此。"

快到正午时，雪又开始下了。

裴迎真和裴言将陆知秋接进京都，迎进裴家，一路上将陆明芝的事情简单同他说了一遍，他越听脸色越难看。

陆知秋并不太喜欢裴家，除了必要的礼节和节日会和裴素素一同回来，寻常里并不常来裴家。

这次也是，他送裴素素回来，为她请封了诰命就回去了，没想到他才走了没多久，居然就出了这样的大事。

圣上宣他回京时他已知道圣上褫夺了裴素素的诰命封号，他原以为只是妇人家造谣那些事惹怒了圣上，万万没想到明芝也出事了，裴素素竟然也早产了。

他几乎是马不停蹄地赶来，一路上他只说了一句话，便是问："素素如今如何？"

裴言这两日也是焦头烂额的，事情出在裴家，他哪边也不敢得罪，生怕八王爷或者崔侯爷怪罪在他身上，别说查了，他只盼着能赶紧将此事解决了。

他道："素素现下已经没什么性命之忧了，只是……只是……"

"只是什么？"陆知秋问。

裴言窝窝囊囊不知该如何开口。

裴迎真直截了当地道："陆夫人产后气血两亏，虽是保下了命，但只怕以后再难生育了。"

陆知秋脸色阴寒没有再开口。

等到了裴府，他先去看了裴素素。

裴老太太正在陪着裴素素，裴素素如今哭得不成人样，躺在榻上又恨又怨。

裴老太太只能宽慰着她，养好了身子一切都不怕，好好调理调理说不定以后还能怀个哥儿。

那边奶娘正抱着不足月的小小姐哄着，那么点儿大，小老鼠一样

159

的可怜样，脸蜡黄蜡黄的，灌了半勺红枣水就开始哭，边哭边吐，急得奶娘一边哄一边道："知道姐儿苦，但姐儿乖乖地把红枣水喝了，喝了你才有力气，才能治病啊……"

那小小的婴孩哭得越发大声，哭得裴素素心烦，厉喝道："哭什么？她命苦什么！我为了生她落了什么下场！"她满心满意以为这次定是个哥儿，连大夫把脉都说十有八九是个少爷，可没想到还是个赔钱货，还让她落得不能再生育，她怨得满眶眼泪，"将她抱出去！在这里哭着等我死吗！"

那奶娘也是心疼小小姐，眼睛红着慌慌张张要裹好了抱出去，却一抬头瞧见正站在门口的陆知秋，吓了一跳："老……老爷。"忙要跪下行礼。

裴素素一听她叫老爷，心头一颤，这次出了这么多的事，她又没能生个哥儿出来，她心里是怕陆知秋的，怕他怪罪，更怕他动了其他心思。

她忙要起身，丫鬟慌慌张张地扶住她："夫人不可乱动啊。"

裴老太太也是一惊，怎么进来也没个人通报一声啊，方才那些话他全听见了？

自然全听到了，裴迎真引开裴言，不让人通报直接带着陆知秋来可就是为了让他听听，他的发妻是怎样的人。

"知秋来了。"裴老太太看着自家姑爷阴沉的脸色，心里也是忐忑不已。

陆知秋对裴老太太行了礼，听裴素素半撑着身子在榻上娇娇弱弱酸酸楚楚地叫了他一声："老爷……"

他看了一眼，她憔悴得没个人样，他知道不该怪她，她怀胎生产不易，他在进来之前还想着无论如何只要母子平安绝不迁怒于她，可她……实在让他太失望了。

"你好好养身子，别的不必管了。"陆知秋只冷冷淡淡对她说了这一句话，便转身对那奶娘道，"裹好小姐，将小姐抱过来。"

他连看都没再看裴素素一眼，跨步出了房门。

裴素素顿时慌了，又叫了一声："老爷！"

他却连头也没回，直到看他背影消失在院子里，裴素素才瘫在榻上号啕："娘……我完了，他在怨我，在怨我……我没看好明芝，我也没能给他生个哥儿……"

裴老太太也是又生气又心疼，上前握着自己女儿的手，红着眼睛道："不要瞎想，你们是夫妻，他就算怨你也是一时的，你现在只要好好地养好身子，就都会好起来的。"

裴言刚刚去给陆知秋安置厢房过来，就见他和裴迎真带着奶娘抱着那个早产娃娃过来，这是……唱的哪一出？

陆知秋只对他道："这几日怕是要麻烦内兄了，我带着女儿在府上住几日，等将这件事解决之后我便会带女儿离开。"

裴言忙道："都是一家人，妹夫太客气了，只管住着，等素素身子好些，坐完月子再走也不迟。"

陆知秋没有答他，先让奶娘抱着孩子进了屋，他随后进了屋，看着号哭不止的小女儿，伸手道："她为何啼哭不止，给我看看。"

奶娘将孩子小心翼翼地递给他，心疼道："姐儿是早产，又犯了黄疸，怕是实在难受所以才啼哭不止，只是姐儿不愿意喝红枣水，那个去胎毒。"

陆知秋抱着软绵绵的一团，看着锦被里小小的一张脸，皱巴巴地不睁眼哭着，问道："请大夫了没有？"

奶娘摇了摇头，如今裴素素哪里顾得上她，从生下来看了是个姐儿后就没有再看过一眼了。

陆知秋皱了皱眉。

裴迎真走进来，道："恩师与杜太医有些交情，不如我去请杜太医过来瞧瞧？"

陆知秋感激地向他道了谢。

裴迎真看着他怀里的小娃娃，叹息道："幼子何辜，她也是个可怜的娃。"

陆知秋也叹了口气，何尝不是。她生在这个当口，看素素对她的态度，他便知素素是万分不喜这个孩子，可是她又何尝愿意生在此时生在此户人家呢？

他将孩子交给奶娘，和裴迎真亲自去请了杜太医，等杜太医给看过，确认了不碍事才放下心来。他这才去看了陆明芝。

陆明芝打从出了事之后就一直在自己房中，谁都不愿意见。

陆知秋进去时，陆明芝看到自己的父亲便哭了，跪下抱住陆知秋的腿，大哭道："父亲救救我……救救女儿！我不要做妾！不要嫁给崔游！"

陆知秋看着自己女儿这副样子也是心酸，蹲下身问她："究竟是怎么回事？"

陆明芝哭着将那日的事情讲了一遍，说是太子叫她过去，宁安郡主又带她，她才会过去的，是宁安害她，是宁安连同崔游害她。

陆知秋蹙眉问道："太子叫你过去的？"

陆明芝满脸泪痕地点头，却又忙道："不怪太子，并非……并非太子害我，昨日出了事八王爷他们就已经问过太子了，太子说他并不知道，他一直在和表哥看画……那字条不是他写的……定然是宁安！是她要害我！"

"她为何要害你？"陆知秋只觉得奇怪。宁安郡主与她无冤无仇何必假借太子名义害她？况且宁安也没有落到好，可太子也没有理由害明芝啊。

他转头问站在门外的裴迎真，问了句："太子那日当真与你一直在看画。"

裴迎真点头："确实与我一直在后院看画，是开席的时候才一起回了前院。那字条陆小姐已经丢失了，所以也无从对证笔迹，宁安郡主情绪激动，也问不清楚什么。"

宁安闭口不提谢绍宗，所以让这件事情的疑点全落在宁安身上。

裴迎真并不怕查，他的人手已经处理干净，查也只会从宁安查到谢绍宗身上，但谢绍宗怎么可能让宁安说呢。

至于崔游……怕是他这辈子也清醒不过来了。

陆明芝却摇头哭道："是宁安，就是她要害我！就是因为我撞破了她和崔游联合起来害许……"她惶恐地看了一眼裴迎真。裴迎真昨日已经警告过她，许娇如今是许老夫人的孙女，她若是说了那日的事情，许老夫人必定会来追究她为何见死不救，而大家也会以为她和崔游是一伙的，所以她一直不敢讲，不敢提这个名字，生怕再惹来什么麻烦。

"是因为我撞破了他们联合起来害人，她才连同崔游这么做的！"她紧抓着陆知秋的手，"父亲，就是她害我，她知道我看到她带崔游进后园子了！"

她讲的陆知秋越发听不明白，扶她起来："究竟是怎么回事，你如实说。"

陆明芝哭得上气不接下气，说不出话。

裴迎真便道："昨日陆姑娘将这件事告诉了我，不如由我来告诉陆大人？"又看陆明芝，"你放心，我会帮你的。"

陆明芝万分感激地哭着对裴迎真点了点头。自昨日出事之后，裴老太太忙着安慰她母亲，裴言忙着顾全大局，没有一人来帮她，她只是被带回房间，还是裴迎真为她请的大夫，又来问她，告诉她如今她该怎么办。他说得对，如今她已经成了这副样子，若是再将许娇的事情捅出来，许老夫人必定不会放过她。况且，她的母亲刚在圣上面前被惩治了，她现在再说看见了，那不就是欺君之罪吗？到时候她可真的是难活了。

裴迎真进到屋里来，慢条斯理地道："前几日陆姑娘无意间撞破了崔游联合宁安郡主准备对一个不认识的小姐做不轨之事，宁安郡主看到了陆姑娘从那园子里匆匆而出……昨日宁安郡主就将她带到了后花园，还不让她带上丫鬟，后来就出事了。"

陆知秋皱紧了眉头，一个郡主居然如此歹毒？他又问："那既然是要害明芝……为何郡主也受了牵连？"

裴迎真道："因为崔游喝了酒，我们后来在那间屋子里发现了一个酒壶，酒壶里还剩下一点点掺杂了大量春药的酒。"他又道，"崔游到现在还没醒，找太医看过，也说是因为用药过量，怕是再不醒就有性命之危了。"

"活该！他这样的畜生就该下十八层地狱！"陆知秋这会儿才将怒气发泄出来，"便是他醒了我也定会上奏圣上要个说法！不以死刑惩治我是不会罢休的！还嫁给他做妾！我女儿便是做姑子去也绝对不给那畜生做妾！"

陆明芝蒙了，如今已经传得沸沸扬扬了，若是父亲再闹到朝堂上去，不是要告诉全天下她被人玷污了吗？

她拉着陆知秋又哭着跪了下来："父亲我不要做姑子！父亲你救救我，不要将事情闹大，我……我不想做姑子……"

陆知秋又心疼又气怒："你以为你不闹这件事情就能掩盖住吗？你愿意嫁给那畜生做妾室吗？"

陆明芝拼命地哭着摇头。

"既然不愿意就听父亲的，至少活剐了那畜生！"陆知秋手指都发颤。

陆明芝心里惊惧至极，急得哭道："表哥救我，表哥你劝劝父亲不要闹大了……"

裴迎真看了她一眼，对陆知秋道："陆大人先不要发火，若是真闹到朝堂上去，不止陆姑娘要一辈子被人指指点点，连陆大人也会，包括您府上的小姐们，以后都难嫁人了。"

陆知秋气得扶着桌子，一个字都讲不出来。

"何必为了一个畜生，搭上陆府一家。"裴迎真并不心疼陆明芝，也不怕陆知秋闹，只是陆知秋为人不坏，他不想当真搭上陆府，"如今只能将伤害减到最小。"

陆知秋颓然地一屁股坐在椅子上，看着自己的这个女儿，一时之间怨极了裴素素。裴素素为人母便是这样教导和看护女儿的吗？好好的女儿家为什么要攀龙附凤地妄想搭上太子？若非想要搭上太子，她怎会随意就跟一个她明知道为人不怎样的郡主去后院？

他坐在那里气也气了，骂也骂了，忍下眼泪对陆明芝道："没有什么能挽回的了，父亲也不愿让你嫁给畜生做妾室，明日我便让人送你回家，等将这边的事情压住，风头过了之后，父亲……再为你找一户不介意你的人家。"他叹了口气，"门户不重要，只要为人老实，肯好好待你的，便是了。"他想凭他三品大员的家世找一个老实本分，肯好好待明芝的还是有的，况且远离了京都也不会那么糟糕。

陆明芝却是捂着脸哭道："我不甘心……父亲，我不甘心……父亲你再想想法子，或许……或许有更好的法子将事情盖过去？我也不用离开京都？您怎么能让我嫁给一个贩夫走卒？说不定……"

陆知秋盯着她："你到如今还想着攀龙附凤？我平日就是如此教

你的吗？出了这样的事虽不怪你，可你有没有想过若非你存着那样的心思，怎会听到太子喊你就忘乎所以了？"

陆明芝又羞又恼："父亲说我攀龙附凤？我不过是想让自己嫁得好些罢了！这天下哪个女儿家不想嫁给太子那样的人物！"

陆知秋气得伸手一巴掌就扇在她脸上，却又是心疼地重重拍在桌子上："怪我，全怪我！竟教养出你这样的女儿！你既然这般就去嫁给崔游那畜生！"

陆明芝被扇得呆了一下，看着自己的父亲愣愣地掉眼泪。

裴迎真站在那里既惊讶又明白，什么样的母亲教养出什么样的女儿，裴素素当年不就是靠着设计陆知秋，才逼得陆知秋不得不娶她的吗？

陆知秋一夜之间就憔悴不堪，第二日就进宫去面圣了。

闻人安已是听闻人瑞卿说了这件事，也同情陆知秋，安慰了他两句，说等崔游醒了必定让崔游给陆知秋一个说法。

但崔游一直连烧了四天，怎样用药都不好。

阮流君这几日一直没有出府，裴迎真也忙得厉害，就晚上过来一起吃个晚饭，也没有说起什么。

倒是四五天之后，许老夫人亲自过来了，说是来看看她。

许老夫人听说了这件事之后，对裴迎真又感谢又心惊，年纪轻轻心思太阴狠了。

她过来看阮流君，有意无意地说起崔游醒了，但是烧傻了，整个人糊里糊涂的，一句囫囵话都说不成，找太医看过了，太医也没有办法，只说好好调养试试看。

第十二章
许家旧事

如今京都里也传遍了，八王爷那边宁安死都不愿意嫁给崔游，倒是陆明芝那边现在也没传出什么，没说愿意也没说不愿意。

许老夫人尽力找些闲话来同阮流君说，又说听说宁安找谢相国大哭大闹了一场。

阮流君听着，给她倒上茶："老夫人，今日来不是找我闲聊的吧？"

许老夫人看着她，叹了一口气："你和你大哥还是不肯叫我一声祖母吗？我今日来……是想劝你们跟我回去，让你大哥入族谱。"她握着阮流君的手，"丹夕那件事你还在生气吗？她如今……被端木少将军退了婚，被我送回山东教养着了。"

阮流君不知该如何答她，她确实是情真意切处处为他们着想，可是……

"这件事还是得看大哥如何。"阮流君也握着她的手，"他是我的亲人，我希望他开心，所以我尊重他的任何决定。"

"娇娇，你是个好孩子。"许老夫人红了眼眶，"你可知我与你父亲是怎么会闹到这种地步的吗？"

阮流君摇了摇头。

弹幕里纷纷道——

宅斗萌：我猜是许老夫人将许娇的爹逐出家门的。

霸道总裁：许老夫人开始讲故事了，感情攻势打动主播，求许大哥回去继承侯爵之位。怎么感觉许大哥才是主角光环啊？不仅富，还有个侯门靠山了。

阮流君将屋子里的下人遣到了门外去，亲自给许老夫人倒了茶。

许老夫人也不喝，只是看着阮流君，叹息道："我如今已经六十多岁了，不知道还能活几年，本来打算将这些旧事烂在心里，但是造化弄人让我找到了你们……"她拉着阮流君的手，问，"你父亲改名叫许松对吗？"

阮流君点了点头。

"他是真的怨我……要和我撇清关系。"许老夫人在那茶烟飘袅中苦涩一笑，"他原名叫许飞卿，是我亲自给他取的名字。"

"许飞卿……"阮流君轻轻重复了一遍这个名字。

许老夫人说怀许飞卿时十分不易，生时也险些难产，许飞卿生下来就十分羸弱，又是她唯一的儿子，所以她对许飞卿十分宠溺。

"在六岁之前他一直都是由我亲自教养的。"许老夫人道，"我教他识字，教他读书，将全部的心思都放在他身上……"她看了一眼阮流君，"娇娇没做过母亲可能不清楚，教养一个孩子是一件多么琐碎的事情，花尽心血，整日整夜里想到的事情只有他，他今日服药了吗？吃饭了吗？功课做了吗？天冷了要新做衣服了，他今日又长高了……"

许老夫人笑了笑："都是一些琐碎的事情。"她顿了顿，突然问阮流君，"你知道你的祖父吗？"

许老侯爷？

阮流君点点头，许老侯爷许峰她是知道的，他与老夫人几乎是京中人都知道的佳话。当年许老侯爷只是许老夫人父亲手下的一名小将，无父无母，与许老夫人也是出入战场建立起来的感情，后来入赘许家，对许老夫人好得让人艳羡。就算后来他立下战功，被圣上提拔步步高升，许老夫人又多年无子却也没有动过纳妾的心思，还是许老夫人提议为他纳妾，之后也再无别的女人，到死都是许老夫人陪着。

"许老侯爷是个难得的好男人，好臣子，好丈夫。"阮流君道。

许老夫人却苦笑了一声："是啊，全京都都这样认为，我那时也这样认为……可是，娇娇，试问有哪个女人会心甘情愿地为自己的夫君纳妾？"

阮流君愣了愣，看着许老夫人。

她如今上了年纪，讲起这些也云淡风轻的："我并非一个有肚量的女人，我年轻时仗着父亲宠爱，没有什么得不到做不了的，我十五岁便随着父亲出入军营玩耍，有哪个人敢非议我？我骄横跋扈是比寻常女人更善妒。"她看着阮流君，"我也不怕你笑话，那时我认为全天下任何男人拿来配我，我都是不服的。"

"后来我嫁给许峰，我是心甘情愿为他做一个打理内务的寻常妇人，我也十分开心每日在府中等他回来，听他讲起军营里又发生了什么事。"许老夫人眼神里满是无奈，"可是一个妇人不能为夫君诞下子嗣就是一种罪，我那时看遍名医，每日里吃药比吃饭还多，后来当真受不了了……就为他纳了妾，想着就算是别的女人生的，那也是他的孩子，是我们的孩子，我可以接到身边来亲自教养。"

许老夫人笑了笑："虽是这么想的，但那时也总想着或许他会拒绝，或许他明白我的苦衷，他会训斥我两句，再安慰我孩子总会有的。可是男人总是让人失望的，他说夫人安排就好。"

阮流君看着她，她如今老了，连眼角眉梢的神采都没有了。

"扯远了。"她对阮流君无奈地笑笑，"人一上年纪就爱啰唆，你别嫌祖母烦。"

"怎会。"阮流君又给她换了热茶，"许老夫人慢慢讲。"

后来那姜室纳进来没多久，许老夫人就怀了许飞卿，生下来之后一门心思都放在他身上，没有时间顾及许峰。就在许飞卿六岁大病那一年，许老夫人陪着许飞卿熬了三天三夜没合眼，好不容易他好了，许峰却突然向她提出要纳个姨娘，要纳的不是别人，正是许老夫人跟前的一个大丫鬟香柳。

而那时香柳居然已经怀了三个月的身孕。

"我那时年轻气盛，心寒至极。"许老夫人吹了吹那热茶喝了一口，"最让我心寒的是许峰，他没有半分愧疚和歉意，他理所当然地来向我说起这件事，说香柳有孕在身还是要尽快办的好。"

阮流君看着许老夫人平静的表情有些不可思议，她当时……一定愤怒极了，难过极了。

"我那时太年轻，想不明白。我自问做到了一个尽职尽责的妻子，我也为他生了儿子，怎么他还会如此？"许老夫人苦笑，"所以我一气之下当着满宅子丫鬟的面将香柳打死了，我要警告她们爬上老爷的床是什么下场，我也想告诉许峰，我并非是个有肚量可以容忍这种事情的人，我为他纳妾已是我做过最大的让步了。"

阮流君吃惊地看着许老夫人，她没想到许老夫人年轻时是这样一个性子，更没想到传言中的佳偶伉俪居然会有这样的一面……

"许老侯爷……可是因为这件事对您心生怨言和嫌隙？"阮流君忍不住问。

许老夫人冷笑一声："我在决定打死香柳之前就没有担心许峰会和我生出嫌隙，他在第一次与香柳苟合，在向我提起这件事情时怎么没考虑过我会对他心生怨言，产生嫌隙？他既然都不在乎我的感受，我又何必让他好过，我从没打算挽回他的心，一个男人一旦变了心，天皇老子也拉不回来。"

许老夫人神情冷淡："他也没有资格休了我，所以他只能将事情压下来，自己将那口气吞到肚子里去，我唯一后悔的是……"她神色暗了暗，"我唯一后悔的是打死香柳时被飞卿看到了。"

"看到了？"阮流君惊讶。

许老夫人点点头："他才六岁，看到那样的场面……吓得高烧了几日，总是说胡话，好了之后也再不肯亲近我，不肯说话……我当时被飞卿吓坏了，万般无奈将他送回山东让他祖母带着，希望离开这里他能好起来。"

阮流君看到弹幕里也又吵了起来——

今天吃草莓：怪不得以前许老夫人总说是她造的孽，原来是说这个？

宅斗萌：我不认同，这不能算造孽吧？一个丫鬟爬床勾引老爷要是不打死，以后所有丫鬟有样学样，还怎么当这个主母？渣男居然还想纳姨娘，就该狠狠地给个教训。

奸臣爱好者：那个年代也不是太封建，许老夫人可以出入军营，而且裴迎真当摄政王之后还有几个女子入朝为官了，算是一个特殊的年代，不过奴婢还是没有人权的。

最爱病娇变态：哇！女子入朝为官？感觉好好玩啊！管理员能不能之后再开一个女子入朝为官的直播啊？想看！

李四：过后做个统计调查，向组织汇报一下。

169

阮流君扫了一眼弹幕，又听许老夫人说。

许飞卿在山东养了两年才接回来，人是开朗了起来，只是更加不亲近许老夫人了，也越发任性妄为，也不愿意读书，没日没夜地闯祸，全府上下没有一个能管得住他的，唯独只有他从山东带过来的一个丫鬟说的话他才愿意听。

"那丫鬟年长飞卿四岁，是他刚去山东那会儿，他祖母怕他寂寞特意找了个年纪差不多、说得上话又懂事的丫鬟陪他玩。"许老夫人看着阮流君，"那丫鬟叫苏婉。"

阮流君一愣，苏婉？她记得……许娇的母亲就叫苏婉？

"就是你的母亲。"许老夫人叹了一口气，"你父亲很喜欢她，一心要娶她，可我一直中意的是沈王爷家的女儿薇薇，她从小是我看着长大的，知书达礼，是个好姑娘，也十分喜欢飞卿，事事让着飞卿。飞卿对读书做官都不敢感兴趣，唯独就爱那些歪门邪道的生意，她就劝我说难得飞卿开心。"她难得有了悲伤的表情，"薇薇当真是个非常非常善良的好孩子，再加上她的父亲临死之前将她托付给了我，我一直将她当成我唯一的儿媳妇，没想到……"

没想到许飞卿无论如何都不愿意娶沈薇，寻死觅活地要娶苏婉。

他这一点像极了许老夫人，决定的事就一定要做，如何劝说都不听，母子二人一个比一个强硬。

许老夫人又十分讨厌丫鬟勾引主子这种事，所以她做了一个逼走许飞卿的决定。

她答应只要许飞卿听话娶了沈薇就让他纳苏婉做妾。

那时许飞卿和苏婉也是妥协同意了，但无论如何也没有想到在许飞卿与沈薇成亲之后许老夫人一拖再拖，后来更是暗中将苏婉绑了远送出京都了。

"飞卿在发现苏婉不见后就和我大闹一场，我本以为他闹一闹，时间久了也就将苏婉忘了，老老实实跟薇薇过日子了，没想到……"许老夫人连连叹气，"他没过几日就留了一封要和许府断绝关系的书信，走了。"

"我也派人找过他，是在山东那边找到过一次，他已经找到苏婉，和苏婉成了亲，让人捎话回来……"许老夫人眼睛红了红，哑声道，"说让我当他这个儿子已经死了。"

阮流君不知该说什么，两个人谁对谁错不是她能评断的。

"我那时气怒至极，刚好沈薇被诊出有孕，我就将心思都寄托在她肚子里的孙儿身上，对外说飞卿死了。"许老夫人凄惨一笑，"是我造的孽，老天爷要惩罚我，报到了薇薇身上……那孩子生下来就……没有气儿。"许老夫人眼泪落下来，"明明是活生生的小人儿，小胳膊小腿长得壮壮的……"她说不下去，老泪纵横，"是我害了薇薇，也是我……害了你和荣庆，你们不认我，我不怪你们……"

阮流君忙将帕子递给她，想安慰她两句。

许老夫人一把抓住了她的手，泪如雨下："我这几年一直在找飞卿的下落……没想到再没能见上他一面……"

她是真的伤心，已是一把年纪，许多事情都看开了，却没想到当年一别成永别，她哭得阮流君心里发酸。

她一声声哭着："我做的糊涂事，如今也不奢求你们能谅解我，但是……我活不了几年了，许青不是我生养的，我如何……放心将许府和薇薇交到他手上？"她抓紧了阮流君的手臂，满脸的眼泪，"许府败就败了，但是薇薇……她如今连照顾自己的能力都没有，我若一死谁来护着她？我那庶子的脾性我不知，却也知道他并不喜欢薇薇这个累赘，只怕日后薇薇……难活了……"她抓着阮流君的手臂几乎要给她跪下去，"我就知道你是个好孩子，就当祖母求你，看在薇薇苦命的份上，回来吧。"

阮流君慌忙托起许老夫人。她不是许娇，她也并不认识苏婉、许飞卿，那一代的事情如今她听来就像在听一个故事，她没有爱也没有怨，可是若是真的许娇……她大概会怨祖母拆散她的父亲母亲吧？

那许荣庆呢？

阮流君没有资格做这个决定，她也为许老夫人心酸："这些事情大哥知道吗？"

许老夫人哭着点头："那一日我已经全部告诉荣庆了。"

"那大哥怎么说？"阮流君问。

许老夫人哭得满面泪水："他不愿意回来……他说……他已经做

惯了商人许松之子。"她哭得难过，摸着阮流君的脸，"娇娇，我就是再十恶不赦，惩罚我这么多年也该够了是不是？"

阮流君看着她，眼眶也红了，她这些年一个人承受着丧夫、丧孙、沈薇失心疯，如今又丧子……惩罚她当年一意孤行拆散许飞卿和苏婉也该够了。

弹幕里——

宅斗萌：虽然许老夫人有可恨之处，但也确实挺可怜的。丧夫丧子丧孙孙，一个老太太苦撑着许府，那个庶子我看也不是什么好人。

晚饭吃什么：我觉得许飞卿也太狠心了……这么多年都没回来看过自己的老妈，虽然老妈做事过分点，但到底是生你养你的。

西红柿：也不能这么说吧，这有点像父母说"我都是为你好"，但就是一种道德绑架。

最爱病娇变态：弹幕现在正经得我都不敢插嘴了……我真呢？

阮流君劝慰了许老夫人一会儿，让她给出时间让许荣庆好好考虑，慢慢接受，才让她心情缓和了下来。

天色也晚了，阮流君有心留她吃个晚饭，没想到端木夜明和陆楚音来了。

阮流君便将她送出了府门，看着她离开才又回了府。

陆楚音忙迎上阮流君，左看右看道："还是有些瘀青没散干净，不过没事，我又给许姐姐带了好些宫里的药膏，你每日里涂一涂，马上就好了。"

阮流君谢过她，问她今日怎么有时间，还和端木夜明一块来了。

陆楚音叹气："本来早就要来看许姐姐的，但皇奶奶这些日子身子一直不好。"

皇太后病了？若是没有皇太后……陆楚音以后怎么办？

陆楚音又道："我是在门口遇上端木少将军的，他在门口走来走去。"

端木夜明的脸瞬间就红了："在下想来看看姑娘如何了，但又觉得天色已晚，我一个大男人来府上不方便……所以一时拿不定主意，正好陆姑娘来了，就一起进来了。"他对阮流君行了礼，"姑娘若是

世间戏2

172

觉得不方便，我便告辞了。"

阮流君笑了笑："端木少将军来找我是有什么事吗？"

端木夜明局促不安，也不敢看阮流君："也没什么事，只是有一件事……一直想要问姑娘。"

"什么事？"阮流君问他。

他却看了一眼陆楚音为难地道："我……我能单独问姑娘吗？"

"不行。"陆楚音立即道，"虽然你不是坏人，但也不能让许姐姐单独跟你待在一块。"她搂着许娇的胳膊，"你有事就问，我又不会说出去。"

端木夜明很是为难地挠了挠头："可是……这件事确实不方便让旁人知道。"

"什么事不能让别人知道的？"陆楚音警惕地看着他，"那肯定不是好事。"她对端木夜明没有恶意，但她又怕再发生什么让阮流君受伤的事情。

端木夜明一时之间言答不上。

阮流君在弹幕里看到——

李四：之前锁了直播间，现在给观众老爷回顾一下剧情。主播受伤那日，谢绍宗、端木夜明、陆楚音、李云飞赶来救了主播，谢绍宗一时情急叫了主播的名字"流君"，被端木夜明听到了。

霸道总裁：哇！这剧情！难道端木少将军知道主播就是他心心念念的阮流君了？

宅斗萌：可主播单独和一个男人在一起，不好吧？

阮流君看着弹幕想了想，道："我送端木少将军出府吧。"又对陆楚音道，"你留在这里等我一会儿，一起吃晚饭。"

陆楚音有些担心，但看这府中上下全是下人，便也放心地点了点头。

阮流君做了个请的手势，端木夜明愣了一下，随后明白过来，对陆楚音行了礼告辞。

阮流君送着他出了大厅，一路保持着距离，问道："端木少将军要问什么？"

端木夜明侧头看了她一眼，又慌忙收回眼光，低声问道："那日我听谢相国叫你……流君。"

果然是这件事。

阮流君不动声色对他道："流君是我的小名，怎么？有什么奇怪的吗？"

端木夜明顿住脚步，在昏暗的夜色下看着她："当真……只是你的小名？"

"不然……端木少将军以为是怎么样的？"阮流君也坦然看他。

夜色里，她眸色浅浅，面貌没有一丝像那个人，可眉目间的神色、语气，像极了那个人。

端木夜明松开眉头笑了笑："只是你和我的一位朋友很像，又叫同一个名字……"

"端木少将军说的是阮国公之女阮小姐吗？"阮流君问他。

"你认识她？"端木夜明忙问。

"听说过。"阮流君看着他，忽然很想问他，"端木少将军很在意你这位朋友？"

端木夜明看着她，点了点头："我曾经有些话没有来得及对她讲，若是有机会我一定不会再错过她。"

昏暗的夜色下，阮流君好像看到曾经那个毛头小子，他骑着马，意气风发地对她说：我若赢了，阮小姐要乖乖地叫我一声哥哥。

可她如何也想不起那次之后他们还有过交集。

他们俩隔着距离站着，忽然，有人语气十分平淡地说了一句："往事不可追，既然是错过的就已注定，端木少将军何必执着于过去的事呢？"

阮流君吓了一跳，一扭头就看见站在府门里不远的裴迎真，他披着那件披风，一身重黑像是要和夜色融在一起，可那张脸却白如霜雪。

弹幕里——

最爱病娇变态：我真终于出现了！想你！比心！

霸道总裁：装真真，一个上线就怼情敌的京都第一醋王。

世间戏2

174

阮流君看着裴迎真，他负着手慢慢走过来，对她轻声一笑："我送端木少将军出去，天冷你快些进屋去吧。"

阮流君看了看端木夜明，对他行了行礼："那就谢过少将军记挂，不远送你了。"

端木夜明皱了皱眉，也没有留她，只是拱手作别。

等阮流君走后，裴迎真看着端木夜明："少将军怎么还逗留在京都？边疆可比京都需要少将军。"

端木夜明觉得这个裴迎真说话很不友善，不爽道："不劳裴会元挂心，我心里有数。"他又打量一番裴迎真，"倒是裴会元，你不是已与许姑娘解除婚约了吗？怎么还总是来找她？"

裴迎真挑了挑眉："这个也不劳端木少将军挂心，我和娇娇只是暂时解除婚约。"

端木夜明乐了："这婚约还有暂时解除的？"

他在裴迎真耳朵边道："我看裴会元还是要小心我妹妹，她似乎是对你真上心了，从小到大她想要的还没有到不了手的。"

裴迎真眉头都没皱一下："那还请端木少将军奉劝令妹，不要自取其辱。"

端木夜明脸色一黑。

裴迎真已抬手道："请。"

第十三章
踏雪寻梅

阮流君进了大厅，陆楚音正在跟香铃说笑，一瞧见她进来就忙起身来挽住她："许姐姐好慢啊，我有一件事想跟你说呢。"

阮流君拉着她的手坐回榻边，问道："什么事？"见陆楚音满脸红扑扑地笑着，便猜测，"我猜猜……是喜事？"

"许姐姐果然好厉害。"陆楚音挽着她的手就往她怀里撒娇一靠，"我……过些日子就要和李云飞成亲啦。"她害羞地抠了抠手指头。

"当真？这么快？"阮流君惊喜不已。李云飞为人很好，对楚音也好，只是她没想到这么快。

陆楚音也笑着："我也觉得太快了，可是皇奶奶急着要把我嫁出去，她是看我看烦了。"

弹幕里便有人道——

吃炸鸡：这么快……会不会是皇太后觉得自己快不行了要趁早给陆楚音找个依靠啊？

最爱病娇变态：楼上的你别乌鸦嘴啊，我还挺喜欢皇太后的……而且皇太后死了，小陆姑娘和她姐姐怎么办？

阮流君又细细问了她太后近来如何，婚期可已定下。

陆楚音害羞得一塌糊涂，嘟嘟囔囔地说婚期还没有定，只是太后和李云飞的母亲这样商量着，正好李云飞有公务在身要离京一段时间，想着等他回来就在开春把日子定下来。

又说太后这些日子看着好些了，也想阮流君了，说什么时候让许老夫人带着阮流君一块进宫去玩。

阮流君是知道太后的心思的，当初太后带许老夫人来瞧她，估计也是一门心思想要帮许老夫人认回他们。

可她也不知该如何答陆楚音，便岔开话题，玩笑道："这个紧要的时候李大人要出京公干，可要急死我们陆姑娘了。"

陆楚音却认真道："我才不急呢，大丈夫怎能儿女情长呢？况且这次的差事是个大好的差事，对李云飞以后的仕途很有帮助。"

阮流君笑吟吟地看着她："我们小楚音长大了，都懂这么多了。"

陆楚音低头笑道："我以前太蠢了，刚回京都那段时间特别不开心，大家总是笑我口音土结巴，越笑我就越结巴……"她看阮流君，"许姐姐，你看我和你说话就不结巴对不对。"

阮流君点点头："你不结巴，只是太紧张了才会说不好。"

陆楚音认真地点了点头："李云飞也这样说，他跟我说急的时候喘口气，慢慢地讲，讲不好也没事，我听他的，真的不紧张了。"她起身坐到阮流君身边将头枕在她的肩上，"我以前不明白喜爱是什么，只觉得太子殿下来静云庵看我，陪我玩，我们在一起很开心，我想和他在一块，可是回到京都后发现不知道为什么我跟他越来越不开心，或许是我真的配不上他。"她仰头看着阮流君，低低道，"我刚和李云飞相处那段时间其实特别难过，后来发现他是一个特别好的人，再后来太子殿下和他说了那么些过分的话，我那天找到李云飞和他坦白我其实喜欢过太子殿下，我哭了好大一场，都告诉他了。我本以为他会生气和我解除婚约，可是他……"她轻轻柔柔地笑了笑，"他说他早就知道，当初和我订婚时就知道，那个时候就已经考虑清楚了，他不介意。"

陆楚音握着阮流君的手指，声音轻快得像唱歌："他跟我说你要是真的很喜爱一样东西，你就会想好好地收藏着它，不让人损害它，就像我喜欢的簪子，我平日里都是小心翼翼地佩戴，就算它丢了我也只是难过，希望捡到它的人像我一样喜爱它，怎么会舍得毁了它，对不对？"

阮流君看着她低垂的睫毛像一片羽毛似的盖在她亮晶晶的眸上，轻轻笑了笑："是啊，李云飞当真是个很好很好的人。"他给陆楚音的爱是让她越来越完善自己，爱护自己，他让陆楚音变成了更好的人。

弹幕里许多人在唏嘘——

吃瓜群众：小陆姑娘真的长大了啊，有一种吾家有女初长成的感慨。

最爱病娇变态：好感慨啊，一开始小陆姑娘傻乎乎的，也被吐槽过，现在真的长大了……爱情的力量是伟大的。

霸道总裁：遇到好的爱人会让你更好，而坏的爱人只会带着你一起毁灭。

阮流君将弹幕里那句话看了又看，她想起裴迎真来，若是这次没有裴迎真……她大概一辈子都走不出去了，她会死在那个佛堂里，再也不会相信任何人。

可是他一次一次跟她说没有事，让她觉得真的没有事了一般，像是无论发生什么样的事都有一个人陪她一起度过。

她在光幕里看到裴迎真从外面走进来，黑色的披风，素白的脸，紧皱的眉头在望见她的一瞬间松了开，对她笑了笑。

"裴迎真大哥。"陆楚音忙起了身，"你考中会元我一直没有机会去向你道贺，你不要怪我啊。"

裴迎真笑了笑："你的李云飞已向我道过贺了，还说等他回京后要请我喝喜酒。"

陆楚音脸一红，嘟囔道："他怎么也不告诉我一声。"

阮流君起身问裴迎真吃过晚饭没有，今日可要留在这里一起吃？

裴迎真瞧着她："今日就不留了，你陪陆姑娘好好聊聊，明日我邀你去赏雪可好？"

"赏雪？"阮流君看了看窗外，居然不知何时又下雪了。

"好啊好啊！"陆楚音兴奋道，"我也想去，裴迎真大哥能不能也带上我啊？我保证听你的，绝对不惹麻烦。"

裴迎真看阮流君："要看你许姐姐有没有兴致了。"

陆楚音忙挽着阮流君求她："许姐姐去嘛，你这些日子老是闷着，也该出去走走了。"

裴迎真看她的伤已经好得差不多了，轻声道："想去吗？出去透透气，梅山那边景致宜人，正好恩师身子好些了也想出去走走，杜太

世间戏2

178

医也去。明日叫上你大哥。"

"叫上我大哥？"阮流君不知道他的意思。

他低眉一笑："你不知道吗？你大哥……瞧上了去他铺子里买首饰的一位小姐。"

阮流君惊讶不已："啊？这是什么时候的事情？我怎么从未听大哥提起？"

"他不好意思跟你说。"裴迎真让她坐下，笑得很头疼。

"那裴迎真大哥怎么知道？"陆楚音问道。

裴迎真笑笑道："因为他来找我了。"

"找你？"阮流君更不明白了，"他找你做什么？难不成你还认识那位小姐？"

裴迎真居然笑着对她点了点头。

这让阮流君更惊讶了，听他道："那位小姐是杜太医的女儿杜宝珞，你见过的。"

阮流君这次是真的吃了一惊，无论如何也没想到许荣庆居然会瞧上杜宝珞，但也是开心的，她之前一直以为她这个大哥要打一辈子光棍，没想到也有情窦初开的时候。

那位宝珞姑娘她是见过也接触过的，杜太医为人清正，杜夫人也是个温和的人，两个女儿性子都是温良可爱，是十分好的姑娘。

阮流君越想越乐："所以是他求着你约出来的？"

弹幕里——

来看裴迎真：这妹夫当得可以啊，不但宠着老婆，连大舅子都宠着。

奸臣爱好者：我完全可以想象到许大哥不要脸求裴迎真的样子
→_→

裴迎真无奈地笑了，许荣庆缠了裴迎真好几日，还放话说不帮他就再也不准裴迎真到府上来，好在他看上的不是公主郡主，不然裴迎真可就真没办法了。

"我也想带你出去散散心。"裴迎真道，"正好一道。"他又问，"你想去吗？"

阮流君想了想便同意了，又问裴迎真那杜家小姐可已订婚。

裴迎真让她放心，杜家两姐妹，姐姐玉音是已定了亲事，宝珞却是没有的。

阮流君这才微微放心，和裴迎真定下了时间后就送裴迎真走了。

陆楚音用过晚膳后也回了宫，说好了明日早点过来一起去赏雪。

阮流君故意睡得晚一些，等着许荣庆回来，看他鬼鬼祟祟进来，她拦住他将这件事问了问。

许荣庆很不好意思，怪裴迎真不够意思，转头就把这件事告诉她，他本来打算要是能有个把握了再告诉她，不然他没被杜宝珞看上就太……丢脸了。

阮流君安慰他别担心那么多，只要他规规矩矩的，保不齐就被杜小姐看上了呢？

许荣庆却很是担心："我一个做生意的，也没念过什么书，怕是杜老爷瞧不上我。"

也是，杜太医是御前三品太医，若是许荣庆单是商贾家世，怕是会被瞧不上。

阮流君想了想，试探性地问他："许老夫人今日又来瞧我了，她想让大哥认祖归宗，入族谱，大哥可有想过这件事？"

许荣庆皱了皱眉。

阮流君便问："大哥是在怨许老夫人吗？"

许荣庆摇了摇头，叹息道："上一辈的恩怨我不清楚，也没想过什么怨不怨的，那些都是过去的事情了，只是……我没有当过侯门世子，我就是个商人而已，我不知道回了侯府怎么办，而且……你说人家许家二老爷当侯门世子当得好好的，我们突然回去要和人家争这些东西，人家会高兴吗？"

他一想就头疼："那一大家子人我应付不来，我觉得做生意就挺好的，若是日后许老夫人真的老无所依了，我也愿意将她接过来，那位大夫人也可以一起接过来，反正也就多养两个人。"

阮流君看着他那副神情便笑了："大哥是个大好人，只是……大哥想得太简单了，有些东西不是你不争，就可以摆脱的，况且你以什么身份赡养许老夫人和大夫人呢？许家二老爷也不会同意啊。"她看许荣庆眉头越皱越紧，便又笑，"算了，这些事情不着急，慢慢来，重要的是明日看看那位杜小姐对大哥印象如何。"

许荣庆更紧张了。

这一夜，许荣庆都没睡踏实，一大早起来换了几套衣服给阮流君看哪套好，挑来挑去都不满意。

陆楚音也早早来了，还带了贵妃娘娘特意让她带来给阮流君的点心，陆楚音说她阿姐也想出宫走走，可如今已是七个多月身子了，圣上也不放心。

阮流君谢过她，看裴迎真已在府外等着了，便催许荣庆快一些。

许荣庆这才没再倒腾，拿了那小礼盒出了府，阮流君一再嘱咐他，杜太医是读书人，让他说话仔细些，别莽撞。

许荣庆紧张得手心出汗，见到裴迎真便小声问："怎么样？我今天穿得打动人心吗？"

裴迎真看了他一眼，点点头道："可以。"

一行人驱车直接去了梅山，顾老太傅和杜太医一家已在梅山的梅山斋里喝茶了。

许荣庆和裴迎真进去时一眼就瞄到了和姐姐坐在窗下逗弄小猫的杜宝珞，紧张得绊在门槛上险些栽个跟头，好在裴迎真抓住了他。

杜宝珞望过来，先瞄到了跟在他们身后进来的阮流君和陆楚音，高兴地朝她们招了招手。

阮流君也招了招手，带着陆楚音进去向顾老太傅、杜太医、杜夫人一一行了礼，又问顾老太傅身子可好些了。

顾老太傅笑眯眯地看着她和裴迎真，越瞄越满意，虽说已经解除了婚约，但在他眼里，这个徒弟的媳妇是没跑了。

"这些日子也没见你借我的书看了，难不成我的书你看腻了？"

阮流君笑道："怎会，只是您的弟子太忙了，不替我借书了。"她瞄了一眼裴迎真。

顾老太傅乐得笑道："他这些日子是忙了些，等他殿试之后，我督促他给你借书。"

阮流君这才想起来，离殿试也不过只剩下不到一个月的时间了，

世间戏 2

181

裴迎真该很忙的。

裴迎真向顾老太傅和杜太医介绍了许荣庆，特意将他皇商的身份提了一下。

许荣庆恭恭敬敬地行了礼。

顾老太傅和杜太医点头夸赞了两句年少有为，也没说旁的。

许荣庆心里忐忑，倒是杜宝珞惊奇地拉着阮流君问："这位是你大哥？他不是首饰铺子的许老板吗？"

阮流君抿嘴笑道："是啊，他是我大哥，没想到杜小姐竟然认识，也算是一种机缘巧合。"

许荣庆向杜夫人和两位小姐行了礼，掏出袖子里的首饰匣子呈给杜宝珞，紧张地道："这……这是杜小姐先前在铺子里看中的首饰，今日特地带过来给杜小姐。"他打开来，是一支镶着彩色宝石的簪子，流光溢彩，十分精美。

杜宝珞一喜："这支簪子不是只有一支，还被另一位小姐买走了吗？不是说补不到货了，怎么……"

"是补不到货了。"他这不是求爷爷告奶奶，赔了几支簪子才又把这支簪子买回来的吗，许荣庆恭恭敬敬地道，"那位小姐她后来又看中了别的，我想着杜小姐喜欢，就留下来了。"说完将簪子递给杜宝珞，"送给杜小姐。"

杜宝珞一愣，看看那簪子又看许荣庆："许老板送给我的？这怎么好。"她喜欢那簪子却委实不敢接。

阮流君接过来塞在她手里："权当我送给杜小姐的。"又对杜玉音道，"改日玉音姐姐也去铺子里挑一挑，喜欢的我送给你。"

杜宝珞是当真喜欢这簪子，当日还气了好久呢，便将那簪子接着在手里摸了摸，对阮流君道："那我就谢谢许妹妹了。"又对许荣庆道，"也多谢许老板。"

许荣庆一喜道："不客气不客气。"

一行人说了会儿话，便结伴上了梅山踏雪寻梅。

阮流君有心想让杜宝珞多和许荣庆接触一下，便拉了杜宝珞去折红梅，让许荣庆陪同着。

一路上，许荣庆跟在她们身后也不敢吱声，就听阮流君东拉西扯

世间戏2

地试探杜宝珞，心里那叫一个忐忑啊。

好不容易听杜宝珞说想要那枝高一些的红梅，机会就在眼前，他立马自告奋勇地爬上树去给她折，谁知道一跳下来踩着积雪，把脚给扭折了。

这可把杜宝珞吓坏了，慌忙叫人来扶他，带回去给她父亲看，急得眼眶都红了，说都怪她。

许荣庆忍着痛，说他是自愿摔折的。

阮流君想乐又不敢乐，看弹幕里都在吐槽许荣庆。裴迎真忽然低低叫了她一声，招手让她出来一下。

她看大家都在忙着照顾许荣庆，便跟着裴迎真出了斋堂，低声问他："怎么了？"

裴迎真对她"嘘"了一声，带着她往梅林里去，刚走到梅林就听到了激烈的争吵声。

她跟着裴迎真往树后躲起来，就看到梅林里面闻人瑞卿和陆楚音在争吵。

阮流君一紧张，楚音什么时候出来的？她看向裴迎真。

裴迎真在她耳边低声道："你们走后，太子的人便传陆楚音过去，下人送她过去后回来跟我说，太子要单独和陆楚音说话，不让人跟着。"

阮流君皱了皱眉，就见梅林里陆楚音忽然给闻人瑞卿跪了下去。

她的声音带着哭腔："太子殿下就放过我吧……您做您的太子，我做我的蝼蚁。"

闻人瑞卿似乎被她这一跪给刺激到了，后退半步盯着她忽然问她："你是当真喜欢上李云飞了吗？"

陆楚音毫不犹豫地点了点头。

闻人瑞卿顿时就恼了："那我呢？"

陆楚音抬头看着他，哽声道："太子日后会是大巽的君主，你会有你的皇后、你的妃子，那样多的女人，你不会再记得我的。"

"我不会！"闻人瑞卿蹲下身去红着眼眶看她，"我就算做了君主，我喜欢的也只有你一个。"他伸手去给陆楚音擦眼泪，"楚音，你不要嫁给李云飞好不好？你等我，等我说通母后，让你嫁给我。"

陆楚音看着他，哑声问他："怎么可能呢？"

"怎么不可能！"闻人瑞卿捧着她的脸，"我表姐喜欢的是裴迎真，她也不愿意听母后的嫁给我。等她嫁给裴迎真后，我就跟母后说娶你。"

陆楚音伸手轻轻拨开他的手，问他："你可有想过凭你自己的努力为我做过什么？你没有，你要等你表姐先拒婚之后才敢提起我，你从来没有想过要自己争取过什么。"

闻人瑞卿愣在了那里。

陆楚音忽然叩拜了他："这是我最后一次单独拜见太子了，日后还望太子高抬贵手放过我。"

她起身要走，闻人瑞卿一把拽住她："你休想，休想我放过你。"他猛地一拉陆楚音，捏着她的下颌，一字字地道，"你以为你能嫁给李云飞？做梦！"

阮流君心里一急，生怕闻人瑞卿做出什么不理智的事情，却见闻人瑞卿松开了陆楚音，整了整衣襟道："你不是说本王从未为你做过什么吗？那这次本王就做一次给你看看。"他笑了一声转身走了。

那光幕里的吐槽刷得阮流君眼晕——

最爱病娇变态：这太子有病吧？大巽要真交到他手上还不亡国？

奸臣爱好者：哎，有一个病态的前任纠缠不清好可怕啊，我有点担心小陆姑娘……

今天裴迎真来了吗：太子那句等他表姐嫁给裴迎真是什么意思？我不关心太子和陆楚音，我只担心我真！是太子和他表姐要搞什么鬼吗？主播警惕起来啊！

阮流君抬头看了一眼裴迎真。

裴迎真低下头来对她道："陆姑娘的丫鬟在林子外候着，你不必担心。也不要过去，让她自己静一会儿，她也必定不愿意被人看到这些。"

阮流君看着梅林里陆楚音擦了擦眼泪往梅林外去，点了点头，让她自己静一静也好……

裴迎真忽然伸手握住了她的手，她吓了一跳忙要抽出来，裴迎真却握紧，低声道："别，我什么也不做，我就想牵着你。"

阮流君一点点放松自己，没有抽回手。

裴迎真抿嘴笑了笑，牵着她的手慢慢走出来："我们到林子里转转好不好？"

阮流君看林子外的小丫鬟迎上了陆楚音，便点了点头。

裴迎真松了一口气："我好怕你拒绝我，流君。"

阮流君抬头看他，他似乎又高了，瞧着她需要低下头来，她对他笑了笑，握住了他的手。

裴迎真眼睛一弯便笑了。

他牵着阮流君踩在松软的积雪上，两个人谁也不说话，却都挂着笑意。

裴迎真侧头看着她，笑问："你没有什么要对我说的吗？"

阮流君踩在积雪上，想了想也看着他，道："马上要殿试了，你……"

"你放心。"裴迎真打断她，"我有把握。"

阮流君对他是有信心的，便点了点头。

他却又问："还有呢？"

"还有？"阮流君又想了想，"还有什么？"

裴迎真抿嘴笑："你不求我去托恩师向杜太医提一提你大哥的事情？"

阮流君一喜："可以吗？会不会太麻烦顾老太傅了？或是……杜太医不喜欢我大哥从商？"

裴迎真抓着她的手将她往手臂里一扯，轻轻环着她："你求求我就可以。"

阮流君脸一红，慢慢在裴迎真怀里放松了下来，低头轻声道："那……我求求你，裴会元。"

裴迎真在她耳边轻轻一笑，低声道："只是这样吗？"

阮流君被他的气息冲得缩了缩脖子，就看弹幕里一片刷——要吃糖！吃粽子糖！这段时间太苦了！

"流君。"他突然又叫她一声，"你抗拒我亲你吗？"

她的耳根和半个脸颊热得厉害，脊背贴在裴迎真的怀里，被裴迎真环抱着。

裴迎真忽然将她扭了过来，脸对着脸，环着她的腰，又轻声道："流君，抬头看看我。"

阮流君抬头看着他，他的眼神温柔极了。

"你不想吗？"他声音平缓又低沉，"你若是不想我就不碰你，你不用有压力，这些亲昵的动作是因为喜欢才做，是该让人开心愉悦。"

阮流君看着他的眼睛，慢慢伸手抱住了他。

裴迎真眼睛一亮："想吗？"

林子里不知哪里种了蜡梅，那冷冷甜甜的香散在细细白白的雪色里，她的手指轻轻抓在裴迎真的腰侧袍子上，他的袍子是凉的，可眼睛是热的。

阮流君轻轻闭上了眼，感觉裴迎真抱紧她，冰冷柔软的吻落在她的唇上，又松开。

她又听到裴迎真说："睁开眼，流君。"

裴迎真托着她的下颌，她睫毛颤了颤睁开眼，裴迎真的笑颜近在咫尺，他慢慢地俯下身来，轻声道："看着我，流君。"

她看着他，近在咫尺的脸，放大在眼底的瞳孔，那么近，她什么都看不清，她只感觉到裴迎真温热而柔软的唇，听到他一点点重起来的呼吸声。

他搂紧她，一下一下地亲吻她，她的唇、她的鼻、她的脸颊、她颤抖的眼睑和她的额头。

他轻轻地抚着她的背，每个吻都像在爱抚，令她靠在他身上，听他慢慢地问："这是一件令你愉悦的事情对不对？"

他问她："你喜欢我亲吻你，抚摸你，对吗流君？"

她像是一只被抚顺皮毛的猫，在他的怀里不由自主地点了点头，好奇怪，他的每句话都像是温和的指令，令她无法抗拒。

他最后又亲吻她的唇，又深又不可抗拒，像是要将舌尖化在一起。

她觉得天地昏昏，任由自己消融在他怀里。

等他松开，她几乎站不住脚，被他托在怀里搂着她的腰背。他抚着她的发笑了："你今天好甜。"

阮流君靠在他怀里一时没缓过来,愣愣地仰头看他。

他一双眼睛弯得像月牙,又轻轻啄了一下她的嘴,舔了舔自己的嘴唇:"我喜欢你今天的唇脂,甜的,像糖。"

阮流君的脸一下子就红了,将脸埋在他怀里不肯抬头。

光幕里不知何时观众人数飙升到了四十六万人,打赏累积到了十万金,弹幕刷得让人眼晕。

弹幕里——

霸道总裁:裴迎真,一个无师自通的老司机。

最爱病娇变态:想哭!这么久来的第一口糖!难得的糖!wuli真真太好了!

奸臣爱好者:好希望主播就这样和裴迎真甜甜蜜蜜的每天发狗粮,不要再出意外了。

隔壁老王:垃圾道具栏。日常一骂达成。

阮流君看着弹幕笑了笑,忽然拿起萤石对着裴迎真道:"你亲一亲它。"

裴迎真盯着那萤石皱眉笑了:"亲项链?为什么突然要亲它?"

因为观众老爷们想要嘛。

"不为什么,想让你亲。"阮流君搂着他,"你就亲一下,轻一点就行。"

裴迎真狐疑地看着她,看她笑盈盈地往他脸前一递,无奈地笑了笑,低下头去——

只见光幕里裴迎真的脸放大逼近,贴着屏幕亲了一口。

弹幕里顿时疯了——

裴迎真正房:老公亲我!

今天裴迎真来了吗:舔屏!

我爱裴迎真:裴迎真你要对我负责!

"当啷当啷"的一阵打赏,打赏数刷得阮流君都看不清,等好不容易停下来,已经从十万金刷到了十六万金。

路过:哎,看脸的世界,你们克制一点,理智一点。

世间戏 2

187

阮流君忍不住乐了。

裴迎真搂着她问："你笑什么？是不是给我设了什么埋伏？"在她腰间轻轻一捏，"说，是不是？"

阮流君怕痒地从他怀里钻出去，拎着那萤石冲裴迎真笑道："你聪敏过人，猜猜看啊，猜我是不是在这萤石上下了毒什么的。"

裴迎真站在那里看她背后一片红得妖艳的红梅，她站在细雪里冲他笑得神采飞扬，打心底里吐出一口气，望着她笑："你要想对我下毒何须这么麻烦，直接把毒药给我就是了。"

阮流君抿嘴笑着问他："裴迎真，我一直很好奇，你这般会说话可是以前累积的经验？"

裴迎真笑着走过去，拉住她的手："要听实话？"

"当然。"阮流君跟着他慢慢在雪地里走。

裴迎真看了一眼灰蒙蒙的天："我也不知道为什么，好像这些话上辈子就跟你讲腻了一般。"

阮流君忍不住瞅他一眼，诧道："这样的酸话你都好意思讲。"

裴迎真带着她在梅林里散了一会儿步，折了几枝红梅给她，一手替她抱着红梅，一手牵着她。

回去的路上，裴迎真问她："许老夫人想要让你们认祖归宗这件事，你可考虑过？"

阮流君点了点头："这件事总归是要大哥决定的，他做什么决定我都会跟着他。"

裴迎真不满道："你这般说倒像是喜欢他，胜过喜欢我。"

阮流君惊讶地看他一眼，笑了："裴会元好生小气，连这个醋都要吃。"

"不止这个。"裴迎真坦然承认，"你日后也离端木夜明远一些，他对你的心思太明显了。"

"是吗？"阮流君笑看他，故意逗他，"有何明显的？我怎么不知道？"

"你不知道？"裴迎真问她，"他那些心思，你不知道？"

阮流君摇摇头："我不知道，还请裴会元明示。"

那斋堂就在不远处，裴迎真看着她脸上的坏笑，忽然拉着她的手将她扯到了怀里。

阮流君一慌，忙看斋堂伸手推他，低声道："快放开我，被人看到了！"

裴迎真却近在咫尺地对她笑着，又问一遍："你再说一次，你不知道？"

阮流君听到斋房里的交谈声，生怕有人看到他们，慌忙道："我知道了……知道了，你快放开我。"

"以后呢？"裴迎真问她。

阮流君急得脸红，低声道："以后……我以后注意一些。"

裴迎真这才松开她，又一本正经地道："许老夫人那件事，你让许大哥再好好考虑考虑，他若是当真不想认祖归宗就尽早劝服老夫人放弃这个想法，并且让老夫人跟许二老爷说清楚。要不然就尽快地认下祖母，尽快请封侯位，免得夜长梦多，许二老爷生出什么是非。"

阮流君惊讶地看着他，这个人……情绪转变太快了！

裴迎真低声叹息："匹夫无罪怀璧其罪，我怕你再受牵连。"

斋房里陆楚音叫了她一声，高高兴兴地跑出来拉住她："许姐姐偷偷和裴迎真大哥干什么去了？"

阮流君看她，她像是什么都未发生一般，这让阮流君吃惊，陆楚音竟也不知何时悄悄改变了，从什么事都放在脸上的傻姑娘变成了一个会隐藏情绪的小姐。

阮流君拉着她的手对她笑了笑："去给你们折红梅了。"从裴迎真怀里挑了一枝花苞最多的红梅递给陆楚音，"这枝给你。"

陆楚音高高兴兴地收下，谢过裴迎真，拉着阮流君就回了斋堂。

杜宝珞还在为摔断腿的事情内疚，一直守着许荣庆。

许荣庆就一脸傻乐。

阮流君进去将红梅分给大家，又一块喝了会儿茶，看天色不早，便就打道回府了。

杜太医一家坐一辆马车回去，裴迎真先送顾老太傅回去。

阮流君带着陆楚音和许荣庆一起坐马车回了府。

世间戏2

陆楚音留下吃了饭便回宫了。

夜里阮流君将梅林里裴迎真跟她说的，同许荣庆说了一次。

许荣庆也又考虑了一次，说过几日再去和许老夫人好好地说这件事。

阮流君便也没有再说什么。

之后一连几日，许荣庆都一瘸一拐的，却忙着铺子里的事顾不上休息，拄着拐杖每日都去铺子里。

第十四章
阴谋暗起

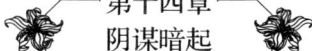

　　裴迎真忙着备考，虽是晚上过来一会儿，阮流君也不想让他分心，便也没问他杜太医的事情。

　　只听府上的下人说，崔游傻了，有说是发烧烧傻的，也有说是春药吃得太多给祸害的，还有说是报应。

　　说什么的都有，但崔游是当真傻了，连句囫囵话都讲不利索，看了太医也没用。

　　宁安郡主那边说什么也不肯嫁给崔游，竟当真去京中的庵堂里带发修行了。

　　一时之间京中骂她的有，可怜她的也有。

　　而陆明芝那边，裴迎真来时提起，陆知秋要休了裴素素，带两个女儿回家去。只是裴素素在寻死觅活地闹着，小女儿也太羸弱，没出满月一时也走不了。

　　裴家这会儿阖府不宁，咬定了陆知秋是因为裴素素生不出哥儿，又伤了身子才要休了她。

　　阮流君是有些惊讶的，虽说裴素素到今日也是活该，但她没想到陆老爷会在这个时候休了裴素素。

　　裴迎真问她："你也觉得陆大人是因为这个要休了裴素素？"

　　阮流君摇了摇头，她并不清楚陆知秋的为人，所以不好下评断。

　　裴迎真道："原本陆大人是打算原谅裴素素的，她早产又伤了身子，那日跪在院子里向陆大人认错，连我瞧了都觉着可怜。"

　　"可是她犯了一个大错。"裴迎真看阮流君道，"她在私下里劝陆明芝认命嫁给崔游，说陆明芝如今就算回去嫁也只怕嫁不了好人家，嫁给寻常的贩夫走卒倒不如嫁给崔府。崔游已傻，宁安不肯嫁，她以正妻身份嫁过去那就是世子夫人，日后若是再生个小世子，崔老侯爷定是当祖宗一样供着她。"

阮流君惊讶至极，一个母亲怎会说出这样的话？且不说崔游是个什么样的畜生，这个畜生是强暴过陆明芝的啊，要如何才能认命日日面对着这么一个给自己造成伤害的人？

裴素素可当真是现实至极、冷血至极。

"她这话正好被陆大人听到了。"裴迎真冷笑一声，"当天夜里陆大人就写好了休书。"

阮流君是明白了，陆大人大概是失望极了，这样的妻子如何能教养好女儿？倒不如休了好。

阮流君没再问什么，只催裴迎真多吃点。

裴迎真吃完饭才跟她说："你大哥那件事我央求恩师向杜太医提了一下。"

"如何？"阮流君忙问。

裴迎真略有沉思："杜太医那边倒是没说什么，只是杜夫人……怕是不同意，大女儿定的人家是朝中大员，小女儿……她是有些介意你大哥如今的身份。"

这也算是在意料之中，就算杜太医再如何开明，也是不好接受的。

裴迎真看着她："我会再想想法子的。"

阮流君笑了笑："你还是将心思放在备考上吧，这件事不急，慢慢来。"

或许可以等许家的事情解决了，再谈这件事。

当天夜里许荣庆回来时吓了阮流君一跳，他鼻青脸肿地被人扶了回来，虽然已经看过大夫了但那伤口依然非常吓人，手也伤了，衣服也破了。

阮流君吓得忙问他怎么了。

许荣庆连连说没事，不过是今天铺子里来了几个地头蛇，打了起来。

阮流君将陆楚音给她的膏药找出来，给许荣庆擦药，问他有没有报官。

许荣庆叹气："报官要是有用，这些地头蛇也不会这么嚣张了。

不过，我已经差人去雇了几个打手回来，就不信收拾不了他们！"扯得脸一疼，靠在榻上哎呀了半天。

阮流君看着他又气又无奈，她一直以为天子脚下不会有地痞敢如此嚣张，又想兴许是那些地痞就是故意欺负许荣庆是个外地来的，没有什么靠山。

阮流君总是不安心，想了想进内堂在道具栏里买了一件软甲，拿出来给许荣庆，让他穿上，好歹能防护一些。

许荣庆惊奇不已："娇娇，你哪里来的这东西？"

阮流君只恨瞬移的鞋子不能给他，太明显了她不好解释。

"之前鹿场圣上赏的，我没有什么用处，便给你穿着吧。你平日里要注意些，你一个老板同他们动什么手？"

许荣庆将软甲胡乱往身上套："我总不能看他们砸店打人啊，你放心，等我找了打手来，不怕他们。"

阮流君无奈地叹气，又问他知不知道杜太医的事情。

许荣庆的神色果然一暗，他沮丧道："我也理解，杜小姐那样的家世我配不上。"

阮流君也明白，又对他道："大哥要是当真喜欢杜小姐，就再好好考虑考虑许老夫人提的那件事，有时候地位是把双刃剑，它可以给你带来麻烦，也可以给你带来便利。你也是一家之主了，有得必有失这种道理你是懂得的，但还是要尽早决定的好，不要拖着。"

许荣庆低头不言语，他如何不知这些，有舍必有得。

第二天一早，裴迎真便来了。

阮流君看到他有些惊讶，更惊讶的是他还带了两个黑衣侍从。

"你今日不用去顾老太傅府上？"阮流君打量了又打量那两个侍从，"这是……"

裴迎真拉她进屋："这两位是我从恩师府上借来的高手，这几日让他们守在这院子里。"

阮流君不明白："府上有家丁啊。"

裴迎真让她坐下："你大哥那件事昨夜我去查过了，闹事的确实是那个地段的地头蛇，但是有人出了钱要他们去闹事。"

阮流君皱眉："是谁？"

裴迎真摇了摇头："没查出来，只是我总觉得事情没那么简单，你大哥在京都中没有什么仇人，如果要说现在谁看不惯他，怕是也只有一个人。"

阮流君看着他，忽然就想到一个人："你是说……"

裴迎真没让她说出口，点了点头："若真是他，却只是闹事也说不通，他难道不怕弄巧成拙闹得你大哥心烦，反而认祖归宗吗？"

裴迎真握了握她的手："所以我担心这只是个开始，你一人在这府上我也不放心，这两个都是高手，留在你身边警惕着总是没有坏处的。"

阮流君看着他，心中说不出的感觉，好像是突然又多了个父亲，事事为她考虑，不需要她操心。

她握着裴迎真的手，摸着他手上为她留下的那一道伤疤，慢慢笑道："裴迎真，你为何如此神通广大？"

裴迎真亲了亲她的手："因为害怕你再受到伤害。"自从那一次之后，他就恨自己没有足够的能力保护好她，他快些金殿题名，快些掌握权势，这样就能将她娶回府好好地守着。

他又吩咐了那两个侍从藏好了不要现身，这才匆匆回了太傅府。

一连两日府上都没有发生什么事情，除了许老夫人又来看了她一次之外，连陆楚音都没有来玩。

阮流君几乎要以为这件事情要过了时，第三天夜里，宅子忽然着了火。

她正睡得沉沉，就闻到一股子烟火味，香铃慌慌张张地披衣起来过来摇醒她，她就看到外面燃起的火光。

她吓得立马清醒了，披着衣服就要喊房中的下人都快出去，却在一开门发现门口被烈烈大火堵住了。

她们被大火冲了回来，浓烟滚滚。香铃吓得抓紧她的手哭，她听到外面传来各种呼喊声，刚想喊大家跳窗出去，那门口的火墙突然被人一剑劈开，一个黑衣人冲进来。

阮流君定睛一看，正是当日裴迎真留下的两个侍从的其中一个。

那侍从冲过来对她道:"得罪了,许姑娘。"忽然横臂将她抱了起来,足尖一点就掠出了屋子,将她稳稳地放在院子当中。

阮流君忙看香铃等人,见他们一个一个从屋子里跑出来才安心,却见这偌大的府邸居然都着了火,火光洞洞燃亮漆黑的天。

她将院子里叫喊着救火的下人一一看过,没有发现许荣庆,顿时心里一紧,忙对那侍从道:"我大哥……我大哥好像还没有出来,能不能麻烦你去找找他?"

那侍从也毫不废话就朝着许荣庆的厢房奔去。

这火越烧越大,几乎要将整个宅子都吞没,眼看这火如何也救不下去了,香铃已是吓得不知所措,好在李妈妈镇定下来护着阮流君先退出宅子,到安全的地方去。

阮流君让香铃喊宅子里的下人不要救火不要拿东西了,先保命逃出去。

她跟着李妈妈和几个家丁、大丫鬟退到了宅子门口,看着院子里的下人一个一个逃窜出来,香铃小脸黑乎乎地哭着道:"小姐,咱们养的鱼和乌龟都救不出来了,给裴少爷做的衣服也烧没了……"

阮流君心里慌得要命,那些东西没了就没了,许荣庆这会儿还没有出来……那个侍从也没有回来,千万千万别出什么事。

只要不伤人命,宅子没了就没了。

她披着披风瑟瑟发抖地站在门口等着,每逃出来一个人她心里就提起来一下。

弹幕里也在问她——

吃不吃炸鸡呢:许家大哥逃出来了吗?

奸臣爱好者:这大火烧得太旺了吧……简直要把隔壁也烧了啊,怎么会烧成这样?

我爱主播:许大哥可别出事啊!这才过几天好日子啊!

吃瓜群众:我也爱土豪许大哥,别出事啊!也不要被烧伤啊!

路过:现在不追究原因,但主播要谨记这大火起得太离奇了。

来看裴迎真:对,之前裴迎真和主播说的那个人是谁?我没听明白,好着急……这会儿出事了说不定和那个人有关系?

世间戏2

195

阮流君心慌意乱，几乎要将手指扭断了，看着下人出来便问，有没有见到大少爷。

下人都慌慌张张地摇头。

她想起裴迎真的话，想起许老夫人，想起那个人，这一切太巧合了，她不得不怀疑。

东厢房轰隆一声烟火飞扬被烧塌了，李妈妈忙护着阮流君退出去。

阮流君绊在门槛上心一下子就空了，那是……大哥睡的厢房……

她在浓烟烈火中看到一个下人连滚带爬地跑出来，到跟前发现是大哥房里侍候的人。她慌忙拉住他便问："大少爷呢？大少爷可出来了？"

那人已被吓得双腿发软跪在地上，哭道："不知道……小姐，奴才……奴才只看到顺德扶着大少爷，好像有个黑衣人冲进来，还拿着剑，朝大少爷身上捅了几剑……奴才要冲过去，可是，房子就塌了……"他扑通扑通地叩头。

阮流君心底一寒，抓住李妈妈的手几乎站不住，那大火烧塌了他们的府邸，吞没了府邸里的人。

这不是简单的大火，是冲着许荣庆去的，那个拿剑的黑衣人……就是要杀了许荣庆……

裴迎真说得对，匹夫无罪，怀璧其罪。

李妈妈颤抖地抽泣着，阮流君在大火之下抓着她的手指，缓了一口气，吩咐道："香铃你去许府，去找许老夫人，求她速速带人来救火，无论如何……"她声音哽了一下，"也要把大哥救出来。"

香铃慌慌忙忙地应是，找了小厮骑马载她过去。

李妈妈握紧阮流君的手，阮流君紧蹙眉头地站着，脸上没有一丝表情，只盯着大火烧空的宅子。

许府的人马不到半刻就赶来了，家丁、下人和一些侍卫几十号人浩浩荡荡而来。

许老夫人被人从马车上慌慌张张地扶下来，叫了一声："娇娇！"

阮流君在那大火下看到扶着许老夫人过来的正是许家二老爷，他什么也没问什么也没说。

"娇娇！"许老夫人过来拉住她。

阮流君拉着她的手就跪了下来："祖母，大哥还没有出来……"

许老夫人立即便吩咐所有人进去救火找人，拉起阮流君将她搂在怀里："不要怕，娇娇，祖母来了就不会有事的。"

阮流君看着那大火，每过一秒钟心里就绝望一分，当她听到裴迎真在众人之后叫了她一声时整个人都是一颤。

她扭头就看到裴迎真带着另一个侍从快步走了过来。他问她："你没事吧？"

原来……那个侍从去向裴迎真回禀了。

她摇了摇头，朝裴迎真伸了伸手。裴迎真立刻握住了她的手，她喉头一哽："我没事，可是我大哥……"

不知是谁喊了一声："大少爷！是不是大少爷出来了？"

她惊魂失魄地回头就看到那烈烈大火之中侍从手里拎着一个人，肩上还扛着一个人快步走了出来。

那肩上扛的人……是许荣庆！

"大哥！"阮流君松开裴迎真的手就冲了过去。

那侍从将肩上的人慢慢地放在地上，一张熏黑的脸，正是许荣庆。

"大哥……"阮流君托着许荣庆，看他昏迷不醒，心更慌了。

许老夫人急得眼眶通红："荣庆，荣庆怎么了？是烫着哪儿了？"又下令，"快找大夫来！拿水来！"

下人忙应是。

许荣庆浑身衣服被烧得东一块焦西一块烂的，胳膊上居然还有剑伤，阮流君声音一哽差点哭出来。

一旁的许二老爷看了一眼："先探一探还有没有气息。"

阮流君心中的怒火瞬间就被点起来，猛地回头瞪向那许家二老爷，语气冷得像刀子："二老爷是在盼着我大哥出事吧？"

许青语气不善："你此话何意？我不过是出于好心问一句。"

"你少说两句！"许老夫人喝了许青一句。

许青脸色立即阴沉了下来，许老夫人偏心偏得令他心寒。

裴迎真上前问那侍从两句后，蹲下身对阮流君道："许大哥没事，只是被烟熏得一时昏厥。"

正好丫鬟拿水来，裴迎真让众人散开，接过水托起许荣庆慢慢往他嘴里灌了一口，又拿帕子浇湿了给他擦了擦脸。

那许荣庆忽然打了个冷战，然后呻吟了一声幽幽醒过来。

阮流君一喜，忙叫他："大哥你怎么样了？"

"荣庆，你能听见吗？"许老夫人也忙喊他。

许荣庆捂着胸口和脑门闷闷地哎哟了几声，阮流君忙问："大哥你哪里不舒服？还伤到了哪里？"

那侍从便道："许少爷没被火烧着，只是有人要杀他，朝他胸口刺了一剑……"

"什么？"许老夫人一惊，几乎是扑到了许荣庆身旁，一声一声地叫许荣庆，"荣庆？荣庆……"

阮流君忙往他胸口摸了一下，衣服破了，她摸到许荣庆衣服里面凉凉的软甲完好无损，这才重重地松了一口气。幸好幸好，许荣庆听她的话穿着软甲没有脱……万幸。她忙对已经泪流满面的许老夫人道："没事祖母，大哥没事。"

"真的吗？当真吗，娇娇？"许老夫人慌得不知道该怎么办，伸手抓紧阮流君的手，她已经没了儿子，不能再没有这个孙子。

"当真。"阮流君看她是真的慌极了，让她摸了摸许荣庆的胸口，安慰道，"大哥穿了防护软甲。"

许老夫人这才安心，连连道："那就好，那就好……"

许荣庆按着胸口上阮流君的手，幽幽闷闷地呻吟："扎死我了……差点以为我要去见咱爹娘了……"

裴迎真拉开阮流君的手，亲自托着许荣庆："许大哥福大命大死不了。"又对阮流君道，"不要担心，许大哥没受什么伤。"

许荣庆靠在裴迎真身上，模模糊糊地看自家妹妹好像要哭的样子，忙对她道："没事没事，娇娇别哭，大哥好好的。"

阮流君又想哭又想笑，拉着许老夫人的手，对他道："祖母也很担心你。"

许荣庆呆了呆，看着跪在自己跟前老泪纵横的许老夫人，喉头酸了一下。她一把年纪了，头发白了一大半，连夜赶来头发都没梳理好，散乱得像是一下子变成了枯老太太，他记得她本是个英气雍容的老夫人。

许老夫人如今已是哭个不停，娇娇叫她祖母，肯叫她祖母了……那荣庆呢？

许荣庆刚遭逢一场差点丧命的大难，此刻心里像是真在地狱里走了一遭似的，只觉得当珍惜的要及时珍惜。他握了握许老夫人的手，感觉她一颤，那皱巴巴的手一把就抓住了他。他哑声道："我没事了，别担心。"

他没叫祖母，但有这一句话许老夫人已觉得足够，不住地点着头："那就好那就好，那就很好……"

裴迎真起身，看了一眼那侍从。

侍从将手上的人丢在裴迎真脚边："少爷，这个就是要杀许少爷的人，抓他费了些时间。"

阮流君一惊，先抬头看了一眼许家二老爷，果然见他很短促地皱了皱眉。

裴迎真伸手探了探那人鼻息，看了一眼许青，然后对许老夫人道："老夫人可否将这个人交给我处置？我定会找出究竟是什么人要对许家大哥下此杀手。"

许老夫人还没答话，许青已先道："此乃我们许家的事，要追究也当是我们许家来查，如何劳烦裴会元一个外人来处置？"

"裴会元是我大哥的朋友。"阮流君道，"我和我大哥的事情愿意让谁帮忙处置，就让谁帮忙处置。二老爷不是始终不认我们两兄妹是许家人吗？怎么今日我们倒成了许家人了？"

许青没料到区区一个小姑娘敢这般顶撞他，当即冷了脸："你和你大哥既不承认是许家人又为什么要惊动老太太，借我们许家人来救你们？"

"闭嘴！"许老夫人听不下去，抬头瞪着许青怒喝，"无论娇娇和荣庆愿不愿意回许家，他们都是许家人！什么叫'借我们许家人'？如今许家还不是你当家，许家也不是你的！"

许青被当众呵斥得下不来台，硬是僵着身子没有拂袖而去，只是低头道："母亲教训得是，我只是一时气急，出了这种事，就算他们兄妹二人不认我这个叔父，这件事我也会替他们做主，查个清楚。"他看裴迎真，"裴会元将人交给我就好，你年轻不懂这些事情，还是用心备考的好。"

裴迎真不动声色地笑笑："二老爷当真是宽厚待人，我原先以为许家兄妹的身世二老爷是有所芥蒂的，如今看来二老爷已是打心底里认下了两兄妹，倒是我们这些外人狭隘了。"他又对许老夫人道，"该恭喜许老夫人，孙子孙女劫后余生，二老爷又仁善接受他们。"

许老夫人今日是大惊大喜，泪犹未干，连连点头："佛祖保佑荣庆和娇娇平安无事。"她紧抓着两人的手，"荣庆现在伤了，娇娇也受惊了，今夜……就跟祖母回去吧？"

许荣庆这几天来也想过很多，今日又经历了这一场大火，只觉得疲惫，竟是不太抗拒此事。

阮流君又握了握他的手："大哥需要个地方好好休息，今夜就先去祖母那里吧。"

许荣庆看着阮流君，连娇娇也这样说了，定是吓坏了，他便点了点头。

许老夫人的眼泪又落下来，却是高兴的。她连忙命人备马车接人回府，又命剩下的人救火。

许青僵在那里说不是也不行，毕竟他刚刚是松了口，认下了两兄妹，可他心里又堵得慌，一想到竟是这般让他们进了许府就噎着一口气。

此刻官兵也赶来了，许青便趁机道："既然惊动了官府，这个要刺杀许荣庆的人就交给官府来查办。"

阮流君自是不想如此，除了裴迎真，她不信任何人，况且这事和许青脱不了关系，人怎能交给他？

可她刚要说话，裴迎真便轻轻拉住了她的手，对许青笑道："许二老爷都如此说了，我还有何不肯的？"他下巴一抬吩咐侍从，"将人交给官府和二老爷。"

侍从应是，将人拎着丢在了许青的脚边。

阮流君想说什么，却见裴迎真拉着她的手对她低声笑道："相信我，别管这些，我先送你们去许府。"

阮流君心中再多疑惑却也是点了点头，她是相信裴迎真的。

她吩咐香铃和李妈妈先留下配合官兵将府中的人都先救出来，安置在客栈里，等她明日来处理。

裴迎真扶许荣庆和阮流君上马车时，回头看了一眼蹲在地上查看那人的许青，果然见他脸色青紫，愤然瞪向裴迎真。

许家老夫人带着许荣庆和阮流君坐马车回许府，许青和官府的人留下善后。

裴迎真骑马送他们回了许府。

到许府时阮流君先让人将许老夫人和许荣庆送进去，特意留下看着牵着马的裴迎真，上前先对他道："多谢你……"

裴迎真"嘘"了一声打断她，伸手将她在怀里一抱，低低道："万幸我留了人给你……我不想听你说多谢，你没事就好。"

阮流君轻轻抱住了他："我没事。只是……"她仰头看裴迎真，"我打算劝大哥认祖归宗了，你能明白我吗？"

裴迎真轻轻柔柔地笑："我明白，已经闹成了这样，我也希望许大哥不要再逃避了，有些事情逃避不了，倒不如顺应天命。"他手指抚摸阮流君的脊背，"你这般聪明定是比我明白这些。"从她叫祖母那一刻起，裴迎真便明白她的心思了。

阮流君喜欢被他抚摸："所以你才将那个要杀大哥的人交给许青？想卖个便宜？"

裴迎真将她搂到马车背面，避开人的地方，低头亲了亲她的嘴，又舔了舔她的唇，低笑道："那个人已经死了。"

阮流君一愣，已经死了？她还以为……只是昏过去了。

"我探鼻息的时候他就已经死了，留着也没用，不如套许二老爷一下，让他以后不能对你们回许府再说什么。"裴迎真道。

阮流君望着他，简直被他弯弯绕绕的心思给惊到了，只是那一瞬间他就已经想好了这么多？

裴迎真却轻轻地捧住了她的脸，讨赏一般道："流君，亲亲我。"

那寂冷的黑夜里，阮流君隔着光幕看他的脸便笑了，踮起脚轻轻亲了亲他的嘴，他却伸手托住她的脖颈将她按在马车上，又深又重地吻了下去。

这样的深夜直播间里的观众人数就已经突破了五十万人，打赏刷得眼花缭乱。

弹幕里——

来看裴迎真：妈呀！我听到裴真真的喘息声和口水音了！

初雪：受不了裴迎真了！亲吻狂魔！

最爱病娇变态：好甜呀！最近好甜但是好害怕突然开虐怎么办！

宅斗萌：我仿佛看到了女主回许府的一大波斗争。

霸道总裁：也不会吧，许府没什么人了啊，许丹夕被送走了，就一个二夫人，还能斗什么？

马甲1号：楼上分析得很对，关键裴迎真马上就要殿试了，高中之后就可以求亲了，一大波的糖，各位观众老爷记得打赏刷起来。

霸道总裁：垃圾管理员还好意思要打赏→_→

那一阵窸窸窣窣的声音之后，裴迎真松开了她。

阮流君喘了一口气低头抿了抿唇，羞得抬不起头："你……你回去好好休息，明日还要备考。"

裴迎真低头笑了一声："流君，我金殿题名之后就搬出裴府，那时候来向你提亲好不好？"

阮流君抬头望他，轻声道："你随时可以向我提亲。"

裴迎真眨了眨眼，问道："可我不中个状元，怎么配得上你侯门嫡孙女的身份？许老夫人若是不同意呢？"

阮流君抱了抱他："我若想嫁给你，谁也阻拦不了。"

裴迎真望着她便笑了，笑得寂夜里多了两弯月牙。

裴迎真看着阮流君回了许府才走。

第十五章
认祖归宗

许老夫人考虑周全，暂时将他们安置在自己的院子里，阮流君就在她的隔壁厢房，连服侍的丫鬟、嬷嬷也都是老夫人身边的老人。

服侍阮流君的是许老夫人身边的大丫鬟叫浅碧，话不多，人却是十分利落。

快黎明时阮流君被外面凄厉的哭喊声惊醒了，浅碧立马就点了灯披衣过来道："小姐别怕，那只是大夫人又犯病了，她闹一会儿就好了。"

阮流君听着外面嘶哑的哭声，沈薇又像那时一样哭着求人救救她的孩子，说她的孩子是好好的，还在她肚子里动。

过一会儿便听到了许老夫人的声音，她命人将沈薇绑起来，也哭着跟沈薇说，孩子已经没了。

许老夫人和沈薇都是当真可怜，沈薇一点错没有却落了这样的下场，许老夫人一把年纪了还在为年轻时的事耿耿于怀，努力地弥补和照顾沈薇。

阮流君睡不着，靠在榻上问浅碧："大夫人经常犯病吗？"

浅碧点点头："三不五时。"

"那老夫人怎么打算的？"阮流君又问她。

浅碧摇摇头："奴婢也不知，只是老夫人吩咐将大夫人当成她的亲生女儿一样照料，不得有任何怠慢。"

阮流君点点头，刚要再问什么，突然听见外面有人惨叫了一声，一堆的人在喊："老夫人！"

那骚动声竟是越来越大。

有人喊了一声："快！快拦住大夫人！别让她往下跳！"

阮流君慌忙起身，匆匆忙忙地穿上衣服出门去瞧，刚走出门外发现许荣庆也出来。

许荣庆问她："怎么了？出什么事了？"

阮流君低低地和他说可能是大夫人犯病了，两个人便匆匆忙忙一块往人多的地方去。

走过去便见许老夫人被冬青婆婆扶着，而沈薇正站在院子里的池塘假山石上要往下跳。

丫鬟下人们围了一圈，却不敢上前，因那沈薇哭着厉喝让人不要过去。

许老夫人急得哭着求她："薇薇，薇薇，快下来！有什么事我们好好说！"

那池塘下全是淤泥和石头，这要是跳下去碰到哪里可怎么是好。

阮流君忙过去扶住许老夫人，却发现她的手竟不知怎么磨伤了，正流着血。

"祖母，你的手……"

许老夫人却不觉得疼一般摇头看着沈薇。

沈薇站在那假山石上哭着哀求："母亲您救救我的孩子好不好？他还活着，我明明听到他的哭声了……为什么你们说他死了？"她抓着自己的头发哭着，"飞卿已经不要我了，再没有孩子……我还怎么活？他不会回来了，他再也不要我了……"她痛哭起来问许老夫人，"母亲，我哪里做得不好？哪里不好？你告诉我，我改，我改行不行？飞卿说什么都好，您让他不要走，我们已经成亲了不是吗？他为什么那么讨厌我……"

"是我不好，都是我不好。"许老夫人哭得心焦，"薇薇你下来，我们去救你们的孩子，去找飞卿，你下来再说！"

那些丫鬟要上前，沈薇忽然往后一退："不许过来！你们都是骗子！要把我的孩子骗走的骗子！"她的半只脚已经在假山石外，眼看着就要摔下去。

许老夫人急得要给她跪下去。

阮流君也心急，急急忙忙地看四周有没有什么可以救沈薇的。

忽然，许荣庆快步走了过去，一撩袍扑通给沈薇跪了下来，在那黎明的青白光之下叫了一声："母亲，孩子在这里。"

沈薇的身子顿时就僵住了，她站在那里不哭也不叫了，只愣愣地看着许荣庆。

所有人都不敢声张，许老夫人捂着嘴满脸泪痕地看着黎明下的一大一小。

许荣庆又道："母亲，儿子就在这里，好好的，没有死，不信您下来看看。"

沈薇直勾勾地盯着许荣庆，揪头发的手指松了松，喃喃着："孩子……"

"我在这里。"许荣庆应了一声，"母亲不是在找我吗？我就在这儿呢，您不过来看看我吗？"他跪在那里对她伸出了手。

沈薇就看着他，向前迈了一步，轻轻地抓住了许荣庆的手："孩子……"

"在呢。"许荣庆也不急，缓缓地握住她的手，将她抓牢，让她自己慢慢走了下来。

沈薇忽然扑过去一把抱住他，颤抖着哭了起来："孩子，我的孩子……你活着，你好好的，你好好的，对不对……"

"是，母亲，我好好的。"许荣庆任由她抱着，叹了口气道，"我爹欠你的……"就让我来还上吧。

阮流君扶着哭得发颤的许老夫人过去，许老夫人一把就将她和许荣庆、沈薇搂住，哭得让人心酸。

那黎明将明，晨光隐隐，一切好像都有定数。

弹幕里——

奸臣爱好者：渣爹祸害了人家姑娘一辈子，孩子死了人疯了，现在把许大哥当自己的儿子也挺好的。

最爱病娇变态：好想哭。

路人黑：我一开始还以为许家大哥真的就是沈薇的儿子……当年被抱走的换走了啥的……是我多想了吗？

宅斗萌：有可能是哎！

马甲1号：你们不要瞎想误导观众老爷，谁能在侯府抱走了还故意塞给许爹？没可能。

沈薇竟然真在许荣庆的安抚下平静了下来，许荣庆陪着她喝了药，又将她送回了房，看她沉沉睡过去，天已经大亮了。

阮流君也没有丝毫困意了，和许荣庆陪着许老夫人用了早膳。许老夫人的手腕已经肿了起来，阮流君拿了药酒在给她擦。

二夫人李芳便带着许丹辉来请安。

二老爷许青也是刚刚回来，一夜未合眼就来给老夫人说昨夜处理的情况。

那座宅子已经烧废了，不能再住人了，东西也烧没了，还烧死了两个下人，其余的都没什么事。

许老夫人拍着阮流君的手："已是不幸中的万幸了，好在你和荣庆没事，我会命人去好好处理那两个下人的后事的，再联系他们家里人，丰厚地补偿他们。"

阮流君没抬头，若是天灾也就没有什么可怨的了，可摆明了就是人为。那两条也是人命，就这样白白葬身火海，她自然想一查到底，可也知道没有那么简单。

她问："可查出为什么失火的？二叔。"

许老夫人拉着阮流君的手问许青："可查出来了？还有那要杀荣庆的，定要查个结果出来。"

许青僵着脸道："查了，失火的原因是厨房里用火不当走水了。至于那个要杀荣庆的，经确认，他是京都地头蛇王五的兄弟。之前王五带人去许荣庆的店铺里收保护费与他结了恶，他便派手下弟兄去许宅报仇，顺便再偷些值钱的。"

许荣庆说了一句许宅那边的事情他会自己处理，便没有再讲话。

阮流君也不急着拿这件事跟许青死磕，当务之急是认祖归宗，这样才能名正言顺。

许青自然也是不想搭理他们兄妹，又说了两句便要退下。

许老夫人却叫住他："我还有件事要说。"她看了一眼阮流君和许荣庆，"荣庆和娇娇既然回来了，我想尽快开宗祠让他们认祖归宗，就这几日吧，你们准备一下。"

许青脸色一青，李芳也是难以接受地看许青，看他要怎么办。

许青道："母亲执意要将大哥跟个丫头私奔还生下两个……"私

生子几个字却是没有敢说出口，"将这样的丑事闹得尽人皆知吗？"

"我没有在问你的意思。"许老夫人脸色不善，"这件事情我早已决定好了，你只需要尽好你的本分。"对她来说什么丑事、什么脸面，都不如她的亲孙子孙女在身边重要。

当年她就是太顾及脸面才逼得自己的儿子出走，那个时候她对外宣称许飞卿暴毙，可京都里熟悉的怎会不知这其中的缘故？早就已经笑话完她了，都等着看她一个孤老婆子要怎么撑着这个许府。后来沈薇生下死胎，得了失心疯，京都里如何传的她不是不知道。

不都在说她罪有应得、自食恶果吗？连她年轻时打死丫鬟的事情都翻出来说了。当年她都不在意这些了，如今更不会在意了。

一家子谈得不欢而散，许青黑着脸就告退了。

李芳叫了一声老爷，对自己儿子使了个眼色。

许丹辉便上前坐到许老夫人另一侧，道："祖母别生父亲的气，父亲就是这个脾气，但心里是早就接受许家大哥和许妹妹的，不然昨夜也不会一听说出事了就匆匆忙忙和您一块过去。"又对许荣庆和阮流君笑道，"许大哥和许妹妹也别介意，以后都是一家人了，咱们当多担待。"

李芳也帮衬着说了几句，一面也对许荣庆和阮流君表示了欢迎，一面说要给阮流君做几件新衣服，又道："若是丹夕在家，知道多了个妹妹一同玩耍定是高兴的。"

阮流君一听她这话便猜她如此热情大概是为了接许丹夕回来。

许丹辉开口："既然接许大哥和许妹妹回来，祖母是不是该大摆筵席高兴高兴？也让大家认识认识咱们许府新回来的兄妹。"

许老夫人脸色缓和了下来，点了点头："是该将那些故交旧友都邀请来认识认识荣庆和娇娇。"这样以后荣庆也好交际，她拉着阮流君的手，"太后也是十分喜欢你，能将你们认回来也当感谢太后，到时候也请你那小姐妹楚音过来热闹。"

阮流君自是没意见，却还是问过许荣庆。

许荣庆也没什么意见，既然已经决定认祖归宗了他也没什么可矫情的，该如何就如何。

李芳便笑道："母亲就放心将这件事情交给我吧，我定会办得热

世间戏2

热闹闹的，绝不亏待了娇娇和荣庆。"却是没有提许丹夕。

许老夫人满意地点了点头，又问了两句许丹辉备考如何，殿试有没有把握。

许丹辉答道："那看和谁比了。若是与寻常人比孙儿是有把握的，可若是和裴会元……"他若有所指地看了一眼许荣庆和阮流君，"孙儿是比不过的。"又问许荣庆，"我听说许大哥在做生意？可有想过考取功名这些？"

许荣庆也看他："没有，我一心只想做个小生意，赚个小钱。"

不等许丹辉再发问，许老夫人已道："荣庆不爱功名这些个，我瞧他生意做得当真是不错，连圣上都封了他皇商。"她笑着看许荣庆，"喜欢做生意就做，功名这些你也是不需要的，等日后承袭了这侯位，平平安安地为咱们许家开枝散叶就好了。"

许荣庆愣了一下，他看着老夫人一时之间心里竟是……有些感动。他本来以为回了许府，许老夫人定是要阻止他从商，要他做个体面的侯门世子，却没想到她如此……迁就他。

似乎回许府，认祖归宗也没有什么不好的。

许丹辉的脸色却是暗了暗，一个市井商人就这样轻轻松松占了原本该属于他的。但老夫人心意已决，他们如今再闹再不同意也于事无补，只能让老夫人更厌恶他们。

他也没多说什么，便和母亲退了出去。

一出了院子李芳的脸色就阴沉了下来，低骂道："两个私生的祸害根！害了丹夕，还敢回来！"

许丹辉冷笑一声："母亲不必生气，老太太如今是一时蒙了心，她想认就让她认，两个没有半点靠山的私生子回来，您还收拾不了他们吗？您也劝着父亲不要和老太太闹僵，对咱们家没有半分好处。"他呵了一团冷气，"总之先与他们搞好关系，讨老夫人开心，将丹夕接回来再说。"

李芳哼了一声："你说的这些我何尝不知，可你父亲那个驴脾气，就是咽不下这口气。你说说平日里咱们对老太太也是尽了足够的孝道，老太太是如何对咱们的？侯位之事半次没提过，可那个私生子一回来，她就急着把什么都给他，你父亲如何气得过。"

"咽不下也得咽。"许丹辉皱眉问道，"等丹夕回来你好好问问她，那时她是怎么得罪的许娇，令老太太下这样的狠心非送她走，我总觉得没那么简单。"

李芳便也点了点头。

这不下雪的天气里干冷得让人脚底板发凉。

过了中午许荣庆就去处理许家那些仆人，如今他们住在许府也不需要那样多的下人，便将粗使的和一些不需要的下人遣散回家了，只留了阮流君平日里用习惯的那些近身丫鬟和他的几个小厮。

也将那两名葬身火海的下人好生料理了后事，通知了家人。

等处理完他便又去了铺子里。

许荣庆将香铃和李妈妈送进许府时阮流君正在跟沈薇说话，她这会儿好多了，很抱歉地向阮流君和老夫人道歉。

许老夫人让她不要多想，忽然对阮流君道："娇娇，我想让你和荣庆记在薇薇名下，你们……可愿意？"

阮流君看沈薇，沈薇没有一丝的惊诧，想来是老夫人已经同她商量过了。

许老夫人拉着阮流君的手："你别多心，我并没有厌弃你生母的意思，只是我想让你们兄妹二人名正言顺地做许家嫡孙嫡孙女，你们若认在薇薇名下，那就是她的孩子，以后谁也说不出一句什么。"她又叹口气，"当然我也是有私心的……"她也拉住沈薇的手，"我想让薇薇老了有个依靠，毕竟我也活不了几年了……"

"母亲。"沈薇抓紧她的手，皱紧了眉，"您怎可以说这样咒自己的话……您定能长命百岁。"

许老夫人笑了："是，长命百岁，如今荣庆和娇娇回来了，我还要看我的重孙和重外孙呢。"她将两人的手放在一起握着，"娇娇你可愿意？"

沈薇的手落在她的手背上，瘦骨嶙峋。

这也确实是一个最妥善的主意，许家兄妹的身世若是真细究起来并不十分好，但记在沈薇名下就不同了，她是明媒正娶回来的正妻，身世也好，性子也柔善，对许家兄妹有利无害。

"娇娇……我是打心眼里感谢你和荣庆，也喜欢你们。"沈薇正看着她，眼神柔软又诚恳。

阮流君握住她的手："我也喜欢您，我并没有什么意见，只是这件事还是要等大哥回来，同他商议才是。"

她始终不是许娇，她也不能代替许荣庆做决定，她尊重许荣庆做的任何决定。

许老夫人便道："荣庆那边……"

外面有人报了一声："荣庆少爷回来了。"

便有丫鬟挑开帘子请他进去。

许荣庆一进去，许老夫人便笑眯眯地招手让他过来，询问他好些事，又问他可有遇到什么麻烦。

他都一一答了，向沈薇行了礼，问："大夫人可感觉好些了？"

沈薇看到他又紧张又不知所措，忙道："好多了，我……我听说自己犯病时给你添麻烦了，多谢你。"

"一点小事，大夫人不要放在心上。"许荣庆对她十分友善。

这让沈薇松了一口气，她十分怕许家兄妹厌弃她，毕竟她如今就是个累赘，连许丹夕和许丹辉兄妹都不怎么喜欢她。

许老夫人看了看许荣庆，试探性地将方才提的事情向他提了一下，就怕他不愿意，便道："祖母并非要你立刻做决定，你好好考虑一下。"

许荣庆先抬头看向阮流君，问她："娇娇呢？你可是愿意的？"

阮流君没料到他会先问自己，便道："我听大哥的。"

许荣庆笑了笑，低了低头："只要娇娇愿意，我也并没有什么不愿意的。我母亲和父亲过世了，母亲那边没有任何亲戚，我和娇娇本来无亲无故的……"他抬头对沈薇和许老夫人笑，"如今多个祖母又多个母亲，也没有什么不好的。"

沈薇一喜，抓紧了许老夫人的手。

许老夫人也开心得红了眼眶，连连道："好好好，那我们就认下了，明日，不今日就认下。"她又开心又着急，下令命丫鬟去找族长和几位长者过来议事和见证。

许荣庆失笑："祖母这么着急是怕我翻脸不认账吗？"

许老夫人一愣，看着许荣庆激动道："你……你肯叫我祖母了？"

许荣庆挠挠头："之前想叫……只是怪不好意思的。"

许老夫人伸手搂着他，喜极而泣："好孩子，以后你和娇娇再不是无亲无故了，再不是了……"

阮流君心里热乎乎的，看着许荣庆，他似乎眼角也红了。

弹幕里有人在刷打赏——

路过：庆贺主播以后有个祖母了。

奸臣爱好者：以后主播和许大哥过年就热闹了！许老夫人和大夫人都挺好的！

我爱主播：还是侯爷夫人呢！扬眉吐气！

阮流君担心许二老爷那边会给他们使什么绊子，再出些岔子，早就防备着了。她将侍候她的丫鬟都换成了自己在许宅里用的，所有的衣食都经过香铃和李妈妈的手。又将许荣庆身边的也换成了他之前的小厨和婆婆，将二夫人送给他的几个水灵灵的小丫头全派去做外间粗使的活了。

许荣庆如今正是要订婚的年纪，她不想留个祸害在他房中，等彻底认祖归宗之后，再找许老夫人向杜家小姐提亲，定然是不会有问题的。

她又怕许老夫人乱点鸳鸯谱，就将这件事先同许老夫人说了。许老夫人也是高兴的，说只要荣庆喜欢就行。

许老夫人当真是个心急的，不但当天就去请族长来做见证，让许荣庆和阮流君记在沈薇名下，连开宗祠入族谱一事都已经拍板定在三天之后，等人完族谱的后一天就大摆筵席邀请亲朋故友来。

她甚至特意邀请了杜太医一家过来，一是想自己相看相看，二是之后也好向杜太医提亲。

她想了想又问阮流君，要不要邀请顾老太傅和裴迎真过来。

阮流君眉间一喜，她来了许府之后已经几日没有见到裴迎真了，如今他也不方便过来……

许老夫人看着她那副样子，便对身旁的冬青嬷嬷笑道："瞧瞧，昨日还说着要多陪我两年呢，今天就留不住了。"看阮流君害羞地低头不说话，拉起她的手，"祖母明白你的心意，祖母瞧着那位裴会元也是真心实意地对你。"从替她解决那件事开始，许老夫人就对裴迎真另眼相看，虽说他手段是狠辣了一些……但确实是真心待她这个孙女的。

"等办完荣庆的事情，祖母就去问问那裴会元何时来娶我们家娇娇。"许老夫人开她玩笑，"我们家娇娇都等不及了。"

阮流君脸红道："祖母这是等不及要赶我走了。"

许老夫人拍拍她的脸："祖母才刚认回你们，可舍不得。"又叹气，"还是要等你父亲的孝期过了。"

阮流君点了点头。

许老夫人下完帖子之后特意带着阮流君进宫瞧了一趟太后，并将此事告知了太后。

太后很是高兴，拉着许老夫人的手连同她说好，能认回来孙子孙女，在她们老人家眼里当真是天大的喜事了。

太后近来身子好一些了，也可以下床随意走动了，便说那日她要带着楚音亲自过去。

这可把许老夫人高兴得，能让太后来做个见证那是再好不过了。

阮流君被陆楚音拉着去看陆楚楚。

陆楚楚正在窗户下喂鹦鹉，瞧见两个人过来，开心地忙让宫娥拿点心出来，扶起要行礼的阮流君笑道："前几日还跟楚音说想请你入宫来玩呢，今日你就来了。"

陆楚楚这些日子养得胖了些，珠圆玉润，气色也好，笑起来难得开朗。

阮流君瞧着她隆起的肚子，伸手小心翼翼地摸了摸，问道："娘娘快生了吧？可找太医看过是小皇子还是小皇女吗？"

"还有两三个月呢。"陆楚楚让她摸着，"正在伸腿儿呢。"

阮流君就觉得那手掌之下的肚皮里有个小东西顶了顶她的手掌心，她惊奇不已："真的在动啊！"

陆楚音道："他可淘气了，老是动来动去，疼得阿姐睡不着，我看啊就是个淘气的小皇子。"她指了指陆楚楚的肚子,对肚子里的娃娃道,"再敢欺负阿姐,生出来我就揍你。"

陆楚楚笑着拉两人坐下:"什么皇子皇女的,只要平安生出来就好。我倒是喜欢女孩,小时候音音的头发还都是我梳的呢。"

陆楚音却道:"我喜欢男孩,长大了可以保护阿姐。"

阮流君看两个人认真讨论的样子也跟着笑起来,窗下的鹦鹉说着吉祥话,窗外的辛夷花树已经复苏,像是要冒出新芽。

快开春了,一切都在变好,真好。

第十六章
故人试探

开宗祠入族谱那天又下了雪，阮流君是女儿身，不能进宗祠，便没有过去，在府中等着他们。

她坐在房中看香铃绣花，陆楚楚马上要生了，她想让香铃给绣个小娃娃穿的兜肚，到时候挑些吉利的金饰一块送给陆楚楚。

她又想让香铃再给裴迎真做件新披风，要开春了，天气暖和了之前的披风就太厚重了些。

香铃哀哀怨怨地道："小姐，我只有两只手。"

阮流君便道："那我帮你穿针。"她也不会什么女红，也就能穿个针递个线的。

李妈妈从外面笑呵呵地进来，手中捧着一把紫色的辛夷花枝。

阮流君好奇地起身："这个时节辛夷花怎么开得这么早？"她看那花瓣上竟还带着雪花，想是李妈妈走在路上落上去的，"李妈妈，这花哪里得来的？"

李妈妈笑道："这是裴少爷送的。"

"裴迎真？"阮流君一喜，"他来了吗？如今在哪里？"

李妈妈瞧她那副着急的样子便抿嘴笑："裴少爷就在府外将花枝和一封信交给我便走了，说他还要去老太傅府上读书，不方便进来。"

阮流君忙问："他还给我写了信？"

李妈妈从袖子里掏出信笺递给她。

她接过坐到桌边便急着打开，香铃瞧了她一眼，笑道："这些日子裴少爷不能来吃晚饭，可把咱们小姐急死了。"

阮流君忙着打开信笺，边看边道："你们不也不习惯吗？昨天李妈妈还说起他呢。"这几天弹幕里的观众老爷们日日在盼望裴迎真，还出主意让她女扮男装去顾老太傅府上找他。

"是是是，我们都想裴少爷。"李妈妈整理着那花枝，"裴少爷说跟老太傅去做客时瞧见那户人家暖室里熏开了这辛夷花，想着小姐定会喜欢，就讨了几枝来，还是今日一早去的，怕放久了花就不新鲜了。"

弹幕里一个劲地在催她快看看裴迎真又写了什么小黄诗。

她将信笺打开，就只看到一句诗：入我相思门，知我相思苦。

弹幕里——

路过：入我相思门，知我相思苦。

路过粉：怎么办，这句诗我好喜欢，有点想跳裴迎真……

霸道总裁：你可以先跳五分钟→_→

桌上的辛夷花上的雪花消融了落下水珠来，带着冷淡的香。

"裴少爷写了什么呀？"香铃凑过来要看。

阮流君忙将信笺合了上，铺开纸吩咐道："李妈妈等会儿将这封信夹在给裴迎真送的冬衣里面，拿给他。"

她提笔，想了想，也写下了一句诗。

弹幕里——

隔壁老王：主播回了什么？

她却遮盖着不给光幕里的观众老爷们看，低声道："是隐私，不许看。"她忍不住笑了笑，将信吹干，叠好。

弹幕里——

今天裴迎真来了吗：哎，主播跟着弹幕里学坏了，都学会隐私了。

我爱主播：肯定是写了什么羞羞的东西！想看！

阮流君想着，等明日摆宴就可以见到裴迎真了，便又转身催香铃："你先给裴迎真做披风好不好？"

宴请宾客这日也竟难得没下雪，天公作美一早便放晴了，照得屋檐和枝头的积雪亮晶晶地发光。

阮流君一早起来，换了老夫人新给她做的冬衣，大红色金线缠枝上衣，黑色褶裙，袖着毛茸茸的暖手就去找许荣庆一起过去给老夫人请安。

许荣庆却是紧张得要命，从入完族谱之后他就突然有一种紧张感，好像一下子变得万众瞩目一般。

阮流君宽慰他："你不必紧张，你拿出你做生意的气派来。"

许荣庆道："哪里一样嘛，一会儿那些有头有脸的达官贵人来，我都不知道该跟他们说些什么。"

阮流君笑道："你如今也是有头有脸的达官贵人了啊，紧张什么。"她又道，"祖母会一一介绍给你认识的，你只需礼貌周到一点就可以了，不必硬说什么话，如今他们只会自己找话来跟你说。"

她太知道这些"达官贵人"的交际了，他们会主动结交对他们有利的。

阮流君看他还有些紧张，又低声道："你今日可拿出精气神来，杜太医带着杜家小姐都来了。"

许荣庆一惊："杜二小姐……也来了？为什么没人告诉我一声啊！"

"你这几日忙得不见人，我如何告诉你？"阮流君笑道，"别紧张，这次有祖母帮衬，一定错不了。"

许荣庆这才揣着忐忑的一颗心跟阮流君去向许老夫人请安。

他们过去时，许老夫人也刚刚换好衣服坐下，沈薇今日的精神也极好，穿了簇新的衣服满脸喜色地陪着老夫人。

说来也奇怪，打从那日许荣庆救下沈薇之后，沈薇这些日子几乎没有犯过病，只有一两次头疼得厉害，昏昏沉沉地吃了药睡了一觉就好了。

瞧见他们俩进来，沈薇忙起来迎过去拉着两个人过去："方才老夫人还说先叫你们过来吃个早饭，怕是一会儿忙起来吃不了什么东西饿坏你们。"

许荣庆道："我是得吃点垫垫底，等会儿要喝酒吧？"

许老夫人笑道："喝什么酒，你身子才好些。"

让两人过去，刚要一起吃早饭，二夫人李芳便来请安了，和她一起来的不仅有许丹辉，还有被送走的许丹夕。

许老夫人一瞧见许丹夕先愣了一下，随后就沉了脸色，放下了筷子。

李芳忙拉着许丹夕跪下给老夫人请安。

许丹夕跪下叫了一声"祖母"便哭了，扑身抱住许老夫人的腿痛哭："祖母我知错了，我是当真知错了！祖母就原谅我一回好不好？不要送我走了，我舍不得祖母……我在山东一个人也不认识，没有人跟我说话，我吃不好睡不好，日日想着祖母……丹夕知错了！"

她那一顿痛哭忏悔，哭得李芳也跟着哭，也求道："丹夕是母亲看着长大的，她这个孩子什么品行母亲怎会不知？她是当真知错了，母亲就原谅她这一回吧，正好荣庆和娇娇两兄妹认祖归宗这样的大好日子，母亲就当给他们兄妹面子？"

许老夫人也不是铁石心肠，被许丹夕哭得心软，却仍是侧头看了一眼阮流君，拉着她的手询问她的意思。

许丹夕立马抓住阮流君的手，哭着道歉："许妹妹可能原谅我？当初之事我确实不知情，只是宁安说想跟你独处道歉……"

"这件事就不要再提了。"阮流君低头看着许丹夕，她哭得梨花带雨，"许姑娘既然已经回来了，我再赶你走也是不可能的，只望你以后当真知错了。"她看了一眼李芳，先斩后奏带回来，她还能说什么？闹着有许丹夕没她？一个许丹夕，不值当。

今日是大好的日子，她也不想为了许丹夕闹得不愉快，许丹夕知情也好，不知情也罢，她既然回了许府，就知道肯定不能避免与许丹夕有交集，来日方长，慢慢来。

她对许丹夕笑了笑，道："今日之后我们就是一家人了，日后还望丹夕姐姐多多包涵。"

许老夫人又高兴又宽慰地看着阮流君："娇娇仁善宽厚，被教养得真好。"她又对许丹夕道，"起来吧，擦擦眼泪好好谢谢你娇娇妹妹，不该说的话你是知道的，下次就没有这么容易了。"

许丹夕忙起身，擦着眼泪道："孙女知道。"又对阮流君道，"多谢妹妹海涵。"

阮流君没再说什么，只是让许荣庆多吃点，一会儿要应酬会饿

世间戏2

217

肚子。

许丹辉也请了安，一家子坐下一同用了早饭。

早饭用毕，许丹辉去前院帮着二老爷摆宴和接待客人，许老夫人开口道："你和你父亲准备好宴席就行。"被冬青扶着起来，伸手让许荣庆扶着她，"日后是要荣庆掌家的，今日我亲自带着他去认识认识咱们的故交旧友。"

许丹辉顿了一下又道："今日天气冷，祖母亲自出去小心冻着，不如就让我父亲带着荣庆大哥接待来客？"

"不必。"许老夫人抚着许荣庆的手道，"我亲自带着他去。"

她心中是有盘算的，许荣庆刚认回来第一次待客，若是让庶子引荐他见来客，不知道的还以为她心里看重庶子比这个嫡孙多呢，怕是会看轻许荣庆。

她要亲自带着，一一介绍给许荣庆认识，让大家心里都明白，日后这许府是要交给她这个嫡孙子的。

许荣庆紧张地扶着许老夫人，她握了握他的手指低声对他道："莫要怕，都是些老熟人，我带着你认识认识。"

许荣庆心里安了安，感激地对老夫人点了点头。

许老夫人又对阮流君道："娇娇也来。"

阮流君一愣，二夫人和许丹辉、许丹夕也都愣了一下，怎么也带着许娇一个女儿家去接待来客？这……

许老夫人却道："一会儿太后便要来了，到时候你招待着，别怠慢了太后。"又对沈薇道，"薇薇今日精神不错，让嬷嬷陪着去同来的夫人们说说话。"

沈薇应了一声。

阮流君过去扶住她的手点了点头。

李芳的脸色便不好了，老夫人这是什么意思？是嫌她的身份不能接待太后吗？让一个刚认回来的孙女接待，也太捧着她了。如今更是让一个有失心疯的人去接待女眷也不让她去？

李芳忍下，拉着许丹夕的手过去对老夫人笑道："让丹夕陪着娇娇吧，她刚回来，见了人也不熟，丹夕陪着可以与她说一说。"要带也得将两个孙女带上才是，这样厚此薄彼让人知道了该以为他们这边多么不被老夫人看重呢。

况且许丹夕被端木少将军退了婚，她还想着多带着许丹夕，相看个更好的，今日来的也都是配得上许家的。

许老夫人却道："丹夕刚回来就在房中休息吧，娇娇这边我会安排。"扶着阮流君和许荣庆便出了门。

李芳气得脸色一青一白，想说什么却硬生生忍下了。

许丹辉过来安慰她："妹妹也累了，母亲不急于一时。"

"我知道，我就是……"气不过，老夫人这也太拿他们当外人了。

许丹夕却抽出手："母亲干吗上赶着给人当陪衬，我才不去。"她擦了擦眼泪，"外祖父和小姨他们今日可来了？"

"来了。"李芳气得胸口疼，"你小姨还说来瞧你呢。"

"我换个衣服过去找他们。"许丹夕一大早刚刚到许府，身上还是昨日的衣服，这些日子她吃不好睡不好，穿着也都是比平日里的差，让她难受死了。

她一回来就听说京中发生了这么惊人的大事情，尤其是宁安居然被崔游侮辱了，还做姑子去了，她想好好地问一问李霏霏究竟是怎么回事。

阮流君跟着许老夫人到前院，客人已经来了许多，果然都是一些熟人，和许家相识的也就是京中那些贵族和高官了，她之前多多少少都见过耳闻过。

许荣庆原本还紧张，见着见者已是不紧张了，却在见到杜太医一家时顿时紧张得结结巴巴，一句好话都说不全。

弹幕里：

最爱病娇变态：我真！我看到我真了！

今天来看裴迎真：又长帅了呢。

马甲1号：你们眼神真好……这都看得到。

阮流君这才看到裴迎真刚刚扶着顾老太傅下了马车，他们和杜太医一家一块来的。

裴迎真在那马车下望见她，对她笑了笑。

阮流君嘴角就忍不住地勾了起来。

许老夫人正在和杜太医一家介绍许荣庆，笑眯眯地说这是她刚找回来的嫡孙，之前听说劳烦过杜太医，今日替他谢过杜太医，又拉着杜太医的两个女儿连连夸赞，直夸得杜太医嘴都合不拢。

她拉着杜宝珞的手问杜宝珞多大了，听杜宝珞娇滴滴地答了，越发喜欢，玩笑道："我是越瞧越喜欢两个丫头，听说大丫头已定了亲了，不如就将二丫头定给我们家好了。"

杜宝珞羞得脸颊绯红。

许荣庆僵在那里直挠头。

杜太医合不拢嘴地笑："老夫人快别拿我家宝珞说笑了。"

阮流君行了礼，偷偷看裴迎真，一抬头就撞上他的眼睛。

"许丫头果然是个有造化的。"顾老太傅感慨。

阮流君忙收回眼，谢过老太傅，对许老夫人道："我先带杜夫人和玉音姐姐、宝珞妹妹进去吧。"

许老夫人点了点头，让冬青过去帮衬着她些。

阮流君便带着杜夫人和杜家两姐妹往后堂去，一路上杜夫人是又感慨又有些不好意思，她之前因许荣庆的商人身份拒绝过他的提亲，没想到如今竟……

阮流君却拉着她道："我在这府里也闷，以后还请夫人准许玉音姐姐和宝珞妹妹常来与我做伴。"

杜夫人握着她的手点了点头。

后堂全是来的女眷，沈薇和嬷嬷正在接待着，倒也不多，所以阮流君一眼就看到了李芳的妹妹李霏霏。今日宁安没来，崔明岚更是不可能被邀请来，来的全是平日里她不怎么玩的闺秀，李霏霏坐在那里分外冷清，看到许娇进来更是不怎么高兴。

想从前她们是如何奚落瞧不上许娇，谁能想到今日她麻雀变凤凰，成了许老侯爷的嫡孙女，而宁安成了那样，崔明岚因为崔游被剔出选妃名额，如今郁郁寡欢地成日里病着。

偏许娇春风得意。

她看沈薇带着阮流君正有说有笑地跟堂中的女眷打招呼，起身正要出去，许丹夕走了进来。

"小姨……"许丹夕一进来就瞧见阮流君，要说的话就顿了顿，"妹妹也在啊，我来找姨母。"过去挽了李霏霏的胳膊，"我们去我房中吧，我有些话想问你。"

李霏霏正想走，便应了她。

两个人正要出去，香铃便从门外进来手里捧着一个匣子对阮流君行礼："小姐，端木少将军来了。"

许丹夕的脚步便顿住了。

阮流君"哦"了一声道："不要怠慢了少将军。"

香铃将匣子托给她："这是少将军送给小姐的贺礼，他说一定要亲手转交给小姐。"

许丹夕扭过头来，看向那个匣子。

"是什么好东西啊？"杜宝珞好奇地问，"竟还要亲手给许家姐姐。"

阮流君将匣子接过来，打开来看，看到里面的东西愣了一下。

"匕首？"杜宝珞诧异，"镶了这么多宝石也挺好看的……只不过哪有送姑娘家匕首的呀。"

许丹夕却是僵在了那里。她知道这把匕首，端木夜明常常随身带着，她曾想借来玩一玩他都不借，说是他从一位故友手里赢了的，意义非凡。

可他如今……居然送给了许娇？许娇……是何时和他搭上的啊？许丹夕又想起那日许娇被救出来，是被端木夜明抱出来的……难道就是那时吗？怎么可能……许丹夕攥紧了手指，拉着李霏霏一言不发地出了大堂。

阮流君瞧着那匕首却是心情复杂，这把匕首是当年她输给端木夜明的……他今日又送给她，是想试探她什么吗？

她将匣子盖上，交给香铃让香铃收好，无论他是什么意思，她只要装作寻常对待就行了。

她又与杜家人说了几句话，便听到外面说太后来了，忙出去迎接太后，到门口发现不仅太后和陆楚音来了，连陆楚楚都来了。

这下不止许家忙着接驾，连宾客都惊叹不已，没想到太后和贵妃对许老夫人认回来的这两个孙子孙女这般看重，那想来这侯位要给谁可是一目了然。

太后倒是没有架子的，带着陆楚楚、陆楚音坐在后堂与阮流君说话，又各自赏了阮流君一些宝石玉器为她高兴。

阮流君谢过恩之后，太后便去许老夫人那里同许老夫人说话，陆楚楚想到园子里走走。

阮流君便带着她和陆楚音去了园子里看花，如今梅花开得都快有些败了，辛夷花却有些结了花骨朵，没什么看的，三个人便带着一大群宫女嬷嬷在凉亭里晒太阳。

陆楚楚晒得微微眯眼，轻轻地抚摸着自己的肚子。

陆楚音趴在桌上闷声道："都开春了……"李云飞还不回来。

阮流君靠在桌上开她玩笑："可不是嘛，陌上花开可缓缓归矣。"她笑看陆楚音，"怎么还不回来呢？"

陆楚音反应过来立刻红了脸，嗔道："许姐姐如今学坏了，老是爱逗弄人，我……我谁都没想，倒是许姐姐，"她也逗阮流君，"你肯定想裴迎真大哥了，对不对？"

弹幕里一排的"对"刷出来，阮流君还没来得及答话，香铃便过来，行了礼低低对她道："小姐，裴少爷在少爷书房等您呢。"

阮流君的脸莫名其妙一红，陆楚音凑过来小声道："是不是裴迎真大哥？我就猜肯定是他。"

阮流君也不否认，笑着起身向陆楚楚告罪，说要过去一趟。

陆楚楚笑道："你快去忙吧，我们这儿这么多人伺候呢。"

"去吧，去吧，再不去裴迎真大哥就等急了。"陆楚音也故意打趣她。

阮流君急着去见裴迎真，也不与她斗嘴，行了礼便告辞了。

她一路带着香铃快步去了大哥的书房，小跑了两步进去，却见许荣庆和裴迎真都在，她有些气息不匀。

许荣庆叹气道："女大不中留啊，你看你这急得，大哥叫你也没见你跑得这么急过。"

她在门口缓了一口气，看裴迎真对她笑了笑，便也笑了。

两人这对视一笑，让许荣庆备感心寒，他这妹妹是完全无视他的话啊，眼里只有裴迎真。

他叹气起身走到门口："唉，算了，我也不站在这儿当碍眼的人了，反正你们眼里也没我。"

阮流君忙道："多谢大哥。"

许荣庆更心寒了，这是在赶着他快走啊。

他扭头瞪了一眼裴迎真，对裴迎真道："半刻时间，我在外面等着，你注意一点，不许占便宜。"

裴迎真也对他行了一礼："多谢许大哥。"

行行行，他出去。

许荣庆出去将门关上，就靠在柱子上看着明晃晃的太阳，言不由衷地笑了笑。

书房里，两个人各自站着瞧着对方笑，也不知是在笑什么。

弹幕里一个劲地着急——

奸臣爱好者：傻笑什么啊！你们倒是快拥抱快发糖啊！

隔壁老王：你不懂，这就是恋爱的酸臭味→_→

裴迎真先对她伸了手，笑道："过来，流君。"

阮流君笑着上前握住了他的手，却被他一把拉到怀里。她撞在裴迎真的胸膛上，感觉他将自己紧紧搂住，双手又隔着衣服在她的腰上捏了捏，她痒得一躲忙抓住他的手，低声道："你干什么，我大哥还在外面。"

裴迎真和她十指相扣，低头笑道："我在看，你是不是当真瘦了。"

阮流君先是一愣，却见他从袖子里掏出一张信纸轻轻抖开，上面写着一句诗，她顿时明白过来脸立即红了，慌忙要去夺。

那信纸在光幕里一晃，有眼尖的观众老爷看清了发出弹幕——

东北林志玲：我看到了！上面写的是——莫道不消魂，卷帘西风，人比黄花瘦！

奸臣爱好者：主播可以啊！消魂，莫名就污了！

霸道总裁：两个都很可以，裴迎真还摸一摸是不是真瘦了，受不

世间戏2

223

了你们！

阮流君被弹幕里取笑得脸更红了，夺不过裴迎真，便气道："你干吗还留着？"

裴迎真将信纸又叠好了装进袖子里："我自然要留着，以后我日日给你写信，你也要每一封都给我回。"

阮流君拉开他的手："我才不给你回。"

"为何？"裴迎真还扣着她的手，拉近了问她。

阮流君笑道："你再有四日就要殿试了，你专心备考，不要为这等事分心。"

"这等事……是哪等事？"裴迎真低垂着眼看她，声音压得又低又轻。

阮流君不知为何耳朵根都红了，看都不敢看他，轻声道："儿女情长这等事……"

"那恐怕不行。"裴迎真捏起她下颌，让她瞧着自己，"圣人都说相思情长，我区区凡夫俗子怎么能克制得住？"他瞧着她的嘴唇低声问，"你今日的唇脂是什么味道的？"

阮流君耳根烧得通红，看着他。听他又"嗯"了一声，她抿了抿嘴道："我……不知道。"

"那我尝尝看。"裴迎真低头亲了下来，舌尖来来回回地舔着她的唇，抱紧她。

过了半天，才松开她，看她一头扎在自己怀里，他便舔了舔嘴唇笑道："嗯，是甜的。"

弹幕里一群粉红弹幕开玩笑，让阮流君没眼看，只听"当啷当啷"的打赏声，她如今单金子都有三十万了。

裴迎真抚摸着她的后背轻笑道："流君，我的宅子已经修葺布置好了，等我金殿高中向许老夫人提了亲，我带你过去瞧瞧可好？"

阮流君点了点头，仰头叫了他一声："裴迎真。"

"嗯？"他低下头来。

阮流君笑着对他道："你一定会高中，连中三元。"

裴迎真也对她笑道："若是没中呢？你还愿不愿意嫁给我？"

"嫁。"阮流君抱住他，"只要你离开裴府，你是什么，中不中我都嫁给你。"

裴迎真又道："那我若是不中，就做不了大官，不能为你报仇了，怎么办？"

阮流君反手搂紧他："那我就想办法报完仇再嫁给你。"

"你要想什么办法？"裴迎真问她。

她只是道："什么法子都可以，只要能报仇，救回庭哥儿。"

裴迎真忽然搂紧她："我怎么会让你想法子呢，说好了你要利用我，我一定不会令你失望的。"

她有些愧疚，裴迎真又道："我喜欢被你利用，被你需要。"

"是吗？"她轻声问。

"当然。"裴迎真道，"就算你不利用我，我也是要往上爬，替我母亲报仇的，我走到今日本来也并非是为了你。"他笑了笑，"我从前……也是想利用你帮我除掉裴家人，也确实是利用了你攀上恩师，走到今日。"

弹幕里——

路过：主播你愧疚的感情用错了，裴迎真他本身就要走这条路，你不是他的目的，也不是他唯一的动力，你只是他的这条路上的一束光。之前一次是，这一次也是，他抓着你这束光才能走到最后。

马甲1号：你再说我要禁你言了。

弹幕里刷个不停，求剧透。

许荣庆在外面猛地推开门："行了啊，时间到了，娇娇出去招待太后和贵妃，裴迎真你回宴席上去。"

裴迎真和阮流君匆匆忙忙回了宴席上。

杜太医他们在外堂，内堂是女眷，阮流君陪着陆楚音姐妹和太后，许老夫人坐在女眷的上席。

沈薇今日精神着实不错，也不知是不是心情开朗，心病也好多了，说说笑笑的，半点没有得病的迹象。

连陆楚音都惊奇地偷偷问阮流君，大夫人的病是好了吗？

太后和许老夫人也在看着沈薇神采奕奕地同陆楚楚说话，说了许多她那时护胎的法子，竟像是……不曾失去过孩子一般。

太后靠过去低声对许老夫人道："你那两个孙子孙女是个福星，又懂事又仁善，如今一回来竟连薇薇的心病也治好了。"

许老夫人开心得眼眶发红，连连点头："是啊，是福星，两个小福星，我们许家总算是有所交托了。"她伸手握了握阮流君的手，对太后道，"我想替我这孙女向太后讨个情。"

阮流君本在和陆楚音说话，被许老夫人握住便转过头来笑了笑，惊讶地看她，不知道她要讨什么情。

许老夫人笑得欣慰："荣庆以后留在府中就在我身边，我能照看着倒不担心，便是我去了也会先为他请封了侯位，只是我的娇娇……"她伸手将阮流君的碎发挽绾到耳后摸了摸她的脸，"她总是要嫁人的，我护不了她多久。"她一想到就在她这后园子里发生的事情，和裴家人那般嘴脸就心疼不已，"我便是死了也不安心……"

"祖母。"阮流君握住她的手，"您长命百岁，可不许再说这样的话了。"

许老夫人拉着她让她站起来，站到太后眼前，问太后："太后您老人家瞧瞧我这孙女，要是合您眼缘我就厚着我这张老脸讨个情，求您收她做个干孙女，不知太后准不准？"

阮流君有些吃惊，没想到许老夫人为她谋划到了如此地步。

陆楚音立刻便道："好啊！好啊！皇奶奶收许姐姐做干孙女，那以后许姐姐就能常常进宫来找我玩了。"拉着太后的手恳求，"皇奶奶您不是也喜欢许姐姐吗？您就收下她吧。"

太后被陆楚音缠得发笑，她确实十分喜欢这孩子，从阮流君愿意护着楚音，又舍命保护楚楚就知道她是个十分难得的善良孩子。

陆楚楚也说好话："许妹妹之前舍命救我和音音，我一直觉得无以为报，今日我也为许妹妹向太后讨个情，您就收下她吧。"

太后被陆楚音晃得失笑，对阮流君道："你瞧多少人为你讨人情，搞得像是哀家不近人情，不喜欢你一般。"

陆楚音一喜。

太后问："哀家是打心底里喜爱你的，只是不知你愿不愿意多哀家这一个干祖母啊？"

许老夫人也喜不自胜地急着让阮流君表态。

弹幕里飞快地刷着——

理智路人：这也太玛丽苏了吧？女主简直人见人爱地开了挂，先是侯门小姐，现在又认太后当干祖母，有点看不下去了。

最爱病娇变态：不喜欢看可以不看嘛，干吗发扫兴的话找认同感呢？

我爱主播：我不觉得玛丽苏，陆楚音帮主播是因为主播一直很护着她，你们之前还吐槽人家累赘傻白甜呢，主播对她好，她当然也对主播好了。陆楚楚也是主播和裴迎真用命换回来的啊，太后对主播印象也一直不错，如今又是许老夫人开口了，收她做干孙女不是很应该吗？

路过：这就是我最希望看到的发展，善有善报恶有恶报，所有善良的人都该得到善良的对待。

马甲1号：是的，生活艰难，希望可以让大家看到一些正能量的东西。

"当啷"一声，路过打赏了五千金。

阮流君笑了笑向太后跪下："能多一个太后这样的祖母，是我的荣幸，只望日后能常常侍奉太后。"

太后连连道好，拉着阮流君起身，又对许老夫人道："今日是个大好的日子，不如就让你们许家的老人家来做个见证，哀家今日就先定下这个孙女，等哀家回宫直接下旨可好？"

"那是再好不过了！"许老夫人忙差人去请许家的族长老人家过来。

这许家的族长一进来，不仅女眷这边全部惊动了，连外堂的少爷老爷们也惊动了不少。

不知情的都道许老夫人竟是如此看重这个孙女，连太后都请动了，如今还要认干亲。

女眷这边更是议论纷纷，有问这许娇究竟是什么来头，也有打听许娇可有婚配可有定亲的。

李芳这边却是气得一句话都说不出，脸垮到了地上。

李霏霏看着那边阮流君跪在地上给太后敬茶，巧笑倩兮地叫了一声"祖母"，差点没硌硬死她，她伸手拉住许丹夕道："你祖母未免太偏心了！你当了她的孙女十几年她也没有为你讨半分好，这许娇才回来几天啊，就求着让太后收许娇当干孙女了！"她就是看不惯这个许娇，第一次见就出尽风头，后来越发春风得意，"论起来她就是个私生女，你才是嫡出的小姐。"

"你少说两句吧！"李芳低声喝住了她。

许丹夕脸色已是不好，甩开她的手冷冷道："我身子不舒服，先回房了。"转身就走了，她半刻也不想留在这里看许娇如何得意。

可她一出大堂，就看到外面热热闹闹的，像是有人送礼来了，好几个大红箱子抬进府中。

小厮跑过来对侍候在门口的丫鬟道："你快进去禀报老夫人和咱们新小姐，谢相国那边送了好些礼过来，问问看该如何。"

谢相国也送礼来了？

哦，许丹夕想起来，许娇早就勾搭上谢绍宗了，也认了义兄妹，因为这个宁安才要对付她。

许丹夕看着一箱箱的礼物往院子里抬，院子里的宾客议论纷纷地好奇许娇究竟是何许人物，连谢相国都送如此厚礼。她心里堵得厉害，这个许娇可真够不简单的，抢了宁安的谢相国，如今又抢走了她的端木夜明，怪不得李霏霏说她就是个装清高的婊子。

阮流君和陆楚音从堂内出来去看那厚礼，许丹夕转身走了。

那箱子抬进来就摆在庭院里，数了数，正好十个大红箱子。

阮流君走到箱子前蹙了蹙眉，谢绍宗又搞什么鬼？

"是什么啊？"陆楚音好奇道，"好多啊，谢相国怎么送许姐姐这么多东西？"

阮流君问那来送礼的谢府随从，这是什么。

那随从行了礼，挥手命人将箱子都打开。

阮流君就顿在了那里，这十个箱子里装的是一些衣服、饰品、鞋子、摆件、小玩具、书本和字画。

她听到身后有些看热闹的宾客小声议论：

"什么东西？谢相国怎么送这么多……平日里用的？我还以为是

什么值钱的。"

"那些摆件和饰品很值钱啊,还有那些衣服,我怎么好像看到了之前特别有名的云裳羽衣?"

"你是说全京都就一身的羽衣?不是被谢相国高价买走送给那个阮小姐了吗?怎么?又送一套给许小姐?"

弹幕里纷纷吐槽阴魂不散的前任真可怕。

什么意思?

阮流君冷笑了一声,一点点攥紧发凉的手指,这些东西全都是她的,一箱箱一件件全部是她的从前,谢绍宗将它们留下,特意今日送来能有什么意思?是在宣告她永远无法摆脱过去,在警告永远不会放过她吗?

她极小声对弹幕里道:"是我从前的东西。"

弹幕立刻炸了,有一条特意加红的弹幕——

来看裴迎真:我此刻只想看看裴迎真是什么表情。

阮流君伸手将离她最近的一个箱子合上,"啪"的一声。她对那随从道:"抬回去,告诉你们谢相国,我不收他的礼。"

那随从却道:"这恐怕不能,小的只负责送礼,礼送到便回去复命了。"一行礼便带着人要走。

阮流君转身,对香铃吩咐:"找几个小厮将这些箱子抬到谢相国门口。"

香铃一惊,忙道:"要退回去?那……那要是相国大人不收呢?"

阮流君扫了一眼那么多看热闹的宾客一眼,对香铃道:"不必送进去,直接在他的府门前将这些全部烧了、砸了,一件都不要留。"

香铃惊得抬头看她。

可她吩咐完便带着陆楚音走了,连头都没回,也根本没有看旁边看热闹的宾客一眼。

这碧空上是明晃晃的太阳,阮流君抬头瞧了一眼,嘲讽地笑了一声,多可笑,那些本来就是她的东西,被谢绍宗当成礼物送回来,他以为她会睹物思故人吗？

那只能让她想起她失去的，让她更恨谢绍宗。

他既然送来了，那就在他眼前都烧了毁了，让他明白有些事情是没办法再挽回、再回头了。

"娇娇。"许荣庆从不远处快步走过来，他身后还跟着裴迎真，"怎么回事？谢相国送的……你不喜欢？"

"没什么。"阮流君抬头对他笑，"他送了一些别人用过的旧东西，我怎会喜欢？"

许荣庆便没再说什么。

阮流君看向裴迎真，他只是望着她笑了笑。

裴迎真低声对她道："我没有什么礼物要送你的，过几日送你花。"

"花？"阮流君想起房中插着的辛夷花，以为他又要送那个，便笑道，"你要将人家的花树给折光了吗？"

裴迎真轻笑："不是那些花。"

"那是什么？"阮流君不解。

裴迎真挑眉一笑："过几日再告诉你。"

他扫了一眼偷偷打量阮流君的宾客们，对她道："快些进去吧，外面风凉。"

阮流君笑了笑，和许荣庆道别后就带着陆楚音进了大堂。

阮流君进了大堂后，许老夫人也没有多问她，看上去谢绍宗对娇娇不错，只是娇娇似乎对他……非常不喜？

不喜就不喜吧，那谢相国和宁安郡主纠缠不清的，她也不放心娇娇和他走得太近。

一场宴席有人欣喜有人心寒。

散了之后，阮流君陪着老夫人将太后一行人送走，便扶着老夫人回屋休息了，老夫人忙了一天也确实是累了。

剩下的事情就都交给沈薇、许荣庆和二老爷一家处理了。

等到都忙完了，就已经晚上了，许荣庆也累得够呛，来给老夫人行了礼就回房歇着了，倒头就睡。

阮流君也跟着退下回房休息了。

沈薇却不放心，嘱咐下人熬了醒酒汤给许荣庆送去，说是他白日里喝了不少酒，怕明日头疼。

许老夫人瞧着沈薇疲倦的脸，柔声问她："今日我瞧你倒像是全好了。"

沈薇拉着老夫人的手坐下："不知为何，我瞧着荣庆心里就亲近，像是……像是他真的是我的孩子一般。"

许老夫人拍了拍她的手："他就是了，以后他和娇娇都是你的孩子。"

沈薇眼眶红红地点点头："是，以后我们就是一家人了。"

———第十七章———
莫名心慌

　　第二天一早阮流君便叫上许荣庆过来给许老夫人请安，一起吃早饭。

　　没想到许丹夕比她还要早，一见他们来就亲亲热热地和他们打招呼，倒像是真的和他们成为一家人了一般。

　　许丹辉忙着备考就不过来了，李芳却过来了。

　　等用过早饭，许老夫人就对李芳道："等一会儿你将你那管着的账本拿来交给薇薇吧。"

　　李芳心里一沉，便听许老夫人继续道："薇薇这些日子病好得差不多了，只要每日服药也不碍事，府上的内务就还交由她管着吧。"

　　李芳那笑容就撑不下去了，道："咱们许家虽然人也不多，但这样大的府邸，又有那些铺子、良田要管，十分的烦琐，大嫂这才好一些，若是再累着……"

　　许老夫人道："你不必担心。薇薇管不过来，就让娇娇帮着她管。"

　　沈薇拉住了阮流君的手，对她笑了笑。

　　阮流君这才明白，许老夫人这是昨夜就和沈薇商量好了要拿回内务啊，果然李芳脸色很不好，笑都笑不出来。

　　李芳道："这怎么好？娇娇再怎么说也只是个小姑娘，她如何会管账啊？再说咱们娇娇可要忙着寻婆家的，别耽误着了。"

　　"不急。"许老夫人瞧着阮流君笑道，"等孝期过了，先把荣庆的婚事给办了，娇娇还要陪我两年呢。"她心里自有盘算，等许荣庆娶了媳妇，就让媳妇帮着沈薇管理内务，再让娇娇嫁人。

　　以前她是没有办法，许飞卿一走，沈薇傻了，她慢慢上了年纪要照看沈薇，渐渐吃不消了，而且她那时对许飞卿死了心，想着以后或许就指望着许青了，便将内务交给了李芳。

可后来她渐渐发现许青一家表面上对沈薇客客气气的，可是背地里十分厌嫌沈薇，她也不止一次地听下人说起许丹夕不喜欢跟沈薇同桌吃饭，嫌脏嫌恶心，竟有一次跟人说沈薇是个拖累。

所以她才动了心思要找许飞卿回来，如今不同了，她的孙子孙女都回来了，沈薇又好得差不多了，许家的事情也该交回来了。

毕竟庶出终究是旁支。

没几日工夫，许老夫人下帖子请杜家夫人和小姐过府来玩，她对这个杜宝珞印象不错，况且还是荣庆喜欢的。

她先跟杜夫人通了个气，探探杜夫人对这门亲事可愿意。

杜夫人如今哪里会不愿意，带着宝珞在许府玩了半天，才喜滋滋地回府了。

一回府便跟杜太医说了这件事，杜太医也是满意的，还嬉笑她两句当初见识短浅拒绝人家，如今又高兴成这样。

杜夫人也不好意思，更高兴的却是许家兄妹不计前嫌都是通情达理之人，日后定是好相与的。

两家在私底下算是彼此都通了气，八字有一撇了。

所以等李芳将自己姑父家的嫡女带到府里玩，要说给许荣庆时，许老夫人直接对她道："荣庆的事有他的母亲薇薇操心，你就不必操心这些了，还是好好地照顾丹辉，他也快殿试了，等考完之后也该给他相看媳妇了。还有丹夕，她如今被退了亲，你要好好教导她，过些日子也再与她重新相看。"

李芳吃了个软钉子，更加恨毒了许家兄妹。

阮流君如今可没心思放在李芳身上，太后下了懿旨收她为义孙女，又封了她一个县主。

许老夫人欢天喜地地带她进宫谢恩，她在去看贵妃娘娘的路上碰上了端木夜灵。

两厢里相视而立，端木夜灵忽然走到她跟前，俯在她耳朵边低声对她道："许娇，你要是不想害死裴迎真就离开他，让他跟我走。"

233

只说了短短一句话，说完她便对阮流君一笑，撞开阮流君的肩膀走了。

阮流君站在原地摸着被她撞到的肩膀，回头看她，她已在巍峨的长回廊下越走越远，她那句话……是什么意思？

端木夜灵的话让她心神不宁，在陆楚楚那里说了两句话便跟着许老夫人出了宫，回府后天色已晚。

她向许老夫人和沈薇请了安便退下了，回到房中问香铃裴迎真今天有没有给她写信。

香铃也很诧异："今日没有，我还特意去问门房的人，说是没有信，想来是裴少爷太忙了吧？"

他这几日都会送一封信，写一句话或者一句诗，却是每日都有的，只是今日没有。

她点点头："也许吧。明日就要殿试了，他想来没有时间……"可她仍然心神不宁。

她早早躺下，却睡不着，让香铃下去歇着，屋子里香炉轻轻燃着，只剩下她一个人。

她看着光幕，如今观众老爷已经多达八十万人了，打赏累积到了四十万金了。弹幕里常常有许多发广告的、骂人的，都被李四屏蔽了。

她轻声问观众老爷，她要开天眼看看裴迎真。

弹幕里立马全是应和的。

她便使用了天眼去看裴迎真——

光幕一闪，画面变成裴迎真那里，他还在老太傅府上为明日做准备，老太傅在跟他说殿试时要注意什么，让他不必紧张。

单是他们俩的谈话就谈了五分钟，可如今阮流君金子足够，所以她又买了两个天眼，看裴迎真和老太傅谈话，看裴迎真准备他需要用到的东西，看他那些琐碎而日常的事情。

弹幕里也都在刷，感觉这样真好，看着裴迎真什么都不干就好。

阮流君靠在榻边看着裴迎真，他收拾得差不多时已是月上中天，他抬头看了一眼月色，忽然开口问道："阿守，今日可给许小姐送信了？"

阿守摇头："少爷，你还没写……"

他愣了一下便笑了："是了，我都忙昏头了。"

他想了想道："不写了，我们去府上看看她睡了没有。"

阮流君忙坐直了身子，裴迎真要来？那她得起来，免得香铃以为她睡着了，让裴迎真走。

她看着光幕里裴迎真出了太傅府，刚要下地穿衣服，忽然听到有人叫了他一声："裴迎真。"

那声音……

裴迎真在光幕里回过头，就瞧见端木夜灵从马车上跳了下来，皱了皱眉。

端木夜灵慢慢走到他眼前，抬头望着他，开口道："我有些话想跟你说。"

裴迎真冷淡道："我已经说过很多次了，我不希望和你有任何瓜葛，我也十分十分讨厌你。"

他讲得如此不加掩饰。

端木夜灵却在那月色下笑了："你既然讨厌我，为什么要救我呢？"

弹幕里——

来看裴迎真：救她？什么意思？裴迎真救过她？

我是主播粉：这……在主播看不到的时候发生了什么？

光幕里，裴迎真十分厌恶地皱着眉道："你是皇后娘娘的侄女，端木将军的女儿，若是你死在我跟前，我会很麻烦，端木小姐。"

"那些我不管。"端木夜灵盯着他，"我在往下跳的时候说过了，如果你不喜欢我就不要管我，你既然拉住了我，我就不会……放过你。"

裴迎真瞧着她，冷笑一声："真可怜，要靠这种手段来自欺欺人。"他也不想再理她，转身便走。

端木夜灵却上前从背后一把抱住他，低声飞快地道："裴迎真跟我走吧，离开这里，我放弃太子，你放弃许娇，我带你回边疆，你依然可以享受荣华富贵。"

裴迎真的手在她腕上一扣，她疼得低叫一声便松开了手，却仍然抓着他的衣袖不放。

"放手。"

端木夜灵盯着他，恼道："裴迎真你再留在京都会死的！"

"我宁愿死。"裴迎真袖子里的匕首一闪，只听断锦裂帛之声，他将那袖子割断了。

端木夜灵抓着那截袖子跟跄退了半步，看他毫不留情地转身要走，一颗心又寒又恨，他宁愿死，宁愿死也不跟她走。

月色下，他走得不曾有一丝停顿。

端木夜灵一字字地对他道："好！裴迎真你这般绝情，那你就去死吧！"她将袖子丢在脚边，"你以为你可以和你的许娇生死相依吗？你做梦！就算是死，你也是孤零零的一个人！没有人会救你！没有人会陪你！"

裴迎真翻身上马，扬鞭策马而去，连一丝停顿都没有。

弹幕里——

霸道总裁：端木夜灵这话什么意思？她要干什么坏事？

路过：凭她一个人没有这么大的能力，但她应该不是随便说说的。

马甲1号：难道是谢绍宗，还是端木夜明？或者太子？

霸道总裁：喂，楼上的两个不是管理员吗？你们不能剧透一下吗？我有点慌啊。

李四：我虽然是管理员，但是，我真的不知道剧情走向，历史上并没有记载那么细那么多，不然也不会让主播来直播啊，况且，现在感觉剧情已经不是我们能预测和控制得了的。不然主播被侮辱那次我们知道早就预警阻止了，不是我们冷血无情，是真的不知道，而且也没办法。

路过：确实是这样，我们只知道过去和结局，我们只可以保证历史还是历史，不会被改变。

奸臣爱好者：应该不会有事吧？历史上记载裴迎真殿试也中了状

元，连中三元，最后步步高升，没有见别的记载，不会改变历史的话裴迎真是没事的，说不定是端木夜灵吓唬他的？

霸道总裁：垃圾管理员。

　　看着弹幕，阮流君心里乱七八糟的。

　　那光幕里裴迎真一人打马在清冷的月色下，穿过长街小巷，披星戴月地勒马在她的府门前，却是看着高悬的匾额，没有下马，也没有上前。

　　不一会儿，阿守跟了过来，勒马问裴迎真："可要去问一问许小姐睡了没有？"

　　裴迎真吐出一口气道："不用了，这样晚了，她一定是睡了，不要吵醒她。"他又看了一会儿那月色，对阿守道，"我们走吧。"

　　阮流君穿上衣服，趿上鞋子就往外跑，一路对下人嘘声，让他们不要声张，不必跟着，穿过回廊，穿过庭院，快步跑出府门……

　　这夜里冷得人发颤，阮流君跑到府门前命门房的人开了门，也不管他们会说什么、问什么，她心里不安得厉害、慌得厉害，她总觉得今天一定要看到裴迎真，一定要。

　　门房的下人也不敢问，慌忙开了门。

　　阮流君抬步跑出去，就在那清清冷冷的月色下，看到孤孤寂寂的长街上裴迎真正掉转了马头要走。

　　"裴迎真！"她叫住他，心突突突跳得厉害。

　　裴迎真猛地勒住马，看见站在门口只穿一件单袍、散着发的阮流君，他慌忙跳下马，快步迎了上去："流君，你怎么……"

　　阮流君忽然一头扎在他怀里，伸手抱住了他。

　　那带着冷气的身子抱得裴迎真浑身一酥，就听她在怀里轻轻吐出一口气，闷声道："我梦见你来看我却又走了。"

　　他那颗坚硬如石的心就化成绵绵细沙，他用披风将她裹在怀里，柔声道："你什么时候变成傻子了？梦怎么能当真，万一今夜我没有来，你这般跑出来……也不怕冷。"他裹紧她，让她贴着自己的身子，"等殿试结束我就会来看你了，到时候我日日过来，哪里也不去。"

　　阮流君仰头看着他，他又高了些，可还是那样瘦，冷峻的一张脸对她笑得像夜空中皎皎的明月，她不知为何眼眶就热了热。

　　这倒将裴迎真吓着了，抱着她忙问道："怎么了流君？是出什么事了吗？怎么哭了呢？"

　　阮流君将脸贴在他怀里，抱着他闷声道："我没事，我只是心里慌得厉害，怕你明天……不顺利。"她又仰头看他，"裴迎真你一定要顺顺利利的，功名不重要，一切以你的安危为主。"

　　裴迎真瞧着她就笑了，低声道："我们流君难得为我心慌了。"

　　阮流君望着他："是，我非常非常害怕失去你裴迎真，这世上再没有一个人像你一样明白我的苦难，这样不顾一切地待我好。"她贴着他的胸膛央求他，"若是有一天你需要利用我来保全自己，那你也一定要利用我，我不会怪你。"

　　裴迎真心里又暖又诚惶诚恐，他不知阮流君居然会对他说出这样一番话，像是他成了她的天。他看了一眼门口正在偷看的门房下人，忽然伸手托着阮流君将她整个人托到了门口石狮子之后，捧着她的脸，低头就吻了下去。

　　那冰凉的唇贴在一起，阮流君伸手搂住了裴迎真的脖子，张开唇齿接纳他。

　　她的配合让裴迎真脑子一热，托着她的脑袋就将她抵在了石狮子之上，舌尖一探到底，恨不能将她化在口中，融进身体里。

　　这阴冷的夜色里，她被裹在裴迎真的披风之内，紧贴着他的身体，被他毫无保留地吻，吻得天旋地转，浑身发软，只能搂紧了他的脖子轻轻战栗。

　　也不知过了多久，裴迎真才松开她，摸了摸她红肿的嘴唇，又将她搂紧，轻声道："流君，流君，你快些嫁给我吧，让我守着你，护着你，完完全全拥有你。"

　　阮流君紧紧搂住了他。

　　这夜里太冷，她又穿得太过单薄，裴迎真不愿让她在这冷风里站着，硬是催着她回了府，将自己的披风给她系上，对她道："别乱想，回去好好睡一觉，等我回来。"又轻轻在她额头上亲了亲，看着她回了府，站了片刻才打马离开。

阮流君躺在榻上一直开天眼看着裴迎真回府、歇下，这才关了天眼。她累得很，回房后跟大家说了晚安便将直播器关了去睡觉了。

这一夜阮流君梦到了许多乱七八糟的事情，醒来又全都忘了，只头疼得她差点起不来床。

她撑着去给许老夫人请了安，又被许老夫人送了回来。

许老夫人担心地请了太医过来，开了药熬了药，给阮流君服下，看她躺下去这才放心地回去了。

沈薇也让她多休息，不必担心旁的。

许荣庆等她们都走了才进来，坐下就唉声叹气起来，昨夜的事门房已经告诉他和许老夫人了，这闺女大了可当真是一天都留不住啊。

他无奈道："等裴迎真考完，大哥定了亲，就把你们的亲事也定了吧，旁的大哥不要求，只有一点，让裴迎真与裴家断绝关系，或者入赘过来。"

阮流君闷声道："我的事大哥就别操心了，大哥就抓紧时间把杜小姐娶回来就行了。"

许荣庆唠唠叨叨吵得阮流君忍不住将他赶出了房门，又吩咐香铃出去伺候，她要睡一觉。

等香铃一出去，她就对弹幕里道："我们看裴迎真好不好？"

弹幕里全是——好啊好啊好啊。

殿试是在宫中宝和殿中举行，会试上榜上有名的贡士入宫先觐见皇帝，再由皇帝亲自出题考试。

其实也就几个时辰到一天的时间。

阮流君打开天眼看裴迎真时他们已经觐见完皇帝，开始答题了。此次科举有资格参加殿试的人并不少，大殿里一桌一桌已经坐满了，裴迎真就坐在第四排第一个。

阮流君看着光幕里他端坐在那里就安心了，又看监考的居然还有谢绍宗便又提起心。

一个五分钟过去了，谢绍宗也没有多看裴迎真一眼。而裴迎真没有提笔，一直在思索题目，又过了一个五分钟之后他还是没有开始。

弹幕里都急了，问他怎么还不开始？时间规定是多少？他会不会不会答啊？

有条弹幕引起了大家的注意——

叫爸爸：哎？裴迎真旁边坐着的那个考生是个女的吗？

卿卿我我：哪个哪个？

大家纷纷去看裴迎真旁边的那个考生，阮流君也止不住留意了一下，居然……真是女的……虽然穿着和大家差不多一色的男装，可是依然可以一眼就分辨出是个女的。

面貌柔和而异常清秀，连胸部也是隆起的。

还有人注意到了她有耳洞，趁着她抓耳挠腮的时候看到了她没有喉结。

弹幕里炸开了——

考据帝：怎么可能有女的参加科举，而且还是殿试啊？女扮男装？可这么明显，大家都是瞎了吗？看不出来？

路人粉：我觉得不可能吧，这么明显应该看得出来，说不定是……真的允许女的参加科举了？谁来科普一下那个时候的历史啊。

奸臣爱好者：你们这些历史盲啊，你们连那个朝代出过一个最著名的女官都不知道吗？闻人安在历史上是位明君，而且就是他推行和鼓励了女子从仕，虽然没他这一朝没推行起来，但他死后，他儿子在裴迎真的扶持下是产生了那个朝代历史上第一位女相国，虽然臭名昭著，但还是干过不少好事的。

大鱼：哦哦哦，是不是那位豢养了无数男宠最后下场很惨的女相国？

路过：就是她。

弹幕里都惊呆了，一致要求画面给这位传奇的女子一个正脸。

正好，那位女考生转头看了一眼裴迎真。光幕里，她生得异常清秀，五官淡淡的，眯着眼，似乎很困的样子，对裴迎真"啧"了一声。

裴迎真无动于衷地答着题，她忽然趴在桌子上去睡觉了。

这让观众老爷们惊叹，阮流君也十分惊讶，她其实并未留意过科举这件事，也没有听闻此次科举有个女子，只是她之前听父亲说过皇上提出过鼓励女子从仕为官，但被一批老臣反对搁置了。

阮流君又看了十万金天眼，裴迎真始终在答题，而那位女考生始终在睡，就算谢绍宗过来敲了敲她的桌子，她也是睡眼惺忪地坐起来，等一会儿又趴下睡了。

考官们也就不管她了。

这天眼开起来花金子花得太快了，没一会儿就已经只剩下十五万金了。阮流君估算了一下时间，便将天眼关了，想等着考试结束了再看。

刚要躺会儿休息一下，外面香铃轻轻敲门，让她起来吃饭了。

是沈薇亲自下厨房熬的粥，端进来热气腾腾的，说让阮流君喝些好克化的，等会儿再吃了药睡一觉保管就好了。

阮流君趁热将粥喝了，看外面日头好，就想出去晒晒太阳，正好陆楚音来瞧她，扶着她坐到回廊下晒太阳。

太阳晒得人昏昏沉沉直想睡觉，阮流君眯眼看向陆楚音，发现她今日很奇怪，郁郁寡欢的样子，也不爱讲话了，便问她是不是有什么不开心的。

陆楚音闷闷道："许姐姐，我昨晚做了一个很可怕的梦，我梦到……阿姐死了，还有李云飞，也被斩首了……"她趴在椅子上，"我知道将梦里的事当真挺傻的，可是这梦太真实了，让我很心慌……"

阮流君摸了摸她的头发："你啊，只是太惦记贵妃和李少爷了，所以梦到了这些，梦都是反的，说不定明日李云飞就回来了，你阿姐平平安安生了位小皇子。"

陆楚音闷闷应了一声，靠在她肩上道："可我还是害怕，我守着阿姐，却不能见一见李云飞是不是平安。"

"一定没事的。"阮流君安慰她，"李云飞是护送宁乐公主去和亲的，这样的大喜差事，定是不会出什么岔子的。"

她听许老夫人和太后说起过，边邦的小晔国来求和亲，皇帝将刚满十五岁的宁乐公主许了过去，特意命李云飞前去护送，是有意给李云飞一个立功的机会，在他和陆楚音成亲之前提拔他一下，算是送他和陆楚音的大婚之礼。

阮流君又留着陆楚音说了会儿话，本要留她吃晚饭，但她执意要回宫陪太后和贵妃，便将她送出了府。

等回了房中，她想了想问弹幕里道："耽误你们五分钟，我们开天眼看一看李云飞如何？"她如今还有些钱，替陆楚音看一看李云飞到哪里了，还有多久回来，好让陆楚音安心。

弹幕里也同意了。

她便买了一个天眼，念了李云飞的名字，光幕一闪——

黄昏，枯树寂寂的大路旁，李云飞垂头坐在路旁的青石之上，上半身披着一件袍子，袍子之下缠满了渗血的纱布。

真出事了？

阮流君心里一惊，就见李云飞的手下官兵匆匆忙忙打马过来，跃下马跪倒在地。

李云飞抬起头，平日里俊朗的面貌苍白又沉重，哑声问那官兵："可找到公主？"

那官兵一挥手，另一名官兵从马上拎下来一个穿着公主衣服的少女丢在李云飞脚边："回禀李大人，没有找到公主，只找到了这个穿着公主袍子的宫女。"

李云飞看了那少女一眼，她确实是宁乐身边的小宫女，此时被堵着嘴，哭得满脸泪水。

李云飞抬手吃力地将她口中的布条拔出来，问道："宁乐公主呢？"

那宫女立刻哭着跪下，咚咚咚地磕头："李大人饶命！奴婢不知道公主在哪里，奴婢只是和公主一起被那伙山匪抓走打昏了，醒过来时就发现不知道怎么被换上了公主的衣服……就被抓回来了……"

那官兵便拔出佩刀抵在宫女脖子上，喝问："说！公主去哪里了？被何人抓走了？你和公主在一起，你会不知道公主的下落？"

那宫女被吓得哆哆嗦嗦，不住地磕头说她当真不知，磕得一脑门血。

李云飞摆了摆手："她怕是确实不知。"

官兵有些着急地问他该怎么办，护送公主却把公主弄丢了，这个罪名若是论到两国联姻上，不只是李云飞，连他们都要跟着一起死啊！

李云飞喘出一口气："将她押下去小心看管，你们在这里驻扎，趁着还未见到小晔国接亲使臣之前我即刻返回京都，禀明圣上。"

"大人！"官兵急了，"您就这样回去，怕是……怕是死路一条啊！不如我们再找找公主？"

李云飞沉默摇头："你们在这里继续找，我必须赶在接洽使臣之前回京禀明圣上，这件事可能没有那么简单。"

"大人……"

光幕一闪，时间结束跳了回来。

阮流君脑子里又震惊又非常直接地想到了一个人。

果然，弹幕里也有人想到了——

霸道总裁：对不起，虽然无凭无据，但我第一感觉就是这件事和智障太子脱不了关系。

宅斗萌：你的意思是太子派人抓走了公主，害李云飞失职？可是这是联姻啊，关系两国友谊啊，太子为了除掉一个情敌拿这个开玩笑？

最爱病娇变态：主播该怎么办啊？你要不要告诉陆楚音或者太后啊？

宅斗萌：女主怎么告诉啊？她怎么解释自己怎么看到的？万一再被怀疑反惹一身骚。

霸道总裁：这次我也站主播不要说，事情已经发生了，说了也没用，而且李云飞应该很快就回京了，万一说了皇帝再提前发怒出什么事就更糟了。

阮流君坐在那里低头想着该怎样做才好，门外香铃推门进来，高高兴兴地道："小姐，裴少爷来拜访老夫人了。"

裴迎真回来了？

阮流君抬头看外面的天色，竟不知什么时候天已经黑了，裴迎真已经考完了。

世间戏2

243

她匆忙理了理头发，快步出了房门，去了许老夫人那里。

一进门就瞧见裴迎真坐在下面的椅子上跟许老夫人说着话，她才走进去，裴迎真便转过头来望向了她，对她笑了笑。

她的心就稍微松了松，过去向许老夫人行了礼，被许老夫人拉在身侧坐下，摸了摸她的额头，问道："可好些了？还烫不烫了？"

裴迎真轻轻皱了皱眉，问道："许小姐生病了？"他想起昨夜，不由得懊恼不该让她在外面站那么久，"可瞧过大夫了？大夫怎么说？"

许老夫人玩笑道："瞧瞧裴会元紧张得，娇娇可是我亲孙女，我还能不给她瞧病啊？"

裴迎真收了收心："许老夫人误会了，我只是一时心急。"

阮流君对他道："瞧过大夫了，大夫说没什么大事，也吃过药了，如今好多了。"她一句句地答他，"裴会元不必担心我。"又瞧着他问，"不知裴会元今日还顺利吗？"

裴迎真抬眼对她笑："顺利，一切顺利。"

"那就好。"阮流君坐在那里，低着头不再讲话。

许老夫人又和裴迎真说了两句，看裴迎真的眼睛始终有意无意地落在阮流君身上，便道："时候也不早了，裴会元刚刚殿试回来，还是早些回去好好休息吧。"拍了拍阮流君的手，"让娇娇送送你。"

裴迎真便起身告辞和阮流君一同退出了房间。

这夜里冷得厉害，裴迎真有心想绕得远一些，让阮流君陪他久一点，可又怕她再病了。

他们走过回廊，裴迎真偷偷钩了钩她的手指，低声问道："还难受吗？"

阮流君握住他的手，对他摇了摇头："已经差不多要好了。"又问，"你累吗？"

裴迎真在那昏暗的廊灯下笑道："看到你就不累了，今夜可不要再梦到我走了，要好好睡觉。"

阮流君拉着他的手，许多话在喉头噎了一下最后还是吞了下去没有说，她不能将李云飞的事情告诉裴迎真，这只会给裴迎真带来麻烦。

在此刻，她忽然觉得，可以看到别人不能看到的事情，未必是一件好事情，因为有时候你就算看到了，也无能为力。

她将裴迎真送到府外，又忙问他："你明日还有什么事吗？"

裴迎真站在石阶下仰头瞧着她："有。"

她脸色稍微暗了暗，又笑道："是要去顾老太傅府上吧？那……后天呢？"

裴迎真瞧着她又道："也有。"

她便点了点头："那大后天就是放榜日了，你定然也是没有时间的，那就等你彻底忙完了吧，我请你来许府吃顿饭，就是随便说说话就好。"

裴迎真笑着走上石阶，低头瞧她道："我明日上午去恩师府上，下午要来拜访许小姐，没什么空。后日也是如此，大后日，大大后日……都是如此不得空。"

阮流君瞧着他，抿嘴笑了。

弹幕里——

来看裴迎真：裴迎真真是好坏好坏的。

阮流君将裴迎真送走，回了自己房中，关上门打开光幕，对李四道：李四之前你不是说可以给我一个问所有想知道的事情的机会吗？

马甲1号：是的。

宅斗萌：女主可别把这机会浪费在陆楚音和李云飞身上啊……多可惜啊。

霸道总裁：我发现楼上的每次都有点冷漠……好歹陆楚音也是主播的朋友，李云飞和她也不容易才在一起，这人命关天的。

宅斗萌：可能我看惯了宅斗吧，女主得够冷漠，稍微关爱一点善良一点都是圣母。

奸臣爱好者：厉害，现在动不动就鉴定圣母，不然就是包子。

弹幕刷得太快，阮流君看不全，也顾不上看，只是问李四："你们知道李云飞这件事是谁干的吗？公主现在又在哪里？"

弹幕里又刷过一片。

过了一会儿，马甲1号才发出：主播，你确定你要在现在用了这个机会？

"确定。"阮流君道。

马甲1号：如果和上一轮没有偏差的话，这一次宁乐公主是和太子以及谢绍宗里应外合，和一个侍卫私奔逃走了，被土匪抓走只是个局，就是要坑李云飞。公主现在应该被藏在边疆小镇上的一户农家里，等着风头过了，逃走。

霸道总裁：你们既然知道为啥不早说？让李云飞避免了？

马甲1号：你们骂我也没用，我只是一个小小的管理员，又不是神，历史的走向我是不能改变的，不然不止我，未来的大家都会消失。

阮流君没心思看他们在弹幕里吵，她现在不能说，说了也没人信。她得等李云飞回来，看看太后会不会帮李云飞，再决定告诉太后还是李云飞。

她得想一个像样的谎话，圆一下她是如何得知公主下落的。

第二天一大早，阮流君就醒了，她觉得好些了，便去向老夫人请安。

过去时发现杜夫人和许荣庆也在。

许老夫人招手让她过去："我已与杜夫人说好了，等明日就去杜府给咱们荣庆提亲。"

阮流君一喜，看许荣庆，他已是喜得僵在那里，大气儿都不敢喘一口。

阮流君走过去对他道："恭喜大哥啊，得偿所愿，你可要给我发个大红包。"

许荣庆不好意思地挠头道："发发发，我给你再买盒首饰吧，你去铺子看，看中什么让伙计都给你包了拿回来。"

阮流君乐了，带着香铃就去铺子里挑首饰，还给裴迎真挑了一件料子上好的披风、一副白玉冠。

等她带着东西回府的时候，裴迎真已经在府中等着了，不止他，还有顾老太傅。

顾老太傅怎么和裴迎真一块来了？是有什么事吗？

冬青嬷嬷没让她进去，而是让她暂且回房，她有些担心地回头看了一眼裴迎真。

他正在和许老夫人说话，并没有回过头来。

弹幕里——

记得吃晚饭：裴迎真不会是来提亲了吧？所以让主播避一避？

来看裴迎真：我的妈！这么快吗？不是说等金殿高中之后来提亲吗？这是一天也等不及了啊。

阮流君心里却是又惊喜又忐忑的，裴迎真是来提亲的？让他恩师来提亲吗？可是他不像是会等不及的人啊，说了等出了结果再来的，今日怎么就来了？

她还是紧张，在屋子里坐立不安的，便让香铃去老夫人那里偷偷看看，自己在房中开了天眼看裴迎真。

就见光幕里，许老夫人惊讶道："老太傅说谁要来提亲？"

顾老太傅很无奈道："谢绍宗。"他看一眼裴迎真，"我这徒儿听说今日谢绍宗要上府来向许娇那小姑娘提亲，就……"急了，死活非要他今日先将这亲事说定了，"就想先一步过来跟许老夫人商量商量，把他们两个孩子的事给说定了。老夫人也是知道的，我这徒儿对许娇小姑娘一往情深，虽说他如今还没有什么大出息，但我也就豁出老脸去向老夫人保证，日后定是不会让您孙女吃苦的。"

许老夫人还是没有弄明白："谢相国来提亲这件事是谁说的？"

"谁说的老夫人就不必管啦，这个不重要。"顾老太傅道，"重要的是两个孩子情投意合，又都是好孩子，还望许老夫人能答应下来。"他叹气，"这本是要等到放榜之后再来的。"他对这个徒儿是寄予厚望的，定是能中前三甲，那个时候他们来提亲也有底气。

许老夫人看了一眼裴迎真："娇娇和裴会元之间我是知道的，我如今年纪大了，许多事情都看开了，也并不在意什么门第，况且裴会元年少有为，假以时日定是会有大出息的。"

顾老太傅一喜："这么说老夫人是应下了？"

许老夫人便笑了："我可没这么说，我虽不在意他的门第，却十分在意他们裴家。"她看着裴迎真，"你可以一无所有，这些没什

世间戏2

247

么，以后总会有的，但是你们裴家当初是如何欺负娇娇的你也是知道，娇娇怕是不会再入裴家的大门。”

“晚辈知道。”裴迎真起身，“晚辈明白，这些日子晚辈一直在处理和裴家断绝关系之事，等我正式上门提亲之时一定是我与裴家彻底断绝关系之日。晚辈今日冒昧请恩师来，是想先与老夫人说和一下，将此事说定了。”

“我这徒儿是怕老夫人将许小姑娘许给别人。”顾老太傅拆台，“毕竟许小姑娘如此惹人喜爱。”

许老夫人便笑了：“老太傅这样说倒像是我是个蛮不讲理的老婆子一般，给娇娇定亲我自然是要经过她首肯的，她若是不喜欢我也不会答应。”

裴迎真松了一口气，这他便放心了。

可心还没完全放下，门口便有丫鬟禀报道：“老夫人，相国大人求见您。”

裴迎真眉头一皱。

看着光幕的阮流君也是一皱眉，原来她还想裴迎真这是被人耍了，定是有人骗他的，他还急急忙忙来提亲了。

却没想到谢绍宗当真来了。

弹幕里——

今天裴迎真来了吗：有点热闹哦，前任和现任凑到一块提亲了，这修罗场狗血得，希望可以打起来。

意大利面：我很好奇到底是谁告诉裴迎真，谢绍宗今天要来提亲的？

隔壁老王：庭哥儿？我瞎猜的……因为也就庭哥儿和谢绍宗在一起，知道他的一举一动，还喜欢阮流君。

“不可能是庭哥儿的。”阮流君低声道，“庭哥儿没有谢绍宗的允许根本出不了相国府，怎么会找到裴迎真给他通风报信呢？”

弹幕里——

隔壁老王：也对，那会是谁？谁还在帮主播吗？

阮流君也想不出来，她又买了几次天眼，继续看。

只见那厢房的帘子被掀开，一角暗红的袍子从外面跨进来，正是谢绍宗。

他今日穿了暗红镶银丝的袍子，端端正正地束着发，看起来十分郑重。

他与裴迎真看到对方都顿了顿，两厢里对视，各怀心思。

还是许老夫人先打破沉默，对谢绍宗道："不知今日谢相国大驾光临可是有事？"

谢绍宗这才收回视线，上前对许老夫人郑重地行了个礼道："谢某今日来，是亲自来向许家小姐许娇提亲的。"

许老夫人不由得看了一眼裴迎真，居然……当真来提亲了，这究竟……是怎么一回事？

谢绍宗又道："谢某无父无母也没有可代谋者，便亲自来了。若是许老夫人同意了，谢某明日便来正式提亲，或者求圣上赐婚。"

许老夫人又惊了一下，看裴迎真冷着一张脸站在那里，周身都是不容亲近的气场。

许老夫人对谢绍宗笑了笑："多谢谢相国厚爱，只是……"

她还没说完，裴迎真便已先说道："谢相国晚来一步，我已向许小姐提亲，许老夫人也已经应允了。"他瞧着谢绍宗笑了笑，"不过就算谢相国早来一步也是相同的结果，她不会嫁给你的。"

谢绍宗看着他，眯了眯眼道："便是今日老夫人应了又如何？我记得许小姐立誓永不嫁入裴府大门。"

"这些我自会处理，不用谢相国操心。"裴迎真冷淡道。

"处理？如何处理？与裴家断绝关系？那就请裴少爷脱离了裴家再来。"谢绍宗温和地笑了笑，"我不急，你一日没娶她，我就每日来提亲。"他望向许老夫人，"总有一日会打动许老夫人。"又看回裴迎真，"便是你们已经成亲又如何？"他上前一步，在裴迎真耳边低低道，"只要你死了，我依然可以抢回她。"

裴迎真的手一点点攥紧。

谢绍宗退开，拍了拍裴迎真的肩膀，笑道："裴会元还是解决好自家的事再来吧。"他转身对许老夫人又一行礼，"既然今日已是如此，那我就明日再来，便先告辞了，许老夫人。"

世间戏2

许老夫人被两个人弄蒙了，什么叫明日再来？明日若是她不应就后天再来？裴迎真一日没有和许娇定亲他就每日都来？这是……做什么？

　　许老夫人抬头看裴迎真和顾老太傅，一时竟不知说些什么。

　　裴迎真先拱手行礼道："许老夫人不必为难，晚辈一定尽快与裴家断绝关系，正式来府上提亲，还请许老夫人相信晚辈。"

　　顾老太傅叹了口气，也一拱手道："老夫人与我也是旧相识了，我这个徒儿一向言出必行，还请您应了他。"

　　许老夫人看着裴迎真，点了点头："我是相信你的，不然我也不会放心将娇娇交给你。"

　　裴迎真这才稍微缓和了一些脸色。

　　光幕一闪，时间到了。

　　阮流君看着弹幕里一片的吐槽——

　　隔壁老王：阴魂不散的前任啊，裴迎真要是不杀了谢绍宗简直……一辈子得担心戴绿帽子……

　　我爱主播：主播才不会给裴真真戴绿帽子！

　　隔壁老王：可耐不住被贼惦记啊，可怕。

　　阮流君想了想，没有再开天眼而是起身开门出去了，她就等在离老夫人厢房不远的回廊里。

　　看裴迎真和顾老太傅从老夫人房中出来，她就站直了身子等着。

　　裴迎真一出来就望到了她，加快了脚步过来："天这样冷，你怎么又出来了？"

　　阮流君先向顾老太傅行了礼。

　　顾老太傅对她笑了笑，拍拍裴迎真的肩膀："我在府外等你，不着急。"识趣地先走一步。

　　等顾老太傅走远了，阮流君抓住裴迎真的手问道："你……今日怎么和老太傅一起来了？"

　　裴迎真瞧见她被风吹散了发，便伸手将她的碎发捋到耳后："我听说谢绍宗今日要来向你提亲，所以我就来了。"

　　阮流君就是在等他这句话，她开口问："是谁？谁告诉你的？或许……是骗你的。"

裴迎真俯下身来在她耳侧轻声道:"是许丹夕。"

阮流君一惊,她如何也没有想到会是许丹夕,许丹夕……为什么会给裴迎真通风报信?还是真的消息。

"怎会……她怎会知道?"阮流君问道。

裴迎真道:"她说她昨日去看宁安了,是宁安告诉她的。宁安要寻死挽留谢绍宗,却是没有挽留住,所以宁安让她来告诉我,让他不能得逞。"

真是这样?只是这样?

阮流君不知为何就是不安心。

裴迎真却将她轻轻抱在怀里,闷声道:"流君,你一定要等着我,一定要。"

"我会的。"她也抱住裴迎真,"你不来,我一辈子都不嫁。"

裴迎真笑了笑:"我不会让你等那么久的。"

裴迎真果然没有让阮流君久等,当天夜里他便来了,他在府门外请人问她睡了没有。

正好许荣庆回府,看到裴迎真吓了一跳,他脸色白得像鬼一样,忙带他进了府。

等阮流君赶过去时许荣庆正找大夫过来,他背上全是渗着血的鞭伤,密密麻麻的,数都数不清。

大夫在里面为他敷药包扎,阮流君坐在外间听见许荣庆在里面惊讶不已地问裴迎真:"你这伤是你爹打的?真的是他亲手打的?你们已经断绝关系了?"

裴迎真声音闷闷的:"进了祠堂,剔除族谱,挨了顿鞭子,离开了裴府,今日算是彻底和裴家没有关系了。"

许荣庆倒抽了一口冷气:"裴迎真你……可真是个情圣,对自己都这么狠……就为了娇娇?"

"不是。"裴迎真不喜欢他如此说,"为了我自己我也要与裴家断干净,只是为了她,我想快一些。"

阮流君坐在那烧了地龙的外间,攥着自己的手指眼眶就红了,她不是感动，是心疼。

在她眼里，裴迎真是个那样好的人，可总是得不到善待。

裴家人厌弃他、欺负他，到后来想利用他、畏惧他，却不曾有一个人真心善意地爱过他。

她小声地哭着，弹幕里在安慰她，让她以后好好地跟裴迎真在一起，甜甜蜜蜜的不要辜负了这些不容易。

大夫和许荣庆从里面出来，她忙扭过头擦了眼泪起身问道："他还好吗？"

许荣庆看着她红红的眼，叹气道："没事，是一些皮外伤，注意些过段时间就会好了，你进去看看他吧。"

阮流君点了点头，忙快步走了进去。

裴迎真正被下人服侍着穿外袍，阮流君上前接过外袍亲自为他穿上："别碰到伤口，小心些。"

裴迎真忙伸手要自己来，阮流君拨开他的手："让我来吧。"她轻手轻脚地为裴迎真穿上袖子，转到他身前小心翼翼为他系衣带，低着头边系边道，"大夫可有说过你的伤口要如何照看吗？开了药吧？你回去让阿守帮你每日里敷药，别碰水，也别喝酒了。这几日先趴着睡吧，别蹭着。"一想他离开了裴府，想来要住到那小宅子里去了，便又问，"你那宅子收拾好了吗？天气冷可烧了地龙？没有炭让大哥给你送去些，若是不方便，你这几日就过来让大哥的人帮你敷药……"

裴迎真忽然轻轻地托起了她的脸，瞧着她红红的眼睛问道："你哭了？"

阮流君一瞧见他苍白的脸，眼泪就又忍不住。

裴迎真擦掉她的眼泪，轻笑道："哭什么，这是好事，我终于离开了裴家，终于可以与你定亲了。"

阮流君将脸贴在他的怀里，忍着眼泪道："我是高兴，以后你可以不用应付裴家人，住在你的宅子里，什么都不怕了。"她在他衣襟上蹭了蹭眼泪，抬头对他笑，"明日我们就请老太傅来做媒，将亲事定下。"

他低头亲了亲她的眼睛："不许再哭了。"

阮流君点点头，闷在他怀里轻轻问他："疼吗？"

"现在不疼了。"裴迎真抱着她，"我一瞧见你就不疼了，真的。"

阮流君实在不放心裴迎真如今这副样子回去，况且他只能回小宅子里，小宅子连床被褥都没有，回去要如何睡？便好说歹说让他留在许荣庆这里，等明日许荣庆回铺子的时候再一块走。

裴迎真怕这样不好，会让许老夫人不喜欢，这样的关头他不想再出什么岔子。

许荣庆听见了，叹气道："行了行了，你跟娇娇那些小九九祖母知道得清清楚楚，反正娇娇死活看上你了，今晚就留这儿吧，我让下人把外间这张榻给你收拾出来。"

裴迎真也没再说什么。

阮流君忽然想起阿守来，便问他："阿守呢？他可跟你一块出来了？"

裴迎真点点头，阿守是他的人怎会留在裴家。

"我让阿守去瑞秋那里了，将这件事告诉瑞秋，让她以后只为自己打算就好。"

阮流君想起瑞秋，据她所知，瑞秋之所以会留在裴府做个姨娘，就是为了裴迎真。她是裴迎真母亲从小一起长大的丫鬟，对他母亲情谊深厚，裴迎真母亲过世时裴迎真太小了，她为了帮小姐照看裴迎真就留在裴府做了姨娘。如今裴迎真已脱离裴家，那她……确实该好好为自己打算了。

阮流君看着下人将裴迎真的床铺好，过去摸了摸，觉得薄，又让香铃给添了一床被子。

裴迎真看着她忙活的样子轻轻笑了，他仿佛看到以后流君嫁给他，在他们的宅子里走来走去的样子，真好，她给他一种家的感觉，真真正正的家，时时刻刻惦记着他的家。

香铃熬好药端进来，阮流君接过吹了吹，摸着碗不烫了才递给裴迎真："不烫了，你快喝了。"

裴迎真瞧着她，就着她的手将药一口一口喝干净。

许荣庆看不下去了，对裴迎真道："哎哎哎，裴迎真，我还在这儿坐着呢，你就这样占我妹子便宜是以为我不欺负伤患吗？"

阮流君脸红地抽回手。

裴迎真将药喝完，将碗放下对许荣庆道："许大哥还不睡觉？"

"哎呀，你小子什么意思？"许荣庆上前道，"你以为我会放着你跟娇娇独处？做梦吧。"他推着娇娇出去，"回去睡觉，都这么晚了，他死不了。"

阮流君回头看了一眼裴迎真，不放心地对他道："你自己多注意些。"看裴迎真要起来，忙道，"你不必出来了，我回去了。"

"走吧，矜持一点！"许荣庆恨铁不成钢。

阮流君笑了笑便退了出去，走远了一回头瞧见裴迎真还站在门口目送着她，她便在那没有星月的回廊下对他挥了挥手。

裴迎真远远地对她笑了笑。

弹幕里——

最爱病娇变态：好喜欢看主播和裴真真腻歪啊，感觉爱意都写在眼睛里，好甜好甜，可又好担心马上开虐……

剑斗：我也是，这是之前留下的后遗症，一甜就怕紧跟着就是玻璃碴儿。

奸臣爱好者：许大哥不哭，马上你就可以和杜小姐一起虐他们了！

第二天吃完早饭没多久，裴迎真便和顾老太傅一起来了，裴迎真换了簇新的衣服，白玉冠束着发，英姿勃发地进了门，向许老夫人行礼道："今日晚辈是正式来提亲的，由晚辈的恩师亲自做媒。"

顾老太傅笑呵呵地上前，瞧着阮流君，问她："许小姑娘可愿意让我这个糟老头子来做这个媒人？"

阮流君慌忙起身，愿意的，怎会不愿意，由顾老太傅来做这个媒，像是……从前和如今被某种关联扣在了一起一般。

她点了点头。

许老夫人便笑了："你这孩子，哪有这般一问就点头的。"

阮流君低下头，然后又抬起头看裴迎真，他正望着自己笑啊笑的。她才不要什么矜持，他们从互相试探走到今日，彼此都放下了一些东西，改变了一些东西，愿意接纳对方，互相迁就，何其不易。

许老夫人让她先退下去，又请了沈薇过来。

如今沈薇是她的母亲，婚媒之事自然要沈薇一同来说了算。

阮流君回到房中坐着，却是没有开天眼，如今金子就剩下十万了，万一以后有什么急用，她不敢现在就花光。

光幕里的观众老爷们却是着急，生怕出什么岔子这提亲提不成，还有关心谢绍宗会不会再来搅和的。

香铃也急，跑出去偷偷在许老夫人房外偷看。

这一谈就谈了好久，到了正午许老夫人留裴迎真和顾老太傅吃午饭，阮流君便松了一口气，这提亲应该没有问题了。

但按照规矩，如今她不能过去一同吃饭，便只能待在自己房中。她随便用了一点，听着香铃回来跟她絮絮叨叨地说，许老夫人怎样怎样，顾老太傅怎样怎样，又说许荣庆开玩笑要了好多礼金呢，裴少爷都应下了，许老夫人骂许荣庆胡闹。

阮流君想着想着，笑了，真好。

用过午饭顾老太傅便带着裴迎真回去了，阮流君想出去送却被李妈妈拦住，说是不成规矩，等定亲的时候才能见裴迎真。

她叹气："那要等大哥定了亲之后，还有许丹辉那边，才能轮得到我。"这是得等多久啊。

李妈妈无奈地笑道："小姐当真是想嫁得不得了啊，让人瞧见了笑话。"

她只好坐在房里等着，没一会儿许荣庆笑得非常微妙地进来了，问她："想不想知道你的亲事成了没有？"

她才不问，一会儿沈薇和许老夫人定会告诉她的。

见她不问，许荣庆忍不住道："你就不问问？"

"不问。"阮流君道。

许荣庆又问："那……你不想知道我们送顾老太傅他们出门遇到了谁？"

阮流君看他："谁？"

他一挑眉，终于舒服地道："谢相国。"看阮流君不说话，又

世间戏 2

255

道，"他一听裴迎真说已经正式提了亲，对祖母行了礼说了一句'我还会再来的'就走了，也不知道是怎么个意思。"

阮流君不说话，她没有什么想说的，对他，没有一句想说的。

过了一会儿，沈薇和许老夫人便请她过去，与她说裴迎真提亲这件事，说等许荣庆的事定下了，就把她的也定下。

沈薇比她还要高兴，欢天喜地地说要为她准备嫁妆、做被子之类的物什。

许老夫人拉住阮流君的手笑道："裴迎真是个好孩子，以后定会好好待你的。"

阮流君点了点头，她知道的。

第十八章
连中三元

　　阮流君总惦记着如今裴迎真要住在小宅子里，怕小宅子里什么都没有，想给他送，偏李妈妈说她如今不能见裴迎真，最后只能让香铃去找阿守，问问看缺什么帮衬着买办了。

　　香铃出去忙到晚上才回来，进府就跟阮流君抱怨，说阿守可抠门了，什么都舍不得买，都要买最差的，还说裴少爷习惯了，省着钱娶小姐用。

　　阮流君听她抱怨完，才问："那该买的可都买了？今夜他们主仆可是要留在小宅住？"

　　香铃喝了口水道："买得差不多了，剩下的裴少爷要自己买，今晚他们好像留宿在顾老太傅那里，明日要宣读殿试结果了，他们还要早起呢。"

　　是了是了，明日殿试的结果就出来了……

　　她心里又紧张又忐忑，又问香铃："裴迎真的伤如何了？敷药了吗？"

　　香铃笑道："小姐别操心啦，裴少爷又不是小孩子了。"

　　阮流君这才忍下不问，却是一夜都睡不踏实。她做了一个梦，她梦到李云飞浑身是血地趴在马上，像是已经死了。而陆楚音凤冠霞帔地站在她的窗外哭，对她说：许姐姐，我不能嫁给李云飞了，我要进宫了……

　　她一下子就吓醒了，坐在那榻上看着灰蒙蒙还没亮的天，又倒在被褥里深深地吐出一口气，是梦，只是梦，梦都是反的。

　　她心里莫名慌极了，打开直播间买了一个天眼看李云飞，看到他披着霜露打马奔驰在官道上，脖子上的鸿雁玉佩一下一下地晃着，虽然面容憔悴，却是没有生命危险的。

她注意了一下那路旁，恍惚中看到一个城门的名字，似乎……李云飞马上就要到京了。

她再无睡意，看到弹幕里有人提出疑问——

吃货：主播，李云飞会不会被太子或者谢绍宗的人拦在城门外进不了京？

她眉头就是一紧，是啊，会不会闻人瑞卿或者谢绍宗派人拦住他，故意耽误了时间，好让小晖国的大使发现宁乐公主已经不见了？这样一来就无可挽回了……

阮流君躺在榻上看着窗外的天色一点点亮起来，起身梳洗了之后去向老夫人请安，央求着她带自己进宫向太后请安，说是自己做了一个特别不好的梦，定要见一见太后才安心。

许老夫人只以为她是想陆楚音了，便用过早饭，带着她进了宫。

偌大的慈安宫中，陆楚音正在服侍太后用药，瞧见阮流君和许老夫人进来，欢天喜地地道："许姐姐来得正好，我刚刚还说等会儿殿试结果宣读之后要出宫找姐姐去看状元骑马游街呢。"她将最后一口药喂太后用完，给太后漱了漱口，转头去扶要行礼的阮流君眨眼道，"我猜今日游街的状元是裴迎真大哥。"

阮流君伸手扶起许老夫人，笑道："那等会儿我们一起出宫去瞧瞧状元。"

"好啊好啊。"陆楚音高高兴兴地应下。

太后让两人坐过来说话，问了许老夫人最近的身子，又问阮流君今日怎么想起来进宫瞧她了。

许老夫人笑道："娇娇啊，是想太后您这位祖母了。"

阮流君不想让陆楚音知道这件事，免得她咋咋呼呼先打草惊蛇，便什么也没说，陪着太后说了会儿话，看外面天气好，对太后道："今日这样暖和，不如我扶太后祖母和祖母出去走走晒晒太阳？"

太后也是许久没出去了，便有兴致地点了点头，又让陆楚音去看看陆楚楚用过安胎药没有，一块到园子里走走。

陆楚音应了一声去了。

阮流君便扶着许老夫人跟随着太后出了大殿去了后花园。

今日的阳光好极了，金灿灿的，给一园子花花草草都镀了一层绒绒的金光，园子里的辛夷花树已经开了一些了，还有一片杏园，白色的杏花开得宛如白云，美得令人眯眼。

许老夫人和太后坐在亭子里赏花。

阮流君笑道："那边园子的杏花开得好极了，我扶太后祖母去瞧瞧？"又对许老夫人道，"祖母可不要吃醋生我的气。"

逗得许老夫人和太后都乐了。

太后扶着她的手道："便是你祖母吃醋也没用，哀家就是要拐走她的亲孙女。"说完扶着阮流君的手起身。

许老夫人笑道："有了太后祖母，就不要我这个老祖母了。"挥手让阮流君小心些。

阮流君应是，扶着太后带着两个宫女稍微走了一下，就到了杏园里。

"当真是开得好啊。"太后被那一片的白晃得眯眼，"比起桃花、辛夷花，哀家还是最爱这杏花。"

阮流君扶着她往里走了走："我记得楚音妹妹也爱杏花，还常常说在静云庵时每年都会折好多杏花插在房中。"

太后想起那时候小小的楚音便笑了："是啊，她什么都随哀家，这些日子她日日在哀家跟前服侍，竟是比哀家亲生的那些儿子孙子还要孝顺。"她叹口气，"打从给楚音定了亲，瑞卿就不太过来了。"

阮流君道："李少爷待楚音妹妹十分好。"她看太后神色不错，这才道，"我昨夜做了一个不好的梦，起来后总是心慌得厉害……"

"哦？什么样的梦竟将娇娇吓成这样？"太后拍了拍她的手。

"是……关于李少爷和楚音妹妹的。"她细蹙着眉，"有些不吉利，太后祖母千万别生气。"

太后笑道："一个梦而已，哀家怎会生气，说说看。"

"我梦到李少爷护送宁乐公主……出了意外。"她抬头看太后，果然见太后皱了皱眉，"是在临近小晔国的边陲小镇前的那一段官道山路上，突然冲出一伙匪贼刺伤了李少爷，将公主劫走了……之后李少爷负伤连夜赶回京都要禀报圣上，却在城门口被一伙人拦了下来。"她看着太后的脸色，"那伙人口中还自称是太子殿下的人……"

她看太后眉头又是一皱，又忙道："太后祖母说是不是好生奇怪荒谬的梦？李少爷怎会出意外呢？有菩萨和太后庇佑，宁乐公主也定是会顺顺利利地嫁给小晔国太子。"她扶着太后的胳膊，笑了笑，"只是梦里太真实了，连宁乐公主穿什么，李公子穿着什么，骑着枣红大马，腰间挂着一块青玉雕刻的鸿雁玉佩都出现了。"

太后蹙眉看她："你见过云飞那块玉佩？"

阮流君也惊讶道："李少爷当真有一块这样的玉佩？"

太后这下心里也有些惊诧了，李云飞那块玉佩是他祖母去世的时候给他的，平日里他都是贴身戴着，没几个人知道，许娇和李云飞没见过几面，想来是不知道的，可是她居然能在梦里梦到……

阮流君又将天眼里看到的那个宫女穿着的公主的衣服和细节说了一说，说是梦里梦到的。

越说太后心里越发毛，这些许娇定是没有见到的，她居然都梦到了？

太后又问她还梦到了什么。

阮流君将那马车的细节、官兵们的细节，都一一说了，看太后的脸色便有些安心了。太后是个信佛的人，她是信这些怪力乱神的事情的，也不用真当真，只要太后留个心就好。

阮流君听见那边陆楚音和陆楚楚来了，便扶着太后道："只是个梦而已，太后祖母可别怪我胡说八道的。贵妃娘娘来了，我扶太后过去吧？"

太后点了点头。

阮流君又跟她们说了会儿话，听小宫女来报说，殿试结果已经宣读完毕了。

陆楚音忙阻止她："别说别说！先别告诉我们结果，我们要亲自去看。"她拉着阮流君，"许姐姐，咱们一起去看状元、榜眼、探花骑马游街吧！看看这次的状元郎是不是裴迎真大哥？"

阮流君将此事说完，也略微松了一口气，也想去看看结果。

两个人便匆匆忙忙行礼告退，结伴出了宫。

太后瞧着她们走了，也就都散了回殿去了。太后坐在大殿里细细地将阮流君和她说的梦又想了一遍，一个梦怎会如此真实清楚？

她心里不安，扶着嬷嬷的手到佛堂拜了拜，又问道："云飞走了这么些日子应该是已经到小昕国了吧？"

嬷嬷应是："按理说，昨日或者前日就该到了的，路上若是耽误了也说不定。"

她点点头，终是不安心道："你叫福寿偷偷去城门守着，不要被人发现，夜里也不要离开，有什么奇怪的事便回来向哀家禀报。"

宁可信其有不可信其无，希望佛祖保佑云飞和楚音顺顺利利、平平安安地成亲生子，千万不要出什么岔子。

阮流君和陆楚音出了宫，直接坐马车赶到了紫薇街。

这条大道是京都的主干道，历来状元骑马游街就是在这条大道上绕一圈，然后步行经过午门、端门、承天门进琼林苑参加圣上为他们庆贺的琼林宴。

这一日满京都的人都出来凑热闹了，有些夫人和闺秀就是为了瞧一瞧金科一甲究竟是何等样子。

所以人多得马车根本靠近不得，阮流君只好和陆楚音下车步行过去，已经清道了的街道两旁挤满了看热闹的人，陆楚音先问清游街还没开始这才安心。

整条街前前后后挤满了看热闹的人，好在阮流君早同许荣庆说好，要上家里新开张的酒楼瞧热闹。许荣庆提前将整个二楼清了场，端着笑脸迎了二人上楼，还特意吩咐厨子做些拿手菜来，沏了茶亲自端过来，对她们俩道："你们俩坐着啊，我下去接个人。"

"接谁啊？"陆楚音不明白，"还有谁要来？"

许荣庆不好意思地一笑，阮流君便知他要去接谁了。

果然，没过一会儿许荣庆请着杜家两姐妹上了楼。

阮流君忙起来过去拉着两个人，笑道："我说大哥今日怎么不开张，原来是清场等着迎接杜家两位姑娘呢。"

许荣庆有些不好意思。

杜宝珞也害羞地低下了头，跟着阮流君过去坐下："我跟姐姐过来也就是凑个热闹，听说今年的状元是……"

"不要说，不要说。"陆楚音忙打断她，"我跟许姐姐想看个惊喜。"

杜宝珞便抿嘴笑了："那行，我不说。"

阮流君和她们说笑着，许荣庆端着一些干果上来。

陆楚音吃得像个小老鼠，见阮流君不吃，便问道："许姐姐怎么不吃呢？吃核桃啊。"

阮流君瞧了一眼碟子里的核桃，慢慢笑了。她想起来裴迎真给她一个一个地剥核桃，打从裴迎真不给她剥核桃之后她就没有再吃过这些了，嫌麻烦。

不知何时起，裴迎真竟融入她生活里的点点滴滴了。

长街上一声锣鼓喧天而响，下面的人闹嚷嚷地吆喝起来："来了！来了！状元郎和榜眼、探花来了！"

陆楚音忙探头出去，阮流君心里突突突跳得厉害。

她听着那喧天的锣鼓声、鞭炮声和人群叫嚷的声音越来越近，心就跳得越来越快。

下面有人嚷嚷着夸今年的状元郎长得真好看，还有人惊叹：女的？怎么是个女的？那个是女的吗？

阮流君心里一惊，忙扶着窗栏探头望了出去，只见那仪仗队从长街上热热闹闹地走过来，之后是骑着一匹红鬃马的状元郎……

"裴迎真大哥！是裴迎真大哥！"陆楚音兴奋地道，"我就说裴迎真大哥一定是状元郎！他真厉害！连中三元！"

阮流君看着那个人打马走过来，一口气就松了下来。裴迎真坐在马上，身穿大红袍，戴着金花乌纱帽，旗鼓开道而来，气派非凡。

弹幕里——

来看裴迎真：我真！我真果然是状元！激动！

今天来看裴迎真：突然有一种吾儿长大了的沧桑感……

霸道总裁：虽然知道裴迎真是主角，会中，但被主播的flag立的心虚，今天总算是松了一口气，打赏！

世间戏2

262

奸臣爱好者：见证了历史，感动。

楼下的人闹嚷嚷地议论着，有说状元郎长得好看，问他叫什么名字的；还有人在议论后面的探花，今年的探花居然是个女的。

阮流君、陆楚音、杜家小姐也好奇地看过去，果然见那骑在第三个的探花是个女的，虽是穿了探花服，戴了乌纱帽，却仍然可以看出她是个女的，而且她还戴了一对小小的珍珠耳坠，看起来又奇妙又可爱。

弹幕里有人先发现了——

霸道总裁：哎？这不是那天咱们在殿试里看到的那个女考生吗？

滋滋冒油的鸡翅膀：对对对！就是她！她不是一直在睡吗？居然还中了探花？果然也是个有挂的人吗？

奸臣爱好者：这么看来，她就是那位私生活很不检点的女相国了啊……长得异常……清秀啊，不是美艳或者粗犷挂的。

照烧鸡腿饭：她还特意戴了耳坠？又在打哈欠了，哈哈哈哈……永远睡不醒，有点可爱哦。

路人黑：各位有没有注意到榜眼是许丹辉啊，他看起来也不是酒囊饭袋啊。

果然，如今阮流君才留意到走在第二个的许丹辉，他中了榜眼，也很厉害，但是因为今年的状元连中三元，探花又是个女的，所以大家的注意力都在状元郎和探花的身上，几乎没有人留意到他。

仪仗队行到酒楼下面，"哐"的一声锣鼓响得陆楚音忙捂住耳朵，却激动地道："来了来了，裴迎真大哥来了。"

阮流君就瞧见裴迎真打马慢慢行过来，冷若冰霜的脸在阳光下白得发光，乌纱帽上的金花熠熠生辉。

真好看，真神气。

"裴迎真大哥！"陆楚音忍不住叫了一声。

阮流君忙拉住她，却见裴迎真微微蹙着眉头，抬头看了过来，目光落在她的身上，眉头就松了松地笑了。

那金灿灿的阳光落在他眉间发端上，他眼睛里像是藏了光。

世间戏 2

阮流君就难以自控地也跟着笑起来，朝他挥了挥手。

他忽然在那队伍里勒住了马，挥手招来酒楼门口看门的小二。

那小二惊呆了，围观的群众也惊呆了，状元郎这是……做什么？

就见那小二愣怔地走到拦着路的官兵之后，裴迎真在马上俯下身来对那小二低声说了一句什么，然后又起身仰头对楼上的一位小姐笑了，抬手对她也挥了挥。

围观的群众炸开窝一般：楼上那个小姐是谁家的？和状元郎认识？状元郎怎么对她招手啊？

也有人道：何止是认识，你看那小二上楼跟那小姐说什么了，肯定是状元郎让传了什么话。

有知情的人便指出：楼上的那位小姐是许娇啊，很有名的，你们不知道吗？鹿场围猎赢了好多人，圣上都当众嘉赏了！本来好像是和这位状元郎定了亲的，后来不知怎的，好像是人家许小姐是许老侯爷的亲孙女，认祖归宗了，就和状元郎解除婚约了，我听说还被太后认了干亲，封了县主呢！

有些人酸溜溜地讲了几句不好听的。

阮流君全没听清，她只听到小二迷迷瞪瞪地上来跟她低低说："状元郎命小的转告小姐，说是今晚让您不要睡得那么早……"

阮流君的脸瞬间就红了，她说了一句知道了，打赏了小二让他下去，就见楼下裴迎真已继续打马缓缓前行，行出一段距离后又回头来望她。

那喧天的热闹里，他始终只看着她。

看得太过惹人注目，连迷迷糊糊的探花都好奇地抬头张望。

弹幕里也不停地在打赏——

裴迎真的大老婆：我吃醋了，生气，决定暂时和裴迎真离婚一分钟。

路过打赏了一千金。

路过：万众瞩目里也只看到你，哎，希望这次主播和裴迎真能有个好结果吧。

一场热热闹闹的游街之后，阮流君和陆楚音、杜家小姐在酒楼里吃了一顿饭，又玩了一会儿才回府。

用过了膳，阮流君不敢睡得太早，怕裴迎真来找她，便撑着开了五分钟的天眼，她如今金子花得快，得省着用。

就看见裴迎真在琼林宴上大受圣上褒奖，甚至拿他来比谢绍宗，还说出定胜于蓝这样的话。

裴迎真没说什么，谢绍宗端了酒敬他道："恭喜状元郎，不知你背后的鞭伤好些了没有？"

他的话总让阮流君觉得意有所指，可又想不出什么。

闻人安便又开始夸探花，一通夸，只恨不能让她做全大巽女子的表率。

探花却谦虚道："圣上过奖了，实乃我走了狗屎运。"

光幕一闪没了，弹幕里惊叹不已——这个探花有点不同寻常啊。

阮流君跟光幕里的观众老爷们聊了一会儿，又看了一会儿书，听香铃说："外面下雪了呀。"

她走到窗边看了看，竟然真的又下雪了，都是开春的天了，居然又下起了雪。

丫鬟快步从外面进来："小姐，裴少爷来了，如今正在老夫人那里呢，说是邀请您一同出去庆贺，老夫人已经准了，让您多穿些，外面冷。"

阮流君一喜，让香铃给她披了披风就出去，走出去就瞧见裴迎真在老夫人门外的回廊等着她。

他还穿着大红袍，披着她给他的披风，没戴乌纱帽，冲她笑着伸了手。

阮流君快步上前抓住了他的手，他的手可真热啊。

"恭喜你，状元郎。"

裴迎真握紧她的手，低头对她笑笑，带着一点点的桂花酒气。

"也恭喜你。"他贴在她耳侧低声道，"状元夫人。"

阮流君被他的气息惹得缩了缩脖子，抿嘴便笑了。

他们进去向老夫人请了安，便一同出了府门。

世间戏2

265

裴迎真骑马来的，他也不管影响好不好，伸手将阮流君抱到马上，自己的身前，环着她道："我有份礼物送给你。"

"什么礼物？"阮流君抬头看他，"你中状元了怎么还给我礼物？"

裴迎真用披风将她裹紧："到了你就知道了。"

裴迎真扬鞭打马，载着阮流君策马行在大雪的夜里，风雪飘乱迷得阮流君睁不开眼，就感觉裴迎真将她往怀里搂了搂："冷了就躲我怀里。"

阮流君抓着他的披风，往后一靠，将脸缩在了他的披风下，好暖和。

很快就到了，阮流君被抱下马，瞧见是到了裴迎真的小宅子门前。

如今这门前挂了两只灯笼，灯笼上写着——裴宅。

裴迎真拉着她的手推门进去，阿守不知道从哪里冒出来，高声道："欢迎老爷和准夫人回府。"

阮流君吓了一跳，裴迎真搂着她笑骂阿守："小声一点。"对他使个眼色。

阿守便心领神会地退下了。

"进去吧。"

阮流君瞧见一路的灯笼和灯台直亮到宅子厢房里，他们一路走过去都是灯火，走近才发现，那廊下的灯笼是琉璃的，一晃就晃得浮光万千。

再往里，所有的花草都修剪得妥妥帖帖，一点点泛着青，小池塘里居然也新养了鱼。

裴迎真将她带到正对着小花园的一间厢房门前，这厢房门前的回廊下挂着一串护花铃，被风推动叮叮当当脆响着。

"进去看看。"裴迎真示意她推门进去。

"你搞什么鬼？"阮流君狐疑地看他一眼，轻轻地推开房门走了进去。屋子里烧了地龙，热烘烘的，似乎还燃了什么香，清甜得像果子的味道。

阮流君惊奇不已，先前来这屋子里还什么都没有，有些破败，如今竟是焕然一新，而且布置……竟和她从前的厢房有些像。

纱窗是碧影纱，屏风是竹林夜雨，里面还有个书柜，书柜里全是她看过的、爱看的书。

墙上还挂着一幅裴迎真自己画的瘦马图，旁边摆着一对翠玉鹿。

再往里，是一张全新的床榻，碧碧的纱幔，松软的被褥，那床榻上还挂着一对十分精巧的香球。

那床榻边还有一张小小的、四面有围栏的小床。

阮流君看得惊讶不已，回头问裴迎真："这厢房……"

"是按照你旧时的厢房布置的。"裴迎真拨了拨床头的香球，"只是我让恩师带我偷偷去的国公府，偷偷看了一眼，全凭记忆可能有些偏差。"

"你……亲手布置的？"阮流君问他。

裴迎真上前搂住她的腰笑道："这是预备迎娶你的新房，我自然要亲自布置。"又问她，"喜欢吗？"

阮流君眼眶发热，笑着看着他："喜欢，每一处都喜欢。"

裴迎真笑着摇了摇她脚边的小床："那这个呢？"

"这个是什么？"阮流君看了一眼，"床吗？这么小给谁用的？"

裴迎真低头贴着她的额头笑了笑："给小流君或者小迎真用的。"

弹幕里——裴迎真你在暗示什么！老婆还没娶回家就想着生孩子了！今天不开车我就生气了！

阮流君这才反应过来他说的是什么，脸一红伸手要推他："少胡说八道。"

裴迎真却笑得开心："再往前面走，还有一间书房和卧房，那是给庭哥儿准备的，也已经布置好了，等会儿你去瞧瞧看还有没有不周到的。"

阮流君心头一热，看着他："你还给庭哥儿准备了？"

"不然呢？"裴迎真笑道，"让他跟你睡一间？那我怎么办？"

阮流君被他热热潮潮的气息吹得耳朵发热，推了推他："我去看

世间戏2

看。"

　　裴迎真却搂着她的腰不松手，对她笑了笑："急什么，我们还有正经事没做。"

　　阮流君耳朵彻底红了："还有……还有什么事？"

　　裴迎真笑了笑，低头在她的唇上吻了吻，又吻了吻，低低呼吸道："我不是说过要送花给你吗？"

　　阮流君有些发晕，靠着他轻轻"嗯"了一声，手便被裴迎真摊开，一朵精巧的翠羽金花被放在了她的掌心里。

　　她愣了一下："这不是……状元簪花吗？"这不是白日里裴迎真乌纱帽上的金花吗？

　　"送给你。"裴迎真托起她的下颌，又亲了亲她的嘴，极近地看着她，"流君，我把我最好的东西都送给你。"他又亲下去，亲得又重又缠绵，含糊着道，"都送给你。"

　　阮流君被他吻得耳朵发热、脑子发晕，攀着他的脖子被他一步步逼得后退，脚下一空就摔在了松软的床榻之上。

　　她抽了一口气，裴迎真便俯下身来又吻住了她的唇，手指握住她的手，交叉在她的手指间，与她十指交扣，按在锦被之上。

　　他松开口，贴在她的额头上，喝醉了一般道："亲亲我，流君。"

　　那灯火之下，他眼尾微红，脸颊绯红，像是当真喝多了，向她讨赏一般。

　　阮流君望着他微微喘了两口气，细细地瞧着他，他的眉、他的眼、他高高的鼻梁和他轻轻笑着的嘴角，仰头轻轻地亲了亲他的嘴唇，一触即止，亲完耳朵脸烧得通红，扭过脸不敢看他。

　　裴迎真一抿嘴笑了，扭过她的脸让她看着自己。

　　"这怎么能算？"

　　他离得太近了，一呼一吸都听得清清楚楚。

　　阮流君轻轻推了推他的胸膛："怎么不算，你起来……"

　　裴迎真怕压着她，单手撑着趴在她身上，笑吟吟地望着她道："这不叫亲吻。"他低下头亲上阮流君的嘴唇慢慢地加深，再松开望她，"这才叫亲吻。"

阮流君脸红得厉害，他又低下头来亲了亲她的额头。

"这也是亲吻……"他又亲了亲她颤抖的眼睑，"这也是……"再到她的鼻子、脸颊，最后又亲她的唇，又深又重，亲得她喘了一口气，他嘴唇缓慢地从嘴唇移到下巴再到脖子，一下一下，有轻有重地吻着她的脖子、锁骨，感觉到她在微微战栗，伸手抓住她的手。她一把就攥住了他的手，他低喘一口气，挑开她松散的衣襟一口就咬住了她的肩头。

阮流君低低叫了一声。

裴迎真松开她，看那肩头微微发红，用舌尖轻轻地舔了舔，低声道："这些都是亲吻，让人开心的、愉快的……"

阮流君意乱情迷，伸手搂住他的脖子侧头吻住了他的耳朵，感觉他浑身一紧，在耳朵边低低对他道："你心跳得好快……"

裴迎真脑子一热，只感觉再也等不了了，托着她的脖子就又吻了下去，吻得两人心猿意马，意乱情迷。

裴迎真抱紧她翻身在榻上一躺，刚想让她趴在自己身上，脊背就疼得他一颤。

阮流君顿时就一激灵，慌忙爬起来，拉住他的手忙问："怎么了？我碰到你伤口了？"拉他坐起来要去看他的后背，"让我看看流血了没有？"

裴迎真坐在榻上将她往怀里一抱，下巴搁在她肩上闷声道："流君你什么时候才嫁给我？"他的手不规矩地来回抚摸她的手臂，捏着她细滑的肩膀，"还要等多久？我已经等不及了……"

阮流君脸红得厉害，肌肤都被他抚摸得战栗，只能抓住他的手："你……你不许乱来，扭过去让我看看你的伤口。"

裴迎真隔着散发亲了亲她的脖子，叹息道："这简直比殿试还难挨……"

"裴迎真！"阮流君推着他让他坐好，"你……你简直是流氓。"

裴迎真坐直了身子看她，她头发散了一些，脸颊和耳朵烧红得像擦了胭脂。他不禁笑道："那你喜欢我这个流氓吗？"

阮流君被他逗得抬不起头，笑骂他不要脸，让他扭过身子去。

裴迎真还问："要把衣服全脱了吗？"

"不用！"阮流君抓着他的衣襟，"就……就把外衣脱了就行，我看一看有没有渗血。"

裴迎真便听话地将外袍脱到腰间。

还好没流血，阮流君轻轻摸了摸他的伤口，问他："疼吗？"

"有点疼，好像裂开了。"裴迎真咻了一声，"这样你如何看得清楚，不如我把里衣也脱了，你好好看看。"说着就要伸手去脱。

阮流君忙抓住他的手按住他的衣领："裴迎真你……你……你不许这样！"

裴迎真转过身来冲她笑了："我逗你玩呢，看把你吓得，迟早都要是我的人。"

阮流君看他笑得又气又无奈："我不想跟你这样的人说话了，我要去看庭哥儿的房间。"想要抽出手，却被裴迎真抓得紧。

"我陪你去。"裴迎真抓着她的手放在自己的衣服上，"你帮我把外衣穿好。"

阮流君抽回手，嗔他："你自己穿，我才不帮你穿。"

裴迎真叹气道："好吧，那过门以后我帮你穿。"

他当真是满口的……不正经。

阮流君看他自己穿，又不放心地伸手替他拉上衣服，系上腰带，细细地替他整理衣襟。

裴迎真低头瞧着她，忍不住又亲了亲她的额头。

光幕里的弹幕快得看不清——

奸臣爱好者：受不了！这样都不开车是耍流氓行为！裴迎真是不是男人！

来看裴迎真：这次我也忍不了，裴迎真你这个流氓！

宅斗萌：都到这种地步了，就开车吧！

马甲1号：各位注意一下，开车可是会锁直播间的→_→

霸道总裁：垃圾管理员！要你们何用！

阮流君被弹幕刷得眼晕，裴迎真拉着她的手起身道："走，带你去看看，再这么待下去我实在不能保证不乱来。"他亲了亲阮流君的手指，拉着她出了门。

　　两人走过寂静的回廊，先去看了庭哥儿的书房，又去看了庭哥儿的卧房，无一处不妥帖，连笔墨纸砚都准备好了，还有一张小弓。

　　裴迎真道："你如此善骑射，日后可以教给庭哥儿。"

　　阮流君摸着那张小弓愣愣出神，还要多久……如何才能将庭哥儿接回身边来？谢绍宗怕是一辈子都不会放过她……

　　裴迎真在背后抱住她，环住她的腰："不要皱眉，我如今已经高中，会抓住机会求圣上让庭哥儿跟着恩师学习的，我们慢慢来。"

　　阮流君知道这件事何其难，她父亲的案子圣上不会准许重新翻案的，庭哥儿……怕是圣上也不会允许他跟着老太傅的，她面对皇帝总有一种无力感，皇权之下她要如何报仇？这无力感让她恐慌。

　　可是，她不想让裴迎真替她担忧这些。

　　她转身抱住裴迎真，仰头看着他："那我就先谢过状元郎了。"

　　裴迎真低头瞧她："你要如何谢我？"

　　阮流君踮脚轻轻亲了亲他的嘴，又笑道："请你吃粽子糖。"

　　裴迎真一把抱紧了她："不够。"

　　阮流君便搂着他的脖子又亲了亲他。

　　两个人腻腻歪歪地将宅子看了个遍，眼看雪越下越大，天黑得瞧不见人影，裴迎真才恋恋不舍地将阮流君送回了许府。

　　看着她消失在府门之内，裴迎真才转身回了小宅。

　　他心情大好，黑茫茫的雪夜，他忽然觉得天宽地阔，以后的道路越来越明亮，每一步都有光在照着他。

第十九章
身陷囹圄

阮流君这一夜睡得十分沉，什么梦都没有做，没有父亲在窗外叫她，没有庭哥儿在哭，那些日日夜夜缠绕着她的噩梦都没有做，像是得到依靠一般，安安心心地睡着了。

一醒来外面天光大亮，厚厚的积雪映照得窗户亮堂堂的。

阮流君知道起晚了，慌慌张张地起身洗漱，去给许老夫人请安，一进去就发现许老夫人脸色不太好。

她坐下细细问了，许老夫人才告诉她，宫里出事了。

她心头一跳："出什么事了？"

许老夫人叹息道："如今也不清楚，只听说昨夜太后的人从城门外将李云飞带了回来，他被派去护送宁乐公主和亲，却一个人回来了……想是出了什么事。"

他已经回来了吗？这么说他平安入京了？

她忙问："那李少爷如今怎么样？还平安吗？圣上……发怒了吗？"

许老夫人摇了摇头道："我也不太清楚，只是听宫里说圣上龙颜大怒，将李家老爷也召进了宫，究竟如何还不清楚，这件事怕是不小。"

阮流君点了点头，又问："楚音现在呢？我们可以进宫去瞧瞧楚音吗？"

许老夫人叹气："如今怕是不能，再等等，等太后那边有消息传出来我们再进宫瞧瞧。"

阮流君只好点了点头。

她心里乱糟糟的，匆匆回了房。今日是裴迎真进宫谢恩，听封官职的日子，如今李云飞出了事……她越想心越慌。

刚想买天眼看一看李云飞如何了，外面就有下人慌慌张张地跑进来，对她道："小姐……宫里、宫里来人了。"

阮流君跟着出去便见太后身边的近身嬷嬷在跟老夫人说话，她匆匆走过去，那嬷嬷便行礼道："太后娘娘召小姐即刻进宫。"

许老夫人问了半天那嬷嬷也不与她说清楚为什么召许娇入宫，一听便道："我陪娇娇入宫。"

嬷嬷却道："太后娘娘有令，只召许小姐一人入宫，老夫人还是少安毋躁，不会有事的。"

许老夫人要如何安心。

阮流君也正想入宫，便安慰老夫人："没事的，想是太后祖母想叫我进宫陪她说说话，祖母别担心。"

许老夫人一颗心悬着，却也只能将她送到府门外，千叮咛万嘱咐地看着许娇跟嬷嬷走了。

阮流君坐在马车里，看着弹幕，弹幕也吵了起来——

上火吃黄连：太后找主播进宫是不是因为李云飞的事情？主播之前跟太后说她做了那个梦，李云飞就果然出事了，太后怀疑主播了吧？

宅斗萌：也许是觉得女主是不祥之人，毕竟古代很迷信这些，多少宅斗里都是因为女主不祥就不受宠被迫害然后翻身的，女主就不该多管闲事，多这一句嘴。

今天裴迎真来吗：总是担心因为主播多管了李云飞的事情，牵连到裴迎真……裴迎真今天入宫封授官职吧？万一圣上心情不好……出点什么事。

奸臣爱好者：这个皇帝不是个暴君……你们太紧张了！我支持主播帮李云飞，李云飞是个难得的好人，我希望他和小陆姑娘好好在一起，而且也只是举手之劳。

阮流君心烦意乱，开了五分钟天眼看裴迎真，就见裴迎真和许丹辉、女探花候在大殿之外等候圣上授封。

圣上一直没有出现，却是闻人瑞卿出现了，他看着裴迎真笑了笑走过来，站在裴迎真身侧低声道："裴迎真你不该得罪谢相的。"

那光幕忽然一闪，在关键时候结束了时间，还要再买，已经到了宫门口，嬷嬷下了马车请她入宫。

她只好下了马车，跟着嬷嬷入宫。

嬷嬷直接将她带到太后宫中，领着她进了大殿。

偌大的寝殿噤若寒蝉，阮流君低头进去，发现今日殿中只有太后一人，陆楚音和陆楚楚都不在。

阮流君上前行了礼。

太后让她起身，对她招了招手："你过来。"

她便走过去，瞧太后脸色十分不好，便知这件事情估计很麻烦。

"太后祖母。"

太后挥手让殿里侍候的人退下，等殿里人都退下去才又看阮流君，看了她半天才道："云飞回来了。"

阮流君抬头看太后："李少爷……他可还好？"

太后看着她摇了摇头："你之前说的当真是你做的梦？"

阮流君在心里一思量，忽然撩袍跪了下来，对太后道："太后恕许娇死罪，之前我说的梦……是假的。"她抬头看太后，"关于李云飞的这些事情并非是我做梦梦到的，而是听到的。"

"听到的？"太后紧蹙着眉看她，"你在哪里听到的？"

阮流君略一沉默，抬头道："在谢相国那里。"

看太后一愣，她又道："太后可还记得我和大哥回许家摆宴那日，谢相国命人送了一份大礼给我？"

太后点了点头，她是记得的，当时是奇怪谢绍宗怎么待许娇如此不同，却是没有多问。

阮流君道："其实在没有回许府之前，谢相国曾救过我。这件事楚音妹妹和宁安郡主都是知道的，谢相国救了我，与我认了干亲，只是我并不喜欢他的为人一直想与他疏远些。"

她细细整理了一番又道："后来我曾在南山上救过他府上的阮少庭小少爷，这件事楚音和宁安郡主也是知道的，我与小少爷十分投缘。前些日子我曾去谢相国府上看过小少爷，无意中在书房外听到了谢相国与一人在说话，说的就是要如何假扮山匪劫走宁乐公主，陷害李云飞少爷，还说已经事成了。如今要防的就是李云飞回京，一定要让小晔国先知道公主失踪，将事情闹大了，影响到两国关系，这样才能治李云飞一个死罪。"

她这番话令太后惊愕地盯着她半天。

弹幕里也纷纷再说——主播这样没凭没据的太后怎么会信，要是不信可怎么办？

阮流君却是不怕的，这样总是比做梦来得可信一些，况且她说的就是事实，有何不信的？就算谢绍宗能证明她根本就没有去过他府上又如何，罪人不能自证，谢府全是他的人，太后也不会信他的。这样大好的机会，她一定要谢绍宗罪有应得。

她向太后叩了个头，又道："许娇所说句句属实，太后若是不信可以找楚音或者宁安郡主来问一问。"认干亲和南山之事又不是假的，"我先前没有如实说，一是怕自己误会了听错了，二是此事关系重大，许娇没有凭证实在不敢胡说。可是又实在担心宁乐公主和李云飞少爷会出事，所以才想给太后提个醒。若真有这样的事太后也好有个防备，太后若是怪罪许娇愿意受罚，只求能帮到李云飞少爷。"

她又叩下头，这次没有直起身，她等着太后表态。

是输是赢，就看太后这次信不信她了。

她等了半天，等到弹幕里都急了，替她揪着心，有说她做得好的，有说她太冲动、太扯了太后不信的。

她跪在地上飞快地想着还有哪里有破绽，她只希望太后的重点放在李云飞身上，而不是她如何偷听到的。她心脏在嗓子眼里突突跳着，一只手就落在了她的手臂上，扶着她起身。

"你起来说。"太后扶她起身，"你说听到谢绍宗和一人在谋划对策，那个人……可是瑞卿？"

阮流君松了一口气，看着太后点了点头，看太后脸色青黑，才又忙开口："不知楚音有没有和太后说过，楚音和李少爷定亲之后太子又找过楚音和李少爷好几次，威胁他们解除婚约。"

太后脸色寒得要结霜一般，她虽是不相信许娇的话，但是……事实已经摆在眼前，山匪确实劫走了公主，李云飞确实在赶回来时被人拦在城门外，许娇说的没有一句是不对的。

更让她不能怀疑的是，她的人拿下了拦截李云飞要置他于死地的黑衣人中的一个人，那个人是端木家的人。

端木家的人……敢在京都中拦截她的人，当真是无法无天了！

可那毕竟是她的孙子……

阮流君看着她的脸色忙又道："我想这件事并非太子主谋，这样胆大包天、关系两国交谊的事情太子怕是也想不出来，定是被人献计怂恿才一时犯了糊涂。"

太后抓住阮流君的手，问道："这件事你还跟谁说了？"

阮流君摇头："事关重大我怎敢随意告诉别人？我只告诉了太后，连我祖母都没有透露过半句。"她不能牵连了许家，她要一个人担着。

太后点了点头："这件事绝对不可以乱说，你明白吗？"

阮流君道："明白的。我今日会坦白，只是为了能帮一帮李少爷和楚音妹妹。"

她看着太后，认认真真地道："李少爷是个好人，楚音妹妹好不容易遇到这样的好人，我希望他们能平平安安地在一起。"

太后竟是有些眼眶发红："你也是个好孩子，你仔仔细细地告诉哀家你还听到了什么？可有听到宁乐的下落？"

阮流君刚想答话，就听外面有人的声音传进来。

是陆楚音，她被嬷嬷拦在殿门外执意要进来，说是要见阮流君。

阮流君看了一眼太后，太后叹了一口气，刚要差人将陆楚音先打发回去，便听陆楚音在外面急道："许姐姐！裴迎真大哥出事了！"

什么？

阮流君猛地回头看那殿门外，疾步就要走过去，根本顾不上太后会不会阻拦，只是脑子里那根弦猛地绷紧，快步走到门前，吃力地将大殿门拉开，险些滑到，扶着门就瞧见外面被拦着急急躁躁的陆楚音。

陆楚音似乎是跑过来的，额头上竟出了些细汗。

"你说什么？"阮流君盯着陆楚音。

陆楚音眼圈红红的，上前抓住阮流君的手，眼泪就掉下来："裴迎真大哥出事了，是谢相国……谢相国和太子带了那个裴素素进宫，也不知和圣上说了什么，圣上说裴迎真大哥犯了欺君之罪，要查办他。"

阮流君脑子里那根弦一揪，紧抓着陆楚音的手问她："裴素素？裴素素和裴迎真有什么关联？究竟是怎么一回事？裴迎真犯了什么罪？怎么会犯罪？"

陆楚音也着急："我也不太清楚，我本来是想派人去打听一些李云飞的事情，没想到听到裴迎真大哥出事了。那人也说不清楚，只说了这些，我就急着来告诉许姐姐了。"

能因为什么事？裴素素？裴素素被谢绍宗带进宫？怎么回事？

阮流君站在那殿门之内，紧紧扶着殿门，她不能慌不能慌，不会有事的，裴迎真一定不会有事的。

弹幕里噼里啪啦地响着，猜测着裴迎真出什么事了，又急着让阮流君开天眼看一看。

阮流君松开陆楚音，回头快步走到太后面前扑通跪了下来，红着眼睛道："太后，太后祖母，求您救救裴迎真。"

她要为裴迎真找个足够有实力的靠山，她几乎哭着扑过去抱住太后的膝盖，哽咽道："是怎样天大的罪过才能让圣上说出欺君之罪这样大的罪名？谢相国一直与裴迎真不和，这当中说不定有怎样的误会，还请太后替裴迎真说几句好话，让圣上不要动怒，将事情查清楚。"她攥着太后的袖子，"我已与裴迎真定了亲，若他出了事我一定随他一起去了！"

太后如今还在吃惊，李云飞刚刚出了事，裴迎真就又出了事，还是谢绍宗和瑞卿两个人。

她看许娇哭得又急又可怜，于是拉许娇起来："你先不要哭，事情还没有弄清楚有什么好哭的。"看了一眼殿外也焦急等着的陆楚音，想了想对她道，"擦擦眼泪，等圣上下朝来，哀家请他过来问清楚了再说。"

阮流君这才稍微安定了心，在心底里打定了主意，无论如何，无论出了什么事，她一定一定不能慌了，她要救裴迎真，就像裴迎真救她一样。

没一会儿，陆楚楚也过来了，和陆楚音进来安慰阮流君，又担心李云飞。

只太后靠在榻上竟是神色正常了下来，还对陆楚楚说："你如今不要操心这些事，你该操心的是好好养胎，马上就快要临盆了，就不要跑来跑去。"

陆楚楚拉着陆楚音的手，苦笑道："我如何能安得下心。"她心里总是在害怕，害怕李云飞出事，她实在不想让自己的妹妹和太子在一起。

太后已经派了人去，等闻人安一下朝就过来。

阮流君坐在一旁，开了天眼看裴迎真——

光幕之中裴迎真被摘了乌纱帽跪在大殿之下，旁边是跪着的裴素素和站着的谢绍宗。

闻人安高坐堂上，下手站着闻人瑞卿。

闻人安抬手指了指谢绍宗，问道："裴迎真，朕再问你一次，太子和谢卿所说的可是实情？"又指了指裴素素，"陆氏说的可是句句属实？"

裴素素叩头："臣妇绝对不敢欺瞒圣上，裴迎真确实是罪臣薛少游的外孙，他的母亲正是薛少游的嫡女薛珩。我裴言大哥一直不知他母亲便是罪臣之女，以为他母亲是薛府流落出来的丫鬟，可怜她便将她收留在府中。后来生了裴迎真后，薛珩去世了，我大哥和大嫂可怜裴迎真小小年纪没有母亲便将他记在大嫂名下做了嫡子，这么多年一直不知他的身份。"

裴素素看了一眼裴迎真又道："是前些日子才得知原来他母亲是罪臣之女薛珩，裴家当即便与裴迎真断绝了关系，将此事禀明了太子殿下和谢相国。"

闻人瑞卿道："父皇，如今裴言就在殿外候着，带着人证瑞秋和物证薛珩的画像以及众多物品，可要宣进来问清楚？"

怎么回事……这是怎么一回事？

阮流君盯着光幕呆了一下，罪臣之女的儿子？裴迎真的母亲是……罪臣之女？

她无端端想起裴迎真在小宅里曾给她说过那个宅子主人的故事，

获罪的老翰林，唯一的独女，没有开封的女儿红。

怪不得裴迎真一直不愿意提起身世，裴家人也从不说起……可是裴家怎会不知？怎么能脱得一干二净？瑞秋不是裴迎真母亲的人吗？怎么会指证裴迎真？

光幕晃到谢绍宗，她忽然想起那日裴迎真着急来提亲，说起是因为许丹夕听说谢绍宗要来提亲……

难道这是他们合伙布的局？就是为了逼裴迎真尽快与裴家脱离关系？好让裴家指证他？

她越想心越发寒，裴迎真是裴言的亲生儿子……为什么？为什么要一步步迫害他到如此地步？

她看着裴迎真跪在那里，冷淡地说了一句："回圣上，小民并不知道这件事，小民的母亲过世得早，小民并不知母亲的身世，更不知什么罪臣之女。至于与裴家断绝关系，是小民提出的。"

"为何？"闻人安问他，"朕问你，为何要与裴家断绝关系？"

裴迎真蹙了蹙眉没有说，他不想牵连上阮流君，若说是因为阮流君，定是会追究起裴家为何与她有恩怨，若是再将崔游那件事翻出来，定是会伤害到阮流君。

他只是道："因为裴家人一直将小民当成私生子，小民不愿意再留在那样的府门中。"

裴素素反驳道："若是裴家将你当成私生子，怎还会让你记在大嫂名下？做个嫡子？裴迎真你休要信口雌黄，你若不知你母亲是谁怎会让圣上将那位罪臣薛翰林的宅子赏赐给你？我听说你还在白马寺里为你的母亲和你外祖父外祖母点了长明灯，不如让圣上去查一查你供奉的都是谁的名字？"

裴迎真脸色果然一变。

裴素素却是长出了一口气，她落到今日这种地步全是裴迎真害的，若非他买通了她的下人，当初在圣上面前她早就证实了许娇失节一事，更不会发生后来的这许多事。到如今连陆知秋都被他蛊惑了，一心要休了她，一个罪臣之女的儿子不思感恩，安分守己地在裴家做人，还一心想翻身爬上高位，那就活该他摔下来！

裴家有谢相国和太子做靠山，又断绝了关系，还主动做证，定是

世间戏2

279

不会被牵连的。

"陆氏所说可是真的？"闻人安问裴迎真。

谢绍宗道："微臣在听到裴大人检举之后就去白马寺中查了，确实有一位叫阿守的人在寺中供奉了薛少游夫妇和女儿薛珩的长明灯。那位师父还曾见过这位阿守，如今人也已在宫门外候着，等候圣上宣问。"

"阿守？"闻人安重复了一下这个名字。

裴迎真眉头一蹙，在谢绍宗要开口禀明阿守是谁之前，先开口道："阿守确实是小民，只是小民是因住进了宅子里常常有鬼祟作怪，请了大师来看，大师出了这个法子，让小民在寺中供奉三位的长明灯。"

谢绍宗冷笑一声："裴迎真你可当真是会编造。"他对闻人安道，"圣上，不如宣薛珩的近身侍女瑞秋进来，一问便可知真相。"

光幕一闪没了，时间到了。

弹幕里一片的骂声——

卿卿我我：既然清楚裴家知道他这种事男主就不该断绝关系激怒裴家吧，男主忽然就智障了。

来看裴迎真：怎么就智障了？你会想到你爹和你姑姑你的亲人干出这么丧心病狂的事吗？楼上的不要开上帝视角好不好，这摆明了就是谢绍宗联合着裴家，借给裴家胆子来坑裴迎真。裴迎真他已经处处防备了，还要他怎样？唉，连瑞秋都背叛他了，心寒。

最爱病娇变态：裴迎真的好好，这个时候为了不牵连阿守，自己承认了他就是阿守……如果是谢男二一定都推给阿守了，我好想哭啊，怎么办怎么办怎么办？

今天裴迎真来了吗：裴家真的恶心出了新高度，别说裴迎真想不到，连旁观者都想不到裴家能做到这种地步吧？我就不信裴言睡了人家罪臣之女，不认识人家是罪臣之女，太恶心了！

路过：@李四，看私信。

裴迎真的大老婆：主播，快开天眼啊！

阮流君忙又开了一个天眼，就见光幕之中，大殿之内裴言和瑞秋都已经进来了，还有一个和尚。

那和尚指证裴迎真，说确实是这位施主来寺庙中供奉了三个人的长明灯，说是自己的母亲、外祖父、外祖母，名字是薛家的三个人，连生辰八字都是一模一样的。

谢绍宗便笑问裴迎真："我竟不知鬼祟还会自己告诉你生辰八字，还说得清清楚楚一字不差。"

然后是瑞秋指证裴迎真，说她当初和小姐流落街头，被裴言好心带回了府上，那时她们为了隐藏身份就说自己只是薛府被放出来的丫鬟，后来裴言和小姐好了，生下少爷，她们就更不敢讲一直隐瞒着。是在小姐过世时，小姐亲口将自己的身世告诉了少爷，希望少爷长大了有能力能让她和父母埋在一起。

再然后是裴言，他一句句撇清关系，说当时只以为薛珩是薛府的丫鬟，是薛珩先勾引的他，说是不求名分只求留在裴府，他才收留了她们，并不知她是罪臣之女。又说还是前几日裴迎真高中要杀了瑞秋灭口，瑞秋迫于无奈才将实情告诉了他，他当即便禀明了谢相国和太子殿下，请他们彻查，若是当真如此，他绝不姑息养奸，还请圣上恕他不知之罪。

那些人一个个指证裴迎真，将自己撇得干干净净，连瑞秋都低着头说得面无表情。

她不是薛珩最信任的人吗？不是为了裴迎真在裴家委屈多年吗？就在这短短几日之间所有人都背弃了他，出卖了他。

谢绍宗问裴迎真还有什么好说的。

裴迎真将他们一一看过，这些人曾经该是他最亲的家人，如今他们却要置他于死地，连一口喘息的机会都不肯给他。

他看着瑞秋，瑞秋不敢看他。

他又看裴言，只问了一句："裴言，我的母亲将自己交托与你，就是让你这样糟蹋的吗？她活着时你糟蹋她，如今她死了你还要再作践她。勾引你？裴言你不怕五雷轰顶，下拔舌地狱吗？"

裴言跪在那里不看他，只是道："你这是承认自己知道你母亲就是罪臣之女了？"

裴迎真看着他极其嘲讽，极其心寒地笑了一声，这是他的父亲，

281

一心只想要他死。

　　阮流君坐在那里看不下去地将脸埋在手掌里轻轻哽了一声，一旁坐着的陆楚音忙握住她的手腕柔声道："许姐姐别怕，裴迎真大哥一定会没事的，他是个好人。"

　　"好人"两个字让阮流君眼睛酸得厉害，她想起裴迎真为她报复了宁安郡主和陆明芝，她忽然好害怕这是不开眼的老天给她的报应。

　　他如今……一定很心寒很难过，他的父亲、姑姑，全部的亲人要他死，连唯一帮过他的瑞秋都出卖了他。

　　她闭了闭眼，抬头对太后和陆楚楚、陆楚音说想去擦擦脸。

　　太后瞧她哭得脸都花了，便挥手让嬷嬷陪她去内殿清理一下。

　　她走到内殿里，让嬷嬷在外伺候不必进来，站在窗下私信李四，问他："我能不能问一问这究竟是怎么一回事？裴迎真……裴迎真一定会没事的对吧？他不是历史人物吗？他死了历史怎么办？"

　　李四半天回复她：你已经用了你问问题的机会。

　　不等她再说，李四又回复：我虽然还想再给你一次机会，但是这次真的很抱歉，我们也不知道会发展成这样，现在我们也无法确定裴迎真会不会出事，我们正在想办法挽救。不过我可以透露给你一个有用的信息，如今这个太子闻人瑞卿其实并非是裴迎真扳倒的，是有人借了裴迎真的手，这个人就是闻人安。

　　闻人安？皇上？皇上借着裴迎真的手除掉太子？他若不喜欢太子大可以废掉太子啊……为什么要借裴迎真的手？

　　路过忽然又私信她：如果到了裴迎真非死不可、无法挽回的地步，有一个最坏的办法，你让谢绍宗亲手杀了裴迎真，这样就会触发双亡的僵局，我们会被封闭废禁直播这个项目，历史再次归原。但如果一旦归原了，就回到起点，你们会完全没有这一世的记忆，而起点你的父亲也会死，并且可能更坏。会多糟糕我们也无法估量，你要想清楚再决定。

　　路过又发：这是我私人私自告诉你的，不要问李四。

　　阮流君盯着那私信，问："如果还原了……你们会怎么样吗？"

　　路过：我们会被终身监禁，本身直播这个项目就是个敏感危险项目，是在实验中的，我们也在尽量完善，不影响历史发展。

阮流君还要再问什么，嬷嬷在外面忙道："小姐，圣上来了。"

阮流君忙收了私信，快步出了内殿，果然闻人安来了。

阮流君上前行礼。

闻人安目光一一扫过她们："今日倒是都来了。"他脑子也疼得厉害，这两日接二连三地发生这种事情，他自然是知道陆楚音和陆楚楚是为了李云飞，太后估计也是。

至于这许娇……

"圣上。"陆楚音在他脚边抬起头又怯又怕他似的问，"裴迎真大哥和李云飞……您真的要处罚他们吗？"

闻人安垂目看她，她和她阿姐长得十分相像，只是更为稚嫩更为娇蛮，如今红着眼眶眼泪珍珠似的掉下来竟让他想起十三四岁时的陆楚楚。他低头对她道："这些事你不懂，快起来扶你阿姐回去休息吧，别哭了。"

陆楚楚要说话，闻人安抬手止住，对她道："朝堂中的事你不要插嘴，带着楚音回去，好生安胎。"

陆楚楚的话就鲠在喉头，再不说什么，行礼带着陆楚音要退下。

陆楚音还要再说什么，太后对她道："乖，你先跟楚楚回去，这件事交给哀家。"

陆楚音这才无可奈何地跟着陆楚楚退了下去。

等她们退下，闻人安瞧了一眼阮流君："许家的丫头怎么也来了？"

"是哀家找她来的。"太后让阮流君起身，对闻人安道，"哀家有些事想问清楚你。"

闻人安看了一眼阮流君。

太后道："不必背着她，等会儿哀家还有关于她的事情要告诉皇帝。"

闻人安叹了一口气："朕知道太后想问什么，李云飞这件事太后就不要为他求情了。若是宁乐当真找不到，小晔国那边和这朝中朕都要找个人来给他们一个交代。"他坐在旁边，看了一眼太后，"护送公主，公主被劫持失踪，不论什么理由都是他的失职，罪无可赦。"

"是吗？"太后看了一眼阮流君，没有再问这件事，而是又问，"那裴迎真，皇帝要如何处置？"

阮流君心一紧，抬头看闻人云。

闻人云正低头把玩着他腰间的玉佩穗子，想了想，又叹息道："朕其实十分看好裴迎真，他是个人才，日后可以与谢绍宗抗衡的人才，只是他的身份……这等身份，又欺瞒朕，如今被证死了……"

阮流君一听他这话心中便有了一丝希望，跪下道："臣女有一言。"

闻人安看她一眼，挥手让她讲。

阮流君道："奴籍可以脱，罪名自然也可以洗，那些所谓的证据不过是几人红口白牙说出来的。既然是圣上看中的人才，只要圣上点个头，这些所谓的罪名都可以烟消云散。"

闻人安瞧着阮流君忽然笑了："继续说。"

阮流君大胆道："据臣女所知，裴迎真的母亲在他六岁时就离世了，六岁的孩子能明白什么？他的母亲又怎么会在离世之前将这样一个隐藏多年的身世告诉一个孩子？一个丫鬟如今成了裴府的姨娘，证言未必可信，况且她早不说晚不说，怎么偏偏选在裴迎真高中之后向裴言坦白？"

她又道："臣女曾在裴家寄住过一段时间，倒是听到一个很好玩的事情，裴老夫人和裴言从来不准裴府有人提起裴迎真的生母，裴家上下对裴迎真的身世讳莫如深。"

她瞧着闻人安道："臣女倒是觉得裴言比裴迎真知道得要多得多，若要论欺君之罪裴家上下怕是一个也逃脱不了。"

闻人安靠在扶手上，兴致盎然地听着她说。

阮流君却不再继续为裴迎真辩驳，她想闻人安知道得比她多。

她道："臣女倒是十分好奇谢相国的动机。"

她看了一眼太后，见太后对她点了点头，她便向闻人安先叩头请罪，才道："臣女有一事不敢欺瞒圣上，只是此事关联重大，臣女要先请圣上恕罪。"

闻人安看向太后："这便是太后要跟朕说的事？"

太后点头道："此事非同小可，定要皇帝亲自来定夺。"

"哦？什么样的事这般非同小可？"闻人安看回阮流君，对她道，"朕恕你无罪，讲吧。"

阮流君便将之前与太后说的宁乐公主被山匪劫走一事，谢绍宗与人密谋陷害李云飞之事再讲了一次，边讲边看着闻人安的脸色，却是没有直接说明书房里与谢绍宗密谋之人是闻人瑞卿，那毕竟是太子，是皇帝的儿子，她不能讲，要让他们自己猜测。

闻人安越听眉目越森冷，等阮流君讲完他把玩玉佩的手指顿了下来，问她："你知道你如今讲的若是没有凭证就是诬陷朝廷命官？"

阮流君道："臣女知道。所以臣女在不能确定、没有凭证之前不敢胡言，只是偷偷告诉了太后。"

太后道："皇帝还记不记得李云飞是如何入京的？"她看了一眼闻人安，"是哀家的人带进京的，若不是娇娇事先告诉哀家有人要拦截云飞，怕是皇帝再见李云飞就要等到小晔国来兴师问罪，云飞的尸首被抬进京了。"

闻人安低头看着自己袖口上的纹饰，蹙眉问道："拦截李云飞的人太后可拿下了？"

太后道："拿下了。只是他们训练有素，一个个服毒自尽了，只是哀家的人从这些尸体身上发现了一件有趣的事。"

"什么？"闻人安问她。

太后喝了一口茶："皇帝该知道在牙齿中藏特殊的毒药，一旦被俘立刻自尽的铁血规定是从哪里传来的。而且那些毒药并非京都中所有，是来自边疆的'封喉'。"

端木家就非常直观而准确地浮现在闻人安的脑海里，端木家的铁血规定，边疆的"封喉"毒药。

闻人安瞧着自己掌心中的纹路，沉默了良久又问阮流君："你那日在谢卿书房里听到与他密谋的人是谁？"

阮流君瞧着他，揣测不透他的心思："臣女不敢确定，臣女只是觉得李云飞一事和裴迎真一案发生得太凑巧了，还都是与谢相国有关，堂堂相国为何会突然插手状元、圣上看中的人才之案？臣女能想到的就只有一个不太恰当的成语。"

她瞧着闻人安道："排除异己。"

世间戏2

285

闻人安忽然抬头看向她。

那眼睛里是阮流君从未见过的寒意，他一向被人称为仁君，如今却威严森寒得让她心里一提，攥紧了手。

闻人安冷冷地对阮流君说："你要确定与谢绍宗密谋之人是谁，你不但要确定，还要有足够的证据，不然你要朕如何信你？"

阮流君忽然想起路过给她的信息，他说闻人瑞卿其实是被闻人安除掉的，只是借助了裴迎真的手而已。

她心中有一个令她恐慌的猜测，她壮着胆子道："臣女没有证据，但臣女以为或许这是圣上的一块试金石。"

闻人安皱了皱眉，等她继续讲。

阮流君一手心冷汗，面上却紧绷着："谢相国既然如此看重裴迎真，不如圣上就将此案交给裴迎真，让他戴罪立功。若他当真不负圣上青睐能替圣上排忧解难，那圣上又何须在意他的出身？他外祖父是先帝判下的罪臣，但他是圣上的臣子，只要效忠圣上做好圣上的臣子便足以。"她瞧着闻人安，"若他不堪重用，那圣上大可不必可惜，废弃他这个庸才。"

她将这话说完，大殿中静得只听到香炉里银炭噼啪噼啪的声响。

闻人安看着她，太后看着闻人安心里也是忐忑难安，她摸不透这个儿子的心思，在她看来是他对端木家和谢绍宗太过重用了，这并不是什么好事。

"朕听说太后收你做了孙女？"闻人安忽然问她。

阮流君不知他为何突然提起这个，只是应是，便听他笑了一声道："你很想救裴迎真？"

阮流君应是。

闻人安拨弄了一下手心里的玉佩："那不如这样，朕就给裴迎真一个机会，若他能将宁乐找回，此案查明一切好说。但若是此案砸在他手里……"他抬头看了一眼阮流君，笑了，"朕便封你一个公主，你代替宁乐去和亲，也算是一个交代，如何？"

阮流君一呆。

太后也是一愣，刚要开口替阮流君说话，阮流君却道："好，臣女替裴迎真谢过圣上隆恩。"她俯身行礼，掌心贴在冰冷的地板上又潮又湿，脊背都生出冷汗。

闻人安笑了笑，挥手让她先退下去。

她一退出大殿，太后便道："皇帝，她是许家刚找回来的孙女，你派她去和亲是剜许老夫人的心头肉啊……"

闻人安抬了抬手："朕知道，但是母后想一想此事关系到皇后、太子、端木家和相国，如果此案办砸了，这个许娇知道这么多，怎么能留？"他冷笑，"朕就是看在许老夫人的面子上才让她去和亲，不然她连命都留不得。"

太后紧蹙了眉头看他，心潮翻涌，半天才道："你……打算如何处置此事？太子年幼，怕是被奸人怂恿蛊惑了才会做出此事。"

"不，他不是年幼无知，他是肆无忌惮。"闻人安笑了一声，"皇后没有教会他安分守己地做好自己的太子，竟是教会了他结党营私。"

一个端木家，一个谢绍宗，勾结在一起，很好，非常好。

第二十章
宫内暗流

　　阮流君从大殿中退出来后，扶着墙壁站了站，长长地吐出一口气，她脚底发麻发软，几乎要站不住。

　　弹幕里也在为她捏了一把汗——

　　我爱主播：主播你好棒！都快吓死我了！生怕皇上不信你发怒！

　　今天吃鸡吗：可是主播……你那么自信裴迎真能将这件事办好？万一办砸了你就要去和亲了啊……我不想看虐啊。

　　路人黑：要相信自己的爱人，相信裴迎真。

　　最爱病娇变态：无论如何主播一定要好好和裴迎真在一起！我不想看你们分开！恶心谢绍宗，恶心太子，恶心裴家人！最好一块都除掉！

　　奸臣爱好者：真好啊，能看到主播和裴迎真互相为彼此努力，共同进退，竟然觉得都会过去的，而且我真可是男主！有光环！

　　路过：主播是脚软了吗？

　　是……阮流君扶着墙壁站了一会儿，看外面天色阴阴沉沉，忽然特别想念裴迎真。

　　等她跟着嬷嬷出了宫，发现许老夫人亲自来接她了，许老夫人就站在马车下，瞧见她出来才长长松了一口气。

　　"祖母？"阮流君快步上前。

　　许老夫人一把就抱住她，总算安心："出来就好，出来就好，你去了这么久可要急死祖母了，再晚一点祖母定是要冲进宫去找你。"

　　阮流君心头一热，浑身都觉得放松了下来，将头靠在老夫人肩头闷闷道："我没事祖母，只是裴迎真那边出了一点事……还请祖母能够谅解他。"她怕极了许老夫人会因为这件事不喜裴迎真，要和他断个干净。

许老夫人却拍着她的背，道："祖母已经听说了，没事的，娇娇不要担心，祖母已经差人去牢中打点，定是不会让裴迎真吃苦头的。等祖母再想想办法，和老太傅合计合计，定是可以将他先救出来的。"

阮流君抬头看着老夫人，忽然之间特别感动，她见了太多裴家那种让人心寒的人，许老夫人……真的是个非常非常好的人。

她眼眶红红的，对许老夫人道："多谢祖母体谅。"

许老夫人摸着她的脸，叹息道："没事的，娇娇，人生一世总会遇到各种苦难，谁都有落难之时，他还年轻，来日方长，熬过去就会越来越好的。"

阮流君伸手抱住她，有些发哽地叫了一声："祖母。"

许老夫人拍了拍她的背，要带她上马车回家。

阮流君刚要上马车，便听一人叫她，她回过头就瞧见端木夜灵带着宫娥从那宫门里走出来，慢慢地走到她跟前，向许老夫人行了礼，又对她道："恭喜你，终于得偿所愿……"

端木夜灵又上前一步，低声在她耳侧道："彻底毁了裴迎真。"

阮流君看了端木夜灵一眼，先扶老太太上马车，然后才回头对她道："你是喜欢裴迎真的吧？"

端木夜灵笑了一声："怎么？你要对我说教，还是求我去救救他？"

"怪不得裴迎真看不上你。"阮流君想起那天夜里开天眼时看到的端木夜灵，她泄愤一般对裴迎真说——就算是死，他也是孤零零的一个人，没有人会救他，没有人会陪他。

阮流君也上前一步低声对她道："你的爱真可怕，真可怜。"

端木夜灵脸色一冷，阮流君已退开："我会救裴迎真，就算所有人要他死，我也会救他到底，老天爷不帮他，我帮他，老天爷不给他活路，我给他。就算最后要死，我也会陪他一起死。"她对端木夜灵笑了一笑，笑得又嘲讽又轻蔑，转身就上了马车。

端木夜灵站在那里看着马车呼啸而去，一字字道："那你们就一起死吧。"

阮流君回到府上，去牢中打点的许荣庆刚刚回来，阮流君忙问他，打点得如何？裴迎真如何？

许荣庆道："老太傅已经派人打点了，也去了宫中，只是圣上不见他。裴迎真那边不让人进去瞧，也不知如何了，但应该没事，你别担心。"

她如何能不担心，她生怕闻人安变卦，或是谢绍宗又出什么阴招。

她心里不安，也没吃晚膳，回房就关上了门开天眼看裴迎真。只见光幕里阴冷的大牢之中，裴迎真安安静静地坐在墙角一言不发，她看了足足五分钟，他也一直没有动，连送的饭都没有吃，只是伸手在从天窗外照进来的月光下细细地写了什么。

她不放心，又开了五分钟天眼，看他还在月光下有条不紊地、一笔一画地在地面上写着什么。

弹幕里问——

卿卿我我：他在写什么？

霸道总裁：之前不是有在大殿里数蜡烛玩的鹰眼帝吗？快出来看看裴迎真在写什么。

过了好半天，有一个人发出一条弹幕。

斯德哥尔摩情人：我看清了，他在写——阮流君。

阮流君一愣，仔细盯着那光幕看，果然见他一遍又一遍地在写她的名字。

是她的名字。

她盯着那光幕里的裴迎真，不知为何没有那么害怕了。虽然她不知道为何裴迎真在写她的名字，但她想，裴迎真一定也在想念她。

弹幕里有人担心：裴迎真太可怜了，我现在好怕他撑不到被放出来，谢绍宗那个人渣会暗中派人刺杀他。

阮流君心头一跳，却见路过道：不会的。

下面立刻刷出问他为什么的。

阮流君也点开私信问路过为什么不会？

路过很快回复她：有规定谢绍宗不能亲自或直接做出伤害裴迎真性命和发展的事情，不然他会受到惩罚。

阮流君看着那私信竟有些看不明白，又问：什么意思？为什么谢绍宗会有规定？他难道也是……和你们有关系的？

路过回复她：不能再透露了，不然我会被处分，你不要担心这个就好。

阮流君忍下不再让他为难。

这一夜，阮流君几乎没有睡，她又想开天眼，但看着只剩下六万多的金子怕以后不够用。好不容易熬到天亮，许荣庆一大早就出去打听消息，再找人去牢中打点了。

可没过一会儿他就回来了，急匆匆地跑进府门。

阮流君的心一提，迎上去忙问："出什么事了吗？裴迎真出事了？"

许荣庆扶住她的肩膀认真冷峻地对她道："娇娇，裴迎真他……"

"他怎么了？"阮流君急得要死，偏许荣庆欲言又止。

许荣庆看她急得要哭了，才忽然笑道："他要被放出来了！"

弹幕里——主播揍他！

阮流君要被他气死了，一巴掌打在他手臂上，怒道："到底怎么样了，你说清楚！"

许荣庆被打得哎哟一声，揉着手臂笑道："下这么狠的手，走走，进去说。"

他拉着阮流君进了屋子，将事情的来龙去脉向老夫人和阮流君说明。是老太傅告诉他的，说是今日一早圣上就将裴迎真宣进了宫中，也不知是说了些什么，便说要重新彻查此案。在没查明之前暂时将裴迎真释放，过一会儿就能回来了。

许荣庆也不太明白："圣上竟然将此案交给了今年的探花查，就是那个女探花，她如今被封授在大理寺做寺正，看来圣上对她很是器重啊，可她一个女的……"

"女的又如何？"阮流君心里松了一口气，闻人安让个新人来查此案一估计是想要试一试探花的能力，二估计是不想让谢绍宗的人插手，她是放心的，"圣上钦点的探花，自然是要重用的，说不定她比一般人更要心思缜密。"

"是是是，你说什么就是什么。"许荣庆也不与她争辩，笑吟吟道，"走，大哥带你去接裴迎真出狱。"

阮流君道："什么出狱，太不吉利了。"

许老夫人也安心地笑："好啦，你们快去吧，荣庆见到裴迎真可要注意些言辞，不要胡说八道的。"

许荣庆满口应下带着阮流君出了门。

裴迎真是被带进了宫，该去宫门外接他。

他们到时，老太傅已经在等着了。阮流君上前向老太傅行了礼，老太傅忙托起了她，看着她意味深长地道："迎真果然没有看错人，我替迎真谢过许姑娘和许家人的奔走帮助。"说着便要作揖。

许荣庆忙扶住老太傅的手："老太傅这就要折煞我们小辈了，裴迎真是我们家认准的姑爷，他的事自然就是我们的事，哪有什么谢不谢的。"

阮流君也十分感激老太傅，至少裴迎真还有这个恩师相助。

他们等在宫门外，还没等来裴迎真，却是先等来了谢绍宗，他从马车上下来瞧着阮流君。

弹幕里都在骂他，居然还敢来。

阮流君忍着，如今不能冲动，先救裴迎真出来再说，她低着头便听有脚步声从里面出来，一抬头就看见裴迎真朝她走了过来，叫了一声："娇娇。"他穿着一身囚服，单薄得要命，从宫门里走出来，看起来憔悴极了。

阮流君再顾不得什么快步上前，一把就抱住了他，听到他胸腔里跳动的心脏声，眼眶就红了。

"你还好吗？"

"好，我很好。"裴迎真想抱她却又道，"我身上脏，别弄脏了你的衣服。"

阮流君的泪滚出眼眶，她又抱紧了他，却又不知说些什么，只想抱着他。

裴迎真伸手抱住她，将她贴在了怀里，却在她身后看到了不远处的谢绍宗。

谢绍宗朝他们走过来，就停在她身后，对裴迎真道："你知道她是答应了什么救你出来的吗？答应了代替宁乐公主去和亲。裴迎真，我若是你就会在牢中自刎，绝不再拖累她。"

阮流君要回头对谢绍宗说什么，裴迎真却抱着她，托着她的脑袋不让她回头。

裴迎真对谢绍宗冷声道："谢绍宗，我不会死，我自会看着你们怎么死。"他轻轻抚摸阮流君的发，像是抚摸着一只心爱的小猫，对谢绍宗笑了，"她为我付出一切，我怎会辜负了她的情谊去死？谢绍宗，我希望你能活到我们成亲之日，我会亲自给你下帖，请你来见证我们结为夫妻。"

谢绍宗脸色阴沉到结霜，伸手就抓住裴迎真的手臂，另一只手又抓住阮流君的肩膀要将她拉过来。

裴迎真一把就抓住了他的手腕，"放手"两个字还没脱口，便听"啪"的一声脆响。

阮流君一耳光扇在了谢绍宗的脸上。

谢绍宗站在那里没有动，看着阮流君，忽然崩溃了一般抓着阮流君的手腕就要拖她走。

"放手！"阮流君极力挣扎，"谢绍宗！"

裴迎真和许荣庆同时快步上前，还没等他们动手，便见阮流君手中不知何时多了一把匕首，寒光一闪朝谢绍宗割去。

谢绍宗慌忙松开她后退了一步，就愣在了那里，见阮流君失控一般朝他又刺过来。

"娇娇！"许荣庆喝了一声。

裴迎真走快一步上前一把抱住阮流君的腰将她揽在怀里，另一只手就抓住了她握匕首的手。

她的手颤得厉害，颤得浑身都抖，她崩溃一般冲他喝了一声："杀了他！放开我，让我杀了他！"

她那般失控的喝声和举动吓了许荣庆一跳，自从来了京都，他从

世间戏2

293

未见过已经变得温和柔善的妹妹这么……失态过。

"流君。"裴迎真忽然在她耳边低低叫了她一声，抓紧了她的手，"你答应过我绝对不会和他同归于尽对不对？你答应过我。"他一声一声道，"我会杀了他，但他不值得你和他同归于尽，你今日杀了他，是要陪他一起死吗？"他握住她颤抖不已的手，从她手中慢慢夺下匕首，"他不值得，你还要陪着我不是吗？"

阮流君天翻地覆的脑子里猛地一空，像是紧绷的那根弦突然就断掉了一般，再也……压抑不住了，只想杀了他，杀了他，和他同归于尽。

可裴迎真在叫她，她慢慢松开手将匕首交给了他。

裴迎真丢掉匕首，将她转过身抱在了怀里，轻轻抚摸她颤抖的脊背，对她说："我会杀了他的。"

她贴在他的怀里克制不住自己一般哭了出来，抓紧他的衣襟低低闷闷地道："对不起……我心里太难受了……"

她不该这样，谢绍宗是朝廷命官，这里是宫门之外，她若是真对谢绍宗做出了什么事，许家、裴迎真、老太傅都会受到牵连。

可她……突然之间就是控制不住自己了。

她跟裴迎真一句一句地说对不起。

裴迎真抚摸着她发颤的背，盯着谢绍宗："没事，没事的，我明白，我都明白。"

谢绍宗就站在那里，看着被她划伤的手腕，看着缩在裴迎真怀里轻轻抽泣的阮流君，忽然发现……好像真的再也抓不住她了。

他看着裴迎真带着阮流君上了马车离开，没有再看他一眼。

站在那阴沉的天幕之下，他一点点地将手攥紧。他不信，他不信要一次次地输给裴迎真，他不信上一世阮流君可以原谅裴迎真，这一世就不能原谅他。

他要裴迎真死，一定要他死。

他攥紧了手，快步进了宫，宁乐公主不能留，就算要送阮流君去和亲，他也要裴迎真先死，再慢慢地找回阮流君。

宫中，闻人安正在陪皇后下棋，说说笑笑的，像是什么也没发生一般。瞧见闻人瑞卿进来，他笑着对闻人瑞卿招了招手："过来，你瞧瞧朕这步棋该如何走，才能赢你母后。"

闻人瑞卿忐忑地上前，看着棋盘随意指了一下，又偷看闻人安的脸色，试探性地问："儿臣听说，父皇放了裴迎真？"

闻人安笑着落下棋子："只是暂时。他是朕钦点的状元，怎能如此轻率就定罪，且让探花好好查查再说。"

闻人瑞卿想起那女探花，稍微松了一口气，看来闻人安也不是知道什么而想庇护裴迎真，查嘛，一个女人能查出什么？况且裴家那边咬死了，还能怎么查。

他没再说话，陪着坐下一块下了会儿棋。

两父子合力赢了皇后，皇后笑着丢下棋子："你们父子连心，欺负我一人，赢得不光彩。"

闻人安笑道："有何光彩不光彩的，只要赢了就好，朕只喜欢做赢家，从来不在乎手段。"

一旁的太子低头摸着棋子，不动声色地挑眉笑了笑，谁又何尝不是呢？

大殿之外有风吹动檐下铜铃响得又沉又悠远，大殿之内的人各怀心思，落棋无悔。

文 / 打伞的蘑菇

《学霸住我家隔壁》

从不近人情的冷漠瞬间变成"非女主不可"的逗比！！！
昨天还爱答不理，今天就倒贴不已？

【男主因一场意外忽然"精分"，从高冷学霸变成灿烂学渣】

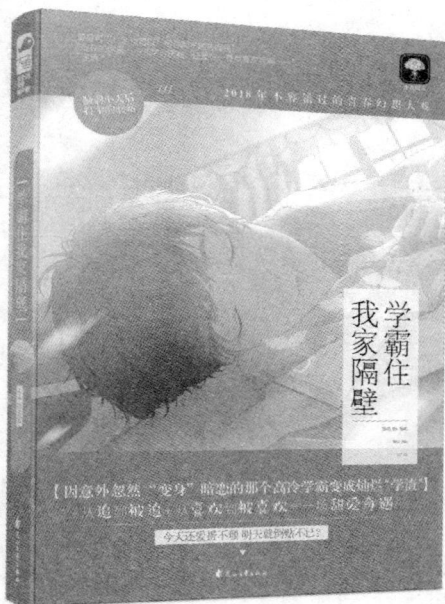

心动片段欣赏：♥♥♥♥♥

　　谈禹虚压在我上方，一手撑着地板，另一只手垫在我的脑后。

　　背后的冰凉和身前的灼热双重刺激着我的神经。整个房间就只能听到我心跳的声音。我有些僵硬地对上他的目光："谈……谈禹……"

　　"嗯？"他的声音里有我从来都没听过的喑哑，让我有点口干舌燥。

　　"你现在是……非常讨厌我的那个，还是……有点喜欢我的那个啊……"

　　我怯生生的表情倒映在谈禹的眼睛里。许久，他笑了一声，呼吸落在我的眼睑："你猜呢？"

　　他吻下来。

　　别猜了，从始至终都只有一个，非常喜欢你的那个。

/ 上市时间：2018 年 06 月 /

定价：36.80元

不愿悄悄喜欢你

苏幸安———著
SUNXINAN
Works

校园初恋
最萌年龄差

一次青涩心动的遇见
一场甜美又感人的校园恋爱时光

二十三岁的陆骁，
你好，我是十六岁的余俏俏。

　　大学入学报到时，陆骁和余笙一起来送俏俏。寝室在三楼，俏俏进去时，其他室友都来了。

　　睡前夜聊，俏俏自然成了主攻对象。

　　寝室长："老实交代，跟Q大两位门面级男神是什么关系？"

　　老二许绵绵："你是不是傻，余俏，余笙———一听就是兄妹啊！"

　　老三周楚甜："那陆骁呢？难道是表哥？余俏，你缺表嫂吗？提前报名的话，能不能优先录取啊？"

　　隔壁寝室的听见动静，也来凑了一脚，道："死心吧你！陆学神早就有女朋友，两个人感情好得不得了。学神无论去哪出差都会给女朋友带礼物，可细心了！"

　　俏俏："报告组织，我就是你们口中那位朋友的妹妹，也就是陆学神的女朋友。我证明学神确实非常体贴细致且富有情调，是非常合格的男朋友。"

　　众人：！！！！！！

本……见面就爱的校园……

随书附赠
"陆骁四首英文情诗"
或"俏俏告白卡"
+心动书签

【大鱼家族】

小花读者福利群首次开放招新了！！！！

天气热热热热……大鱼小花读者群开张，送礼送不停！

1 群群号： 149365431

敲门暗号： 一本大鱼或小花出版的图书名

（满员后可加 2 群，2 群群号：625085019）

暑期福利
三重惊喜

（1） 2018 红包福利

2018 年 12 月 30 日前，每逢周五、周六晚上 8 点，群主随机掉落红包雨，拼手速，拼颜值，拼运气的时候到了！

（2） 免费送书福利

每天都有一名值班的编辑小哥哥小姐姐陪你们聊天互动游戏问答，随时可能会有各种神秘礼物掉落砸中你！

最新大鱼家族图书、大鱼公司文化 T 恤、编辑私藏小礼物、手机壳、笔袋、大鱼淘宝店优惠券等应有尽有。

（3） 大鱼小花定期招募

定期招募兼职小记者、兼职书评员、团购宣传员等，一经采用将获得兼职报酬，进群可第一时间了解相关信息！

沿左下角剪下印花，集齐"有爱的青春陪伴着"八个字寄送以下地址，即可获得大鱼文化图书一本；当月还将抽取 5 位幸运儿，赠送 50 元大鱼淘宝店现金红包。截止时间 2018 年 12 月 31 日。

公司地址：湖南省长沙市雨花区香樟路融科东南海前海天地 1 栋 13 楼大鱼文化（收）邮编：410000

请沿虚线剪下

文

集印花，送惊喜！

有爱的青春陪伴者